KB072386

8월의 화염

8월의 화염

변정욱 장편소설

마음
서재

차례

이 세상에
진실이 존재하지 않는다면,
어떻게 희망이 있을 수 있겠는가?

미셸 깽, 《처절한 정원》 중에서

일러두기

이 소설은 1974년 8월 15일 국립극장에서 발생한 영부인 암살사건을 바탕으로 했으며,
작중 일부 인물과 구성은 작가의 상상력이 가미된 설정임을 밝힙니다.

그곳의 추억

1991년 5월 1일.

국립극장 장내는 제28회 법의 날 행사에 참석한 법조인들로 무척이나 북적거렸다. 17년 만에 국립극장을 찾은 신민규는 감회가 새로운 듯 주변을 천천히 둘러봤다. 세월이 흘렀지만 의자만 바뀌었을 뿐 국립극장은 예전의 모습과 별반 달라진 것이 없어 보였다.

신민규에게 국립극장은 그의 인생을 송두리째 바꿔놓은 특별한 장소였다. 다시 생각하고도 싶지 않은 악몽 같은 곳이지만 오랜만에 동창과 만나기로 한 장소가 하필 이곳이라 어쩔 수가 없었다. 장내를 가득 메운 법조인들은 서로 인사를 나누느라 여념이 없었다. 대부분이 거들먹거리며 과도한 몸짓과 말투로 자신의 위세를 뽐내고 있었다. 민규가 법조인들의 모임에 참석한 지도 20년은 넘은 듯했다. 덕분에 다행히도 그를 알아보는 지인은 거의 없었다.

법조인…… 이곳에 모인 이들은 국가의 질서를 확립하고 정의를 실현한다는 명분으로 나라로부터 힘을 부여받은 자들이자 국가권력과 가장 밀접한 관계에 있는 사람들이다. 하지만 그들이 권력에 눈이 멀 경우, 그 힘을 남용할 수 있기에 가장 위험한 집단이기도 하다. 민규는 지난 시절 국민을 향해 그 양날의 검을 휘두르는 법조인들을 숱하게 목격했기에 그들의 가식적인 언행이 좋게 보일 리 없었다.

민규는 그들에게서 시선을 거두고 손에 쥔 좌석표를 들여다봤다. 노안이 와서 좌석표의 글씨가 잘 보이지 않았다. 눈살을 찌푸리며 애쓰다가 이내 포기하고 윗주머니에서 돋보기안경을 꺼내 콧등에 걸치자 비로소 'C열 4번'이라는 글자가 선명하게 들어왔다.

우연일까? C열 4번. 낯설지 않은 좌석번호다. 그의 기억이 정확하다면, 연단 바로 앞쪽일 것이다.

민규는 망설임 없이 앞줄을 향해 발걸음을 옮겼다. 그의 기억대로 C열 4번은 연단 바로 앞이었다. 좌석에 앉은 그는 비어 있는 옆자리 C열 5번을 바라봤다. 17년 전 그의 친구가 앉았던 자리……. 순간, 가슴 저 밑바닥에서 먹먹함이 차올랐다.

"어이, 신민규!"

대학 동기인 오홍석이 그를 알아보고 손을 흔들었다. 민규도 반갑게 한 손을 올리며 화답했다. 민규와 얼마 떨어지지 않은 곳에 있음에도 홍석은 화려한 인맥을 자랑하듯 여기저기에서 악수를 청하는 지인들과 인사하느라 자리로 오는 데만 5분이 넘게 소요됐다.

오홍석은 특유의 능글거리는 미소를 띠며 다가왔다. 세월을 말해주듯 반백이 된 그의 모습이 민규는 낯설게 느껴졌다.

"여, 이거 몇 년 만이야? 자네도 이제 늙었군. 잘 왔어, 잘 왔어."

홍석이 정겹게 어깨를 도닥이며 옆자리에 앉았다.

"자네도 참 무심해. 어떻게 머리가 이리 허옇게 돼서야 보게 되나? 이번에도 자네가 안 오면 더 이상 안 부르려고 했지."

홍석이 질타 섞인 말투로 투덜거렸다. 민규는 애써 미안한 표정을 지어 변명을 대신했다. 사실 그의 원망이 이해가 가는 면이 없지 않았다. 원만한 인간관계로 서울법대 동창회장을 떠밀리다시피 맡게 된 그는 매년 동창회 때마다 나오라고 무던히도 민규를 닦달했다. 하지만 은둔에 가까운 생활을 하는 민규로서는 법조계와 정치계의 거물로 변신한 동기들의 거들먹거림을 지켜봐야 한다는 것이 여간 곤혹스럽지 않았다. 그렇게 매년 이런저런 이유를 둘러대고 불참한 지가 어느덧 20년이 넘었다. 그러던 어느 날, 외숙부의 장례식을 이유로 또다시 불참 의사를 표하자 홍석이 조소 섞인 말투로 일침을 날렸다.

"어떻게 자네 주변 사람들은 연락할 때마다 죽어나가? 아직도 살아남은 사람이 있기나 한 거야?"

민규도 더 이상 변명거리가 생각나지 않는 데다 더 늙기 전에 동창의 모습을 한번 봐야겠다 싶어 이곳을 찾은 것이다.

"그래, 그간 어떻게 지냈어?"

"뭐, 그냥 구멍가게 하나 차려서 입에 풀칠이나 하고 사는 거지."

맙소사, 변호사가 구멍가게라니! 민규는 얼떨결에 말하고도 참으로 어처구니없는 답변이라는 생각을 했다. 하지만 그보다 더 적절한 표현이 있을까 하는 생각도 들었다. 이곳에 참석한 대부분의 법조인들이 현실은 그렇지 않더라도 상대에게 자신을 과대 포장하여 드러내려 노력할 것이다. 하지만 동창 중 소식통인 홍석이 자신의 상황을 모를 리 없기에 굳이 과장할 이유도 없었다.

"구멍가게? 자네 아직도 그 돈 안 되는 인권변호사 하는 거야?"

이미 예상한 답이다. 민규는 피식 웃으며 고개를 끄덕였다.

그렇다. 그의 말대로 변호사에게 가장 돈이 안 되는 일이 인권변호사일 것이다. 더욱이 번듯한 합동법률사무소에 열 명도 넘는 변호사를 거느린 그의 눈에는 달랑 사무장 한 사람만 둔 민규의 작은 사무실이 구멍가게로 비칠 것이다. 차라리 구멍가게라면 푼돈이나마 벌겠지만, 민규의 사무실을 찾는 이들은 오히려 사정이 딱한 사람이 대부분이어서 무료봉사를 하는 경우가 다반사였다. 그래서 어쩌면 구멍가게도 과분한 표현일 수 있다는 생각이 들었다. 민규는 돈 안 되는 인권변호사로 17년째 일해오고 있었다.

"뭐야? 무슨 사명감이냐?"

"사명감? 그…… 그런가?"

민규는 얼버무리며 말꼬리를 흐렸다.

과연 사명감일까? 민규는 속으로 자신에게 되물었지만 쉽게 답을 내놓지 못했다. 그렇다. 분명 시작은 사명감이었을 것이다. 하지만 인권변호사 일을 하는 동안 경제적 어려움이 내내 그를 옥죄어 온 것도 사실이었다. 돈이 되는 변호를 맡아볼까 시도도 해봤지만, 오랜 기간 인권변호사로서 소위 가진 자들과 싸웠던 그이기에 돈이 되는 사건을 틀어쥔 자들이 그를 선임할 턱이 없었다.

홍석의 질문에 적당한 대답을 찾으려 애쓰고 있을 때, 장내 스피커에서 사회자의 음성이 들렸다.

"귀빈들께서 입장하십니다. 모두 자리에서 일어나주시기 바랍니다."

사회자의 안내에 따라 사람들이 모두 자리에서 일어났다. 민규도 그들을 따라 천천히 몸을 일으켰다.

모두의 시선이 스포트라이트가 비추는 좌측 2번 출입구로 향하자, 기자들의 플래시 세례를 받으며 민자당 최고위원을 필두로 가슴에 꽃을 단 국회의원들이 기세등등하게 입장했다. 곧이어 그들을 환영하는 박수갈채가 쏟아져 나왔다.

입장하는 귀빈들을 물끄러미 바라보던 민규의 표정이 이내 싸늘하게 식었다. 귀빈 중 몇몇은 그와는 잊으려야 잊을 수 없는 악연을 가진 자들이었다. 4공화국 당시 권력을 위해서 인권을 유린하고 갖은 악행을 주도하던 그들이 세월이 흘러 어느덧 권력의 핵심으로 부상한 것이다.

귀빈들은 최고위원을 필두로 앞자리에 있는 사람들과 차례대로 악수하며 지나갔다. 최고위원이 홍석에게 다가오자 역시 그답게 양손을 바지에 호들갑스럽게 문지르고 굽실거리며 두 손을 쭉 뻗었다. 자신의 순서가 다가오자 민규도 마지못해 악수했다. 최고위원 뒤로 천낙원 의원과 박순영 의원이 다가와 그에게 손을 내밀었다. 순간 민규의 손이 움찔했다. 하지만 그들은 정치 베테랑답게 사람 좋은 미소와 함께 그의 손을 끌어당기듯 자연스럽고 능숙하게 악수를 한 후 지나쳤다.

　민규는 양의 탈을 쓴 늑대와 같은 그들의 가식적인 미소에 분노가 치밀었다. 지난 시절 그 미소 뒤에 숨겨진 살기를 너무나 또렷이 기억하는 그였다. 그들 역시 민규와의 지독한 악연을 기억 못 할 리 없겠지만, 이미 정치인이 되어 처세술에 능한 구렁이로 변했을 것이다.

　귀빈들은 무대 위로 올라가서 다른 귀빈들과 일일이 악수한 뒤 지정석에 착석했다.

　"저 양반, 정권이 바뀌었어도 생존력 하나는 참 끝내줘. 그치?"

　홍석이 턱으로 최고위원을 가리키며 수군거렸다.

　그렇다. 그 역시 서슬 퍼런 제4, 5, 6공화국을 관통하며 살아남아 여당의 최고위원까지 올라선 처세술의 대가였다.

　"국민의례를 시작하겠습니다. 귀빈께서는 모두 자리에서 일어나주시기 바랍니다."

민규는 사회자의 안내에 따라 자리에서 일어났다. 이내 배경음과 함께 엄숙한 국민의례가 장내 스피커를 통해 울려 퍼지기 시작했다.

"나는 자랑스러운 태극기 앞에…… 조국과 민족의 무궁한 영광을 위하여……."

민규는 가슴에 손을 얹은 채 무대에 앉은 인사들에게로 시선을 옮겼다. 그들은 애국심이 솟구치는 듯 눈을 지그시 감고 국민의례를 중얼거렸다. 민규는 코웃음이 나왔다. 과연 그들의 끓는 애국심은 누구를 향한 것인가? 국가인가, 국민인가? 아니면 자기 자신인가?

그의 입에서 한숨이 새어 나오는 순간, 누군가 자신을 부르는 듯한 느낌이 들었다. 뭔가 하고 고개를 돌린 민규의 시선이 귀빈들이 입장했던 2번 출입구에 머물렀다. 하지만 그곳에는 아무도 없었다.

출입구에 드리워진 짙은 자주색 커튼이 마치 그에게 비밀을 속삭이듯 미세하게 흔들리고 있었다. 민규는 착시인가 하고 두 눈을 끔벅이며 그곳을 유심히 바라봤다. 미세하게 흔들리는 커튼 가운데의 암흑 공간이 미지의 블랙홀처럼 그를 서서히 끌어당기고 있었다…….

납치

1973년 8월 9일.

한여름의 태양이 바닷물을 통째로 끓어버릴 듯 현해탄에 강렬한 열기를 내뿜었다. 수평선을 가로지르는 한 척의 고깃배가 하얀 거품을 달고 서서히 해항하고 있었다. 500톤급 중형 고깃배의 한 귀퉁이에 하얀 페인트로 쓰인 선박명이 또렷이 보였다.

용금호.

배 안에는 그물과 밧줄 등 어구가 갖춰져 있었다. 하지만 그 어딜 봐도 고기를 잡은 흔적을 찾을 수 없었다. 뱃사람으로 보이는 작업복 차림의 험상궂은 사내들 대여섯 명이 갑판에 앉아 있고, 고깃배에 전혀 어울리지 않는 양복 차림의 사내들이 삼삼오오 모여서 수군거리고 있었다.

선장실 앞에서 검은 레이밴 선글라스를 낀 깡마르고 차가운 인상의 사내가 망망대해를 바라보며 담배를 피우고 있었다. 40대 후

반으로 보이는 그 역시 양복 차림이었다. 담배연기를 내뿜으며 바다를 감상하듯 여유로운 모습이지만 손가락 사이에 낀 담배가 미세하게 떨리고 있었다.

"휴우……."

사내는 착잡한 심정을 토로하듯 한숨과 함께 담배연기를 길게 내뿜었다. 그 뒤에서 조타키를 잡은 덩치 큰 선장이 긴장한 표정으로 힐끔거리며 사내의 눈치를 살피고 있었다.

"오 선장, 오늘 날씨 하나는 끝내주는구먼……."

"아, 네, 실장님. 그렇습니다요, 허허."

실장이라 불리는 남자의 비위를 맞추듯 선장이 억지웃음으로 답했다. 갑판 위의 다른 사내들도 그 남자를 힐끔거리며 초조하게 명령을 기다리는 듯했다. 멀리 수평선에 시선을 고정했던 실장이 이내 뭔가 결심한 듯 담배꽁초를 바다에 튕겨버린 후 선장을 향해 입을 열었다.

"좋아, 여기쯤이 적당하겠어."

"네, 알겠습니다!"

선장은 명령을 기다렸다는 듯 배의 엔진을 멈췄다. 갑판 위의 사내들이 마치 약속이나 한 듯 자리에서 서서히 일어났다. 그중 양복 차림의 사내가 선장실을 쳐다보자 실장이 레이밴 선글라스를 벗고는 말없이 고개를 끄덕였다.

"가자!"

양복 입은 사내의 말이 떨어지자 뱃사람들은 일사불란하게 잰걸음으로 지하 생선창고로 향했다. 사내들은 생선 비린내가 밴 어두컴컴한 지하 통로를 지나 자물쇠로 굳게 잠긴 철문 앞으로 다가갔다. 문 앞에서 양복 입은 사내가 고갯짓을 했다. 뱃사람 중 하나가 철문의 자물쇠를 풀고 묵직한 쇠 빗장을 밀었다. 드르륵 하는 쇳소리와 함께 철문이 열렸다. 한 사내가 실내등을 켜자 희미한 백열전구가 창고 안을 밝혔다. 사내들의 시선이 창고 구석에 세워진 허름한 마대자루에 꽂혔다.

"열어!"

양복 입은 사내의 짧은 명령에 뱃사람들이 서둘러 마대자루의 매듭을 풀었다. 자루를 벗기자 입에 재갈을 물고 온몸이 결박된 채 신음하고 있는 중년 사내가 나왔다. 나무막대에 헝겊을 두른 재갈 주위로 터진 입술에서 흐른 선혈이 번져 있고, 얼굴은 온통 멍이 들어 있었다. 포박된 사내는 자신에게 닥칠 일이 무엇인지 직감한 듯 공포에 질린 얼굴로 사시나무 떨듯 떨기 시작했다.

"끌어내!"

양복 입은 사내의 단호한 명령에 포박된 남자의 얼굴이 사색으로 변했다.

"으…… 음…….”

재갈 물린 그의 입에서 무엇인가 호소하듯 공허한 절규가 새어 나왔고, 발악을 하는 그의 눈은 벌겋게 핏발이 서 있었다. 마지막 저항이라도 하듯 발버둥을 쳤지만 그는 이내 뱃사람들의 우악스러운 힘에 이끌려 갑판 위로 질질 끌려 나갔다. 갑판 한가운데에 내동댕이쳐진 사내는 자신이 처한 상황이 너무도 억울한 듯 오열하기 시작했다.

실장은 말없이 사내 앞으로 다가갔다. 포박된 사내는 그가 곧 책임자임을 직감한 듯 무릎으로 기어와 호소했다.

"흐음…… 흠……."

하지만 사내의 입에서는 신음에 가까운 탄음밖에 새어 나오지 않았다. 그의 모습을 내려다보던 실장이 안쓰러운 듯 수평선 너머로 시선을 던졌다. 목 안에 고여든 숨을 천천히 내쉬며 잠시 감정을 추스른 실장은 포박된 사내를 내려다보며 무거운 입을 열었다.

"당신의 좋은 점에 대해 얘기를 많이 들었소. 당신이 민주화운동에 평생 몸 바친 것도, 약자의 편에 서서 저항한 사실도 모두 말이오. 만약 우리가 이렇게 만나지 않았다면, 평생 당신을 존경했을 것이오. 난 당신에게 아무 감정 없소이다. 안타깝지만 난 단지 나라의 명을 따를 뿐이오. 미안하오, 김대중 선생……."

"흐…… 으음……."

죽음을 직감한 김대중은 발버둥을 치며 절규했지만 그의 입에서 새어 나오는 것은 핏줄 선 목에서 올라온 신음뿐이었다.

"미안하외다. 날 너무 원망하지 마시오. 잘 가시오!"

실장은 결심한 듯 단호한 어조로 말을 끝냈다. 사내들은 기다렸다는 듯 처절하게 발버둥치는 김대중을 짐짝처럼 뱃머리로 질질 끌었다. 실장은 마음이 착잡한 듯 그 모습을 애써 외면한 채 윗도리에서 담배를 꺼내 물고 먼바다를 보며 중얼거렸다.

"이제 모든 게 끝났어…… 끝난 거야……."

실장이 담배에 불을 붙이려는 순간, 선장의 다급한 외침이 들려왔다.

"실장님 큰일 났습니다!"

"뭐야?"

"웬 비행물체가 지금 우리 배를 향해 접근하고 있습니다!"

"뭐?"

실장이 하늘을 둘러보니 저 멀리 작은 점 같은 비행물체가 배를 향해 다가오는 것이 어렴풋이 보였다. 실장의 얼굴은 이내 당혹스러움으로 일그러졌다.

뱃머리에서는 사내들이 포박된 채 발버둥치는 김대중의 몸에 쇠사슬을 묶고 있었다. 당황한 실장은 판단이 안 서는 듯 선장과 사내들 무리를 번갈아 바라봤다. 순간, 김대중 납치와 관련이 있음을 직감한 실장은 다급히 무리를 향해 소리 질렀다.

"자, 잠깐 멈춰!"

"네?"

포박된 김대중을 바닷속에 처넣기 일보 직전이던 사내들이 어리둥절한 얼굴로 실장을 바라봤다. 그때 하늘에서 프로펠러 소리가 들리기 시작하더니 이내 그들의 시아에 헬기의 모습이 들어왔다.

"저 새끼들은 뭐야?"

사내들도 어리둥절하여 헬기를 바라봤다.

"어떻게 할까요? 그냥 던져버리죠!"

사내들이 실장의 동의를 구하며 소리쳤다.

"기다려봐!"

실장은 예상하지 못한 상황에 당황해서 사내들에게 신경질적으로 고함을 질렀다. 헬기는 어느덧 그들을 감시하듯 머리 위에서 물보라를 일으켰다. 실장은 손으로 햇빛을 가리고 헬기의 국적을 식별하기 위해 꼬리 쪽을 살펴봤다. 꼬리 부분에 성조기가 선명하게 그려져 있었다.

"미……국?"

실장은 순간 망치로 얻어맞은 듯 머리가 멍해졌다. 뱃머리에서 다시 사내들의 외침이 들려왔다.

"어떻게 할까요?"

"중지해…….."

사내들은 그의 명령을 믿기 힘들다는 듯 그를 불렀다.

"실장님!"

"중지하란 말이야 새끼들아!"

실장이 그들을 향해 버럭 소리를 질렀다. 비밀리에 진행해온 공작을 이미 다 파악했다는 듯 헬기에서 감시하고 있는 그들의 존재에 몸서리가 쳐졌다. 실장은 멍하니 하늘을 바라보며 중얼거렸다.

"저들이 누군가…… 이제 작전은 수포로 돌아가는 것인가……."

실장의 머리 위로 헬기 프로펠러가 경고하듯 강한 물보라를 일으키고 있었다.

강성대국

오사카 이쿠노구生野區의 작은 단칸방. 작고 어두컴컴한 방 안에 음침한 기운이 감돌았다. 반쯤 열어놓은 창문에서 불어오는 바람에 외가닥 전선 백열등이 출렁거렸다. 일렁이는 백열등 불빛 아래 벽면에는 서울시청 사진과 김일성 초상화가 붙었고, 단칸 책장에는 《레닌의 공산주의 이론》,《김일성 사상》,《마오쩌둥 어록》등 공산주의 이론 서적들이 어지럽게 꽂혀 있었다.

사내는 작은 스탠드가 켜진 앉은뱅이책상 앞에 앉아 작업에 열중했다. 그의 옆 벽면에는 일어로 찍힌 지난 신문기사들이 덕지덕지 붙어 있었다. "제7대 대통령 박정희 후보 당선"이라는 제목의 기사에서 박정희 대통령과 영부인의 사진 위에 붉은 펜으로 테두리가 겹겹이 쳐져 있었다. 1972년 10월 17일자 "유신헌법 대통령 특별선언" 기사에서 박정희 대통령이 연설하는 사진, 1973년 8월 8일자로 대서특필된 "도쿄 김대중 납치" 기사에서 김대중의 사진에도 겹겹이 붉은 테두리가 있었다.

앉은뱅이책상 앞에는 극장의 내부로 보이는 도면이 붙어 있고, 그 위로 동선으로 보이는 붉은색 선이 몇 갈래로 이어져 있었다. 책상 위에 놓인 소니 트랜지스터라디오에서 흘러나오는 구슬픈 엔카와 어지럽게 널려 있는 잘려나간 사진의 하얀 테두리가 분위기를 더욱 음산하게 만들었다.

탁. 탁. 탁.

굵은 빗방울 소리가 작은 유리 창문을 세차게 때리기 시작했다. 은테 안경 너머로 창문을 힐끔 보던 사내가 자리에서 일어나 창가로 다가갔다. 사내는 창문을 닫으려다 창밖을 물끄러미 바라봤다. 이내 천둥과 번개가 요란하게 내리치기 시작했다.

쾅!

번쩍이는 섬광과 함께 천지를 집어삼킬 듯한 천둥소리가 운명의 서막을 알리는 신호탄처럼 느껴졌다.

"미키코……."

창밖을 주시하던 사내가 나직한 목소리로 중얼거렸다. 운명의 시간이 점점 다가올수록 그녀가 사무치게 그리웠다.

그녀를 만난 건 세이키 상업고등학교 시절이었다. 조센징이라는 차별과 핍박 속에서 마음의 도피처를 찾고자 교외 서클 활동을 시작했던 그는 그곳에서 정화여고에 다니던 미키코를 처음 만났다. 그녀의 싱그러운 웃음과 활달한 성격에 매료된 사내는 첫 만남에 마음을 빼앗기고 말았다. 미키코 역시 사내가 재일교포 2세임에도 일본인으로서의 동정심이 아닌 진정한 관심과 애정을 보여주었다.

그 후 사내는 차별과 수모 속에서 출생에 대한 회의마저 들게 만들었던 고등학교를 중퇴하고 빌딩 창문 닦기, 소화기 판매원, 휴지 교환원 등 밑바닥을 전전하며 살았다. 하지만 그 와중에도 사내를 진심으로 걱정하고 배려해준 사람이 미키코였다. 사내는 자신의 유일한 희망이자 구원자였던 그녀를 절대 놓치고 싶지 않았다. 하지만 조센징과 일본인의 사랑은 너무도 뻔한 결말이 예견되어 있었다.

어느 날 사내는 소박한 금반지 하나를 사서 미키코에게 청혼했고, 그녀는 기쁨의 눈물을 흘리며 승낙했다. 하지만 그녀의 부모는 사내가 조센징이란 이유 하나로 결사반대했고, 둘의 관계가 깊어지는 것을 막기 위해 서둘러 스무 살의 미키코를 일본 남성과 결혼시키고 말았다.

사내의 모친 역시 끝없이 방황하는 아들의 마음을 잡아주고자 바로 다음 해에 재일교포 2세인 강성숙과 서둘러 혼례를 치르게 했다. 하지만 사내의 가슴 한편에서는 그간 참아왔던 설움과 분노가 차례로 폭발하기 시작했다. 일본에서 태어나 한 번도 가본 적 없는 조국이지만, 어서 강성대국으로 발전해서 자신이 받은 핍박과 수모를 일본에 그대로 갚아줬으면 하는 간절함과 분노가 함께 싹텄다.

몇 년 후, 사내 앞에 미키코가 찾아왔다. 그녀는 이미 아들까지 낳고, 흐르는 운명의 물길에 자신을 던져 평범한 가정주부로 살고자 노력했지만, 진정으로 사랑했던 사내를 단 한시도 잊은 적이 없다고 했다. 그리고 사내의 마음속 상처와 분노가 자신으로부터 비롯된 것임을 너무나 잘 안다며 그의 앞에서 무릎을 꿇은 채 눈물로 사죄했다. 차라리 자신도 일본인이 아닌 재일동포였으면 좋겠다고도 했다.

이후 그녀는 진정으로 사내의 아픔을 치유하고자 노력했고, 그를 돕기 위해 정치인을 만나게 해줬다. 정치인은 그를 독려하며 후원했고, 조국을 강성대국으로 함께 만들자는 데 뜻을 같이했다.

"고마워 미키코……."

사내는 작은 창문 밖으로 담배연기를 내뿜으며 나직이 중얼거렸다.

그 정치인의 배려로 사내와 미키코는 홍콩으로 3박 4일간의 밀월여행을 떠났다. 그간 느껴보지 못했던 사랑의 달콤함을 맛본 행복한 순간이었다. 서로가 가정이 있고 자식도 있기에 엄연한 불륜이었지만 뜨겁게 사랑하는 두 사람에게는 남들의 시선 따위 아무 상관도 없었다. 미키코는 사내의 품에 안겨 자신에게 꼭 돌아와달라고 속삭였다. 사내는 임무를 완수하고 영웅으로 돌아와 사랑하는 당신을 다시 품에 안을 것이라고 답했다.

사내는 마지막으로 담배를 한 모금 깊이 빨아들인 후 창밖으로 꽁초를 튕겨버리고는 다시 앉은뱅이책상 앞에 앉았다. 책상 위에 놓인 것은 요시이 유키오의 여권이었다. 사내를 위해 미키코가 몰래 가져다준 남편의 것이었다. 사내는 요시이의 사진을 한동안 뚫어져라 바라보았다. 가슴 깊은 곳에서 분노가 치밀어 올랐다. 만약 자신이 조센징이 아니었다면 미키코의 남편은 이자가 아닌 바로 자신일 것이다.

사내는 예리한 면도날로 조심스레 요시이의 사진을 여권에서 떼어내기 시작했다. 잠시 후 사진과 여권이 깨끗이 분리되자 미키코의 남편 사진을 분풀이하듯 갈기갈기 찢어버렸다. 그러곤 테두리를 깔끔히 오려놓은 자신의 여권사진 뒷면에 접착제를 얇게 발라 사진이 있던 자리에 정확히 부착했다. 단지 사진 한 장 바꾼 것뿐인데 과연 문제가 없을까 하는 의구심이 들었다. 하지만 주사위는 이미 던져졌고 더 이상 선택의 여지가 없었다.

무표정한 얼굴로 위조된 여권을 바라보던 사내는 긴 한숨을 내쉬며 책상 위에 툭 던져놓았다. 그는 자리에서 일어나 비가 몰아치는 창밖을 내다봤다. 번개가 번쩍일 때마다 사내의 날카로운 눈 위 안경알에 섬광이 반사되며 섬뜩한 분위기를 자아냈다. 사내는 이글거리는 눈빛으로 중얼거렸다.

"이제 모든 준비는 끝났다……."

입국자들

 1974년 8월 6일 오후 1시. 김포공항 입국 램프에 오사카 공항 11시 30분 출발 대한항공 202편의 불이 들어왔다.

 김포공항은 평소보다 매우 붐볐다. 특히 외국인 입국심사대에 평소보다 많은 외국인이 입국하여 꼬리를 물고 순서를 기다리고 있었다. 길게 늘어선 줄 가운데 유난히 큰 키에 콧수염을 기른 LA 타임스의 사무엘 제임슨(41세) 기자와 녹화용 카메라를 멘 CBS 뉴스의 브루스 더닝(42세) 특파원이 눈에 띄었다. 무더운 날씨와 좀처럼 줄어들지 않는 줄에 짜증이 난 듯 브루스가 사무엘을 원망의 눈빛으로 노려보며 투덜대기 시작했다.

 "내가 지금 뭘 하는 건지……. 올 여름휴가는 가족들과 카리브해에서 보내기로 약속까지 했는데……."

 사무엘이 긴 콧수염을 검지로 쓰다듬으며 피식 웃었다.

 "자네 한국은 처음이라고 하지 않았나?"

"근데 왜?"

"그럼 새로운 경험도 하고 얼마나 좋아. 긍정적으로 생각해야지."

"이봐! 난 단지 특종이 나올 거라는 정보가 있다고 자네가 말해서 온 거라고."

브루스가 시큰둥한 표정으로 중얼거렸다. 사실 사무엘 제임슨은 아무 정보도 없이 한국행을 선택한 것이었다. 20여 년 기자생활의 감으로 뭔가 나올 것 같은 예감이 전부였다.

박정희 정부는 궁지에 몰려 있었다. 김대중 납치사건으로 전 세계의 지탄을 받고 있는 데다 일본과 국교단절의 위기 상황에서 그의 첫 공식 연설이 될 광복절 기념식에서 뭔가 의미심장한 발언이 나오지 않을까 하는 막연한 기대감 때문이었다. 만약 예감이 적중한다면 대부분의 외신기자가 여름휴가를 떠난 지금 특종을 잡는 행운을 거머쥘 수도 있다. 하지만 홀로 한국행을 택하기는 망설여졌기에 친구인 브루스 더닝 기자를 꼬드겨 가족여행까지 포기하게 만든 것이었다. 뭔가 건질 만한 게 생기면 다행이겠지만, 만일 박정희 대통령이 광복절 기념 연설만 하고 만다면 브루스로부터 원망을 들을 생각에 아찔했다. 하지만 어차피 한국에 들어온 이상 원망한다고 뭘 어쩌겠는가? 그는 속에서 올라오는 웃음을 애써 참았다.

"그나저나 이번 기념식에서 박 대통령이 무슨 말을 할 것 같대?"

"글쎄…… 한국 정부가 궁지에 몰렸으니 뭔가 의미심장한 얘기가 나오지 않겠어?"

"뭐? 나오지 않겠냐고? 그러다 별다른 언급이 없으면?"

"그럼 한국 관광이나 실컷 하다 가지 뭐."

"뭐, 관광? 이 친구…… 확실한 정보가 있다고 그랬잖아?"

사무엘은 짐짓 다른 곳으로 눈길을 돌리며 실실 웃었다.

"한국 정부가 나한테 연설문을 주겠어? 없어, 그런 거!"

"뭐?"

브루스의 얼굴이 붉으락푸르락해지며 그가 언성을 높였다.

"이 친구 입국하니깐 발뺌이네! 난 휴가도 반납하고 왔다고!"

"안타깝군!"

"뭐? 뭐라고?"

그가 황당하다는 듯 말을 잇지 못하자 사무엘이 껄껄껄 웃어젖혔다.

"걱정 마. 지금 김대중 납치사건으로 한국 정부에 비난의 화살이 쏟아지고 있는 마당에, 뭔가 변명 하나 정도는 늘어놓지 않겠어?"

브루스가 어이없다는 표정으로 노려보자 사무엘이 호탕하게 너털웃음을 터뜨렸다. 큰 웃음소리에 주위 사람들이 그들을 힐끗거렸다. 하지만 맨 앞줄에서 순서를 기다리는 사내의 귀에는 아무 소리도 들리지 않았다. 키가 170센티미터 중반쯤 되는 거구에 20대 중반으로 보이는 사내는 베이지색 중절모 아래로 날카로운 눈빛을 번들거리며 긴장의 끈을 놓지 않았다. 오른손에 소니 트랜지스터라디오를 들고 여행용 트렁크를 세워둔 채 사뭇 긴장된 표정으로 이마에 흐르는 땀을 연신 손수건으로 닦았다.

자신의 순서가 되자 사내는 마른침을 삼킨 후 입국심사관 앞에 일본 여권을 내려놓았다. 심사관은 기계적으로 여권을 펼쳤다. 여권에는 '吉井行雄(요시이 유키오)'라는 이름이 찍혀 있었다. 심사관은 여권사진을 확인한 후 사내를 힐끗 쳐다보았다. 사내의 얼굴은 긴장한 기색이 역력했다. 심사관은 말없이 사내를 훑어보고는 여권에 입국 허가 도장을 쾅 소리 나게 찍었다.

"도모(고맙습니다)!"

사내는 짧게 인사하고 심사대를 통과해 서둘러 입국장을 빠져나갔다.

"휴……."

사내의 입에서 비로소 안도의 한숨이 흘러나왔다. 긴장한 탓에 눈 돌릴 겨를조차 없었던 그의 시야에 김포공항 주변 풍경이 들어왔다. 크지는 않지만 공항 주변이 나름 깨끗하다는 생각이 들었다.

사내는 첫 한국 방문에 감회가 새로운 듯 잠시 생각에 잠겼다가 청사 앞에 줄줄이 기다리는 택시를 향해 손짓했다. 앞줄에서 순서를 기다리던 택시가 그에게 다가왔다. 나이 들어 보이는 기사가 재빨리 택시에서 내려 능숙하게 그의 짐을 받아 트렁크에 실었다. 사내가 오른손에 들고 있는 트랜지스터라디오를 건네받으려 손을 내밀자 사내는 손사래를 치고는 이내 뒷좌석에 몸을 실었다.

택시는 서서히 김포공항을 빠져나가기 시작했다. 기사가 룸미러로 사내를 힐끔거리다가 말을 붙였다.

"날이 무척 덥죠?"

"……."

사내는 한국말을 못 알아듣는 듯 대꾸하지 않았다. 기사는 그가 일본인일 거라 짐작하며 일정 때 배웠던 일본어 실력을 보일 기회라고 생각했다.

"니혼진 데스까(일본인이십니까)?"

"하이, 소우데쓰(네, 맞습니다)."

"도꼬데 이끼마쇼까(어디를 가시죠)?"

사내는 공항에서 긴장한 탓에 기사에게 목적지를 말하는 것을 깜빡 잊었다는 걸 깨달았다.

"아! 스, 스미마셍. 조선호테루데 잇데 구다사이(아, 죄송합니다. 조선호텔로 가주시죠)."

"하이!"

택시는 김포가도를 달려 여의도를 지나고 있었다. 창밖으로 도시의 전경을 살피던 사내는 서울이 꽤 발전한 도시라고 생각했다.

"한국에 처음 오셨나 보죠?"

룸미러로 사내의 표정을 살피던 기사가 다시 일본어로 말을 걸었다.

"아…… 네, 그렇습니다."

"한국이 어떻게 보이십니까?"

"생각보다 꽤 발전했군요. 놀랍습니다."

"그렇죠? 한국은 6·25전쟁 후에 잿더미에서 이 도시를 만들었습니다."

기사는 마치 물 만난 고기처럼 어깨를 으쓱이며 묻지도 않은 얘기를 늘어놓기 시작했다.

"물론 정치적인 혼란으로 과도기를 거쳤지만, 지금의 박정희 대통령이 취임한 이래로 조국근대화 정책에 따라 새마을운동을 시작하고 경부선과 포항제철을 건설하게 됨으로 인해……."

기사가 한참 떠들어대는 와중에 그의 입에서 대통령의 이름이 나오자 사내의 양미간이 좁혀졌다.

"저…… 죄송하지만 조금 피곤하군요."

사내가 말을 막자 열변을 토하던 기사는 머쓱해져서 더 이상 말을 이어가지 못했다.

택시는 어느덧 소공동으로 진입했다. 이윽고 조선호텔 정문 앞에 도착하자 사내는 지갑에서 지폐를 꺼내 기사에게 집어주었다. 그러곤 잔돈을 거슬러 주려는 기사에게 그냥 가지라는 제스처를 취한 후 택시에서 내렸다. 기사는 트렁크에서 짐을 꺼내 사내 옆에 내려놓고는 인사를 잊지 않았다. 호텔 입구에 있던 벨보이가 다가와 사내의 가방을 챙겼다.

호텔 로비로 들어선 사내는 곧바로 프런트로 다가갔다.

"요시이 유키오입니다."

"네, 일본에서 예약하신 분이죠?"

가슴에 '음예경'이라는 명찰을 달고 있는 프런트 직원이 밝게 웃으며 일본어로 상냥하게 맞았다.

"네, 그렇습니다."

"여기에 기재해주십시오."

프런트 직원이 숙박계를 내밀었다. 사내는 여권에 기재되어 있는 여권번호와 거주지를 기입하고 하단에 사인한 뒤 직원에게 건넸다.

"1030호실입니다. 벨보이가 안내해드릴 거예요."

짐과 함께 기다리던 벨보이가 그를 안내했다. 1030호실은 고급 인테리어로 장식된 꽤 깔끔한 방이었다.

"편히 쉬십시오."

인사를 하고 나가려는 벨보이에게 천 원짜리 지폐 한 장을 건네주자 목례를 잊지 않았다. 벨보이가 나가자 사내는 중절모를 벗은 후 커튼을 걷고 창밖을 내려다봤다. 서울 시내가 한눈에 들어오는 전망 좋은 방이었다. 감회가 새로운 듯 한동안 창밖을 내려다보던 사내가 혼잣말로 중얼거렸다.

"이곳이 내가 평생 꿈꿔온 조선이란 말인가……."

긴장이 풀린 탓인지 피로감이 한꺼번에 몰려들었다. 사내는 침대로 다가가 천장을 향해 그대로 누웠다. 한낮의 정적이 방 안을 휘감고 있었다.

"휴……."

사내는 한숨을 길게 쉬고 눈을 감았다. 눈앞에 미키코의 모습이 어른거렸다. 자신의 품에 안겨서 꼭 돌아오라며 훌쩍이던 그녀…… 그리고 아내 강성숙과 두 살배기 아들 천민의 모습이 떠올랐다. 어쩌면 마지막이 될지도 모르는 여행을 앞두고 아내에게 잠시 다녀올 데가 있다는 말만 남기고 떠난 그였다.

아내는 남편에게 여자가 있다는 사실을 알았지만 내색 한번 하지 않고 아내로서 그리고 엄마로서 자신의 역할을 묵묵히 해냈다. 착하디착한 바보 같은 여자. 자신이 아닌 평범한 남자를 만났더라면 행복에 겨워할 그런 여자. 문득 아내에 대한 미안함과 후회가 몰려왔다. 지금쯤 아내는 자신이 한국에 있다는 사실을 까마득히 모른 채 아들 천민을 등에 업고 남편이 오기를 기다리며 집 앞을 서성일 것이다. 아내와 아들을 생각하자 그의 눈시울이 붉어졌다. 사내는 임무를 성공적으로 마치고 두 여자가 기다리는 오사카로 기필코 돌아가리라고 다짐했다.

"그래, 나 꼭 성공해서 돌아갈게……."

그가 눈물을 글썽이며 허공에 중얼거렸다. 그때 정적을 깨고 전화벨이 날카롭게 울렸다. 사내는 벌떡 일어나 잠시 감정을 추스른 후 수화기를 들었다.

"모시모시(여보세요)."

"세쿠오?"

수화기에서 중후하고도 위엄 있는 목소리가 흘러나왔다.

"하이!"

"오느라 수고했네."

"감사합니다!"

"며칠 쉬도록 하게. 아! 한국 관광도 괜찮겠구먼."

"네, 고맙습니다."

"필요한 건 없나?"

"네, 별로……."

"편히 쉬도록 사람을 하나 보내지."

"……."

그가 말하는 사람이란 아마도 여자이리라. 사내는 미키코와 아내에 대한 죄책감에 쉽사리 입을 열지 못했다.

"편히 쉬게."

"네, 알겠습니다."

"자네는 민족의 영웅이 될 걸세."

"하이! 도모 아리가토 고자이마스(정말 감사합니다)."

수화기 너머로 딸깍 전화 끊는 소리가 들렸다. 말없이 수화기를 바라보던 사내는 이내 자신의 가방을 뒤지기 시작했다. 잠시 후 가방에서 드라이버를 꺼내 트랜지스터라디오를 해체했다. 그가 라디오를 거꾸로 들어올리자 묵직한 금속 물체들이 우르르 쏟아져 나왔다. 라디오에서 쏟아진 금속 물체는 스미스앤웨슨 38구경 리볼버 한 자루와 총알 다섯 발이었다.

사내는 천천히 탄창을 돌려가며 총알을 한 발씩 장전하기 시작했다. 총알을 모두 장전하자 전신거울 앞에 총구를 겨눴다. 그런 사내의 눈빛에 비장함과 살기가 번뜩였다.

　"나 문세광은 민족의 영웅이 되어 돌아갈 것이다!"

백전백패의 변호사

한여름의 이글거리는 열기는 법정 안을 끓는 가마솥같이 바꿔놓았다. 신민규는 유달리 푹푹 찌는 무더위에 숨이 막힐 지경이었다. 이마에 흐르는 땀이 목을 타고 내려와 와이셔츠의 목깃을 적시는 바람에 더욱 숨통이 조여드는 듯했다. 민규는 연신 와이셔츠 목깃을 들었다 놨다를 반복했다.

항상 들락거리는 법정이지만 오늘따라 더욱 갑갑하게 느껴지는 이유는 이번 사건 역시 결과가 뻔할 것 같은 예감이 들기 때문이다. 국선변호사로서 그는 맡는 사건마다 마치 결과가 정해진 듯 패소를 반복했다. 그리고 오늘도 별반 다르지 않으리라는 생각이 머릿속에 맴돌았다.

대학 후배인 피고 측 변호사는 더위에도 아랑곳없이 목소리에 더욱 힘을 실었다.

"이상의 증언에 따르면 회사의 과중한 업무로 인한 사고라는 원고의 주장은 그 증거가 부재하며, 오히려 업무가 끝나지 않은 상황에서 만취 상태가 될 정도로 술을 마시고 사고를 유발한 원고 본인의 책임이 크다고 할 수 있습니다. 회사는 성실히 일하는 사람들에게 월급을 주는 곳이지, 근무시간에 술을 먹고 사고를 당한 사람에게 보상금을 지급하는 곳이 아닙니다!"

"니기미! 좆 빠지게 일하는데 밥 묵을 때 반주 안 처묵는 넘이 으데 있노? 그기 맨정신으로 되는 줄 아나! 술기운에 일해야제!"

민규의 의뢰인이 투박한 어조로 언성을 높였다.

"원고는 조용히 하세요!"

판사가 짜증이 난 듯 의사봉을 내려치며 노동자에게 호통을 쳤다. 노동자는 판사의 호통에 찔끔하다가 민규에게 동조를 구하듯 중얼거렸다.

"내가 뭐 못할 말 했는교?"

민규는 자신의 의뢰인을 시큰둥한 표정으로 바라봤다. 돌아가는 상황으로 볼 때 이번 사건도 패색이 짙다는 생각에 그도 점점 의욕을 잃어갔다.

"따라서 이번 사고는 원고의 부주의한 행실과 업무 태만이 가장 큰 원인이라 할 수 있습니다!"

판사가 원고에게 호통을 내지른 후라 피고 측 변호사의 목소리에 더욱 힘이 들어갔다.

"원고는 공과 사를 구분하지 못하고 만취 상태에서 사고를 저질러, 대통령 각하의 500만 불 수출 금자탑을 수상한 인성산업에 막대한 손실을 입히고도 뻔뻔하게 퇴직금까지 지급한 회사를 상대로 손해배상을 청구한다는 것은 정말 어불성설이라 아니할 수 없습니다. 이상입니다!"

그 어떤 변론을 펼쳐도 어차피 판사는 무식한 노동자의 손을 들어줄 리 만무하다는 생각이 민규를 무기력하게 했다. 그는 노동자의 바로 뒷자리에 배석한 그의 가족을 물끄러미 바라봤다. 마지막 판결이 내려지는 날임을 알고 온 가족이 방청을 온 듯했다. 갓난아기를 들쳐 업은 부인의 얼굴은 가난에 찌들고 삶에 지친 흔적이 역력했다. 옆에는 어린 자식 다섯 명이 영문도 모른 채 심각한 표정을 한 부모의 얼굴을 연신 힐끗거리며 눈치를 보고 있었다. 부인은 남편이 흥분하여 거친 말을 쏟아낼 때마다 뒤에서 말없이 남편의 어깨를 토닥이며 그를 진정시키려 애썼다. 그녀의 눈빛에 절실함 이상의 간절함이 여실히 드러났다.

그들이 앞으로 전개될 상황을 전혀 예상하지 못하고 국선변호인에게 마지막 희망을 건 채 가슴 졸이며 앉아 있을 거라 생각하니 민규는 가슴이 먹먹했다. 그것이 그의 잘못은 아닐지라도 국선변호인이 맡는 사건 대부분이 못 가진 자들을 변호하는 것이기에 패소 후 자신에게 쏟아지는 원망과 함께 좌절하는 그들을 바라봐야 하는 자신의 처지가 참으로 곤욕스럽게 느껴졌다.

"대리인!"

판사의 날카로운 목소리가 번뜩 귀에 꽂혔다.

"아, 네!"

민규가 허겁지겁 자리에서 일어났다.

"네, 원고가 술을 마시고 일을 했던 것은 인정합니다. 하지만 술을 마시게 된 계기는 어디까지나 회사의 과중한 업무량에서 비롯된 것입니다. 또한 결과적으로 원고는 프레스 사고로 인해 앞으로 생계활동이 불가능할 정도의 장애를 입었습니다. 이유야 어떻건 간에, 그간 원고가 회사에 10여 년간 목숨 바쳐 일한 노고와 작업장에서 발생한 사건이라는 점을 감안해서라도 회사는 사고로 인해 원고가 입은 손해를 배상해야 한다고 생각합니다."

"옳소!"

노동자가 동조하며 팔을 번쩍 들었는데 붕대를 감은 오른팔 끝에 손목이 없었다. 그는 민규의 눈치를 살피고는 슬그머니 팔을 내렸다. 이에 질세라 상대 변호사가 기세등등하게 자리를 박차고 일어났다.

"이의 있습니다! 본 법정이 원고의 손을 들어준다면, 더 성실히 일하다가 다친 수많은 노동자들에게 더 큰 손해배상을 해줘야 합니다! 지금 때가 어떤 때입니까? 조국 근대화를 위해 너도나도 두 팔을 걷어붙인 이때, 자신의 과실로 인한 장애를 이유로 조국 근대화를 위해 힘쓰는 기업에 손해배상을 청구하는 이율배반적인 경우를 절대 용납해서는 안 되는 일입니다!"

민규는 툭하면 조국 근대화 운운하는 후배 변호사가 역겨웠다. 도대체 사회의 정의가 무엇인가? 언제부터인지 '조국의 근대화를 위해서'란 말은 그 의미가 무색할 정도로 인권유린을 정당화하는 주문처럼 통용되는 듯했다. 조국의 근대화를 위해서라면 인권은 무참히 짓밟혀도 된다는 것인가?

"원고 측 반론 있습니까?"

"어, 없습니다."

민규는 더 이상의 반론은 무의미하다는 판단에 변론을 포기했다.

"판결문을 낭독하겠습니다."

민규와 피고 측 변호사, 의뢰인 들이 모두 기립하여 긴장한 표정으로 판사의 입을 주목했다.

"원고 김만배의 장애를 야기한 사고는 원고의 음주와 부주의로 인해 발생한 것으로 인정되고, 달리 과중한 업무로 인해 발생한 것임을 인정할 증거가 없다. 그러므로 인성기업에 대한 원고의 손해배상 청구를 기각하는 바이다!"

탕! 탕! 탕!

판사가 단호하게 의사봉을 내려쳤다. 그러자 피고 측 변호사와 의뢰인이 안도의 한숨을 쉬며 악수를 나눴다.

민규는 이미 예상했던 결과인지라 무덤덤하게 서류를 정리하기 시작했다. 판결문을 이해하지 못했는지 노동자가 어리둥절한 표정으로 그를 쳐다봤다.

"뭐…… 뭐라 카는교?"

서류를 가방에 집어넣던 민규가 의뢰인을 물끄러미 바라봤다.

"우리가 졌는교?"

민규는 안쓰러운 표정으로 말없이 고개를 끄덕였다.

"그라면…… 내…… 내는 어케 되는교?"

의뢰인과 가족들은 얼굴이 허옇게 변해서 하소연하듯 민규를 쳐다봤다. 민규가 무겁게 입을 열었다.

"죄송합니다. 최선을 다했지만 힘없는 자는 힘 있는 자를 이길 수 없는 것이 지금의 세상인 것 같습니다."

"그라면 내는 평생 일도 못 하고 이래 살아야 하는교?"

노동자가 입을 실쭉거리며 울먹였다.

"정 그러시면 항소를 하십시오. 하지만 결과는 별반 다르지 않을 것 같습니다. 죄송합니다."

민규가 목례하고 서둘러 자리를 벗어나자 등 뒤에서 통곡하는 의뢰인과 가족들의 울음소리가 터져 나왔다. 민규는 그들의 처절한 울음소리를 뒤로한 채 지긋지긋한 법정을 서둘러 빠져나왔다.

"휴……."

건물 밖 화단에 걸터앉은 민규의 입에서 긴 한숨이 새어 나왔다.

"선배님!"

피고 측 변호사였던 후배가 그를 발견하고 달려왔다.

"아니, 뭐가 그리 급해서 뛰쳐나오셨습니까?"

"아, 뭐……."

민규는 후배의 물음에 이렇다 할 변명을 못 하고 우물거렸다.

"오늘 오실 거죠?"

"어딜?"

"서울대 동문회요. 연락 못 받으셨어요?"

"아, 뭐…… 시간 나면 가지……."

민규는 말꼬리를 흐렸다. 사실 그는 저녁에 대학 동문회가 있다는 소식을 이미 동문들에게 들어 알고 있었다. 하지만 그곳에 가는 것이 그에겐 큰 부담으로 다가왔다. 동문들이 잘나가는 합동법률사무소 소속 변호사나 판검사가 되어 세상을 다 가진 듯 거들먹거리는 꼴을 보는 것이 불편했다.

"그렇게 회피하지 마시고 이제 좀 이너 서클로 들어오세요."

"……."

후배는 짐짓 외면하는 그의 표정을 보고 포기한 듯 뒷걸음쳐 가며 외쳤다.

"오늘 7시, 캐피탈호텔이에요!"

민규는 담배에 불을 붙이곤 허공에 길게 연기를 내뿜었다. 깊은 탄식과도 같은 한숨을 내쉬고 하늘을 올려다보았다. 8월의 하늘이 가슴 시리도록 파랬다.

유혈사태

"어이, 조사계 배영진이! 니 머하노? 당장 출동 안 하나!"

수화기에서 기동대 조 대장의 앙칼진 목소리가 배영진의 귀에 따갑게 꽂혔다.

"네, 곧 갑니다, 가!"

건성으로 답하고 전화를 끊은 영진은 다시 책상 위에 양다리를 걸치고 의자 등받이에 몸을 기댄 채 달달거리며 돌아가는 선풍기 바람을 쐤다. 그는 거치적거리게 자란 턱수염을 한 손으로 문질렀다. 며칠째 집에 못 들어간 바람에 텁수룩하게 자란 턱수염이 까칠했다. 거의 매일같이 무더기로 잡혀 들어오는 데모 용의자들 조사에 이골이 난 상황인지라 영진은 짜증스레 서류를 책상 위에 툭 던지고는 윗주머니에서 담배를 꺼내 물고 불을 붙였다.

중부경찰서 조사계 만년 말단 형사로 근무하는 영진은 무더운 여름이 싫었다. 특히나 올해, 1974년의 여름은 끔찍했다. 대통령

긴급조치 4호가 발령 중인지라 유신 반대 데모에 연루된 학생들과 일반인들이 무더기로 연행되었고, 그들의 석방을 요구하는 또 다른 시위가 이어지는 악순환이 반복되고 있었다. 그들이 모두 빨갱이는 아닐 텐데 육하원칙에 따라 끼워 맞추듯 반* 빨갱이로 조서를 꾸며 싸잡아 넣어야 하는 자신의 처지에 넌더리가 났다.

"배 형사님, 조 대장이 빨리 오라고 난리여유!"

신임 강덕배 형사가 육중한 몸을 이끌고 허겁지겁 달려와 당장 난리가 난 듯 호들갑을 떨었다. 그는 충청도 두메산골에서 형사가 되겠다고 무작정 상경한 친구였다. 총명함과는 아주 거리가 멀지만, 타고난 힘과 끈기만으로 형사가 된 새내기 말단이었다. 가끔 무지에서 비롯된 엉뚱한 말과 행동으로 호통을 듣고 구박을 받아도 자신을 친형처럼 졸졸 따라다니는 그를 영진은 미워할 수가 없었다.

"이번엔 또 어디래?"

영진이 퉁명스럽게 물었다.

"구로공단 영호산업이래유."

"영호산업?"

영진은 귀에 익은 회사명에 기억을 더듬었다. 영호산업은 불과 얼마 전 TV 뉴스에서 가발 수출로 500만 불 수출 대통령 훈장을 받은 기업으로 소개됐던 곳이다.

"거기 가발공장 아니냐?"

"맞아유. 거서 공순이들이 떼로 데모를 한대나 봐유."

시골에 있는 가족들을 먹여 살리려고 상경한 어린 처녀들이 대부분일 가발공장에서 데모를 한다는 말에 의아했다. 한편으론 오죽했으면 어린 여공들까지 데모를 할까 싶은 생각이 들었다. 영진은 내키지 않는 듯 담배를 비벼 끄고 느릿느릿 자리에서 일어났다.

"악덕 업주는 물러나라! 물러나라! 노동자 인권 보장하라! 보장하라!"

영호산업 2층 창가에서는 노조 대표로 보이는 여공의 선창에 따라 머리띠를 두른 어린 여공들이 유리창 밖으로 얼굴을 내민 채 구호를 외치고 있었다. 여공들의 데모는 의외로 격렬했다. 400여 명이 공장 건물 전체를 장악하고 이틀째 철야농성을 이어가고 있었다.

공장 입구에는 경찰의 데모 진압 버스들이 바리케이드처럼 둘러싸고 있고, 200여 명의 전투경찰이 방패를 들고 조 대장의 지시에 따라 공장 안으로 진입을 준비하고 있었다.

"저, 저, 미친 가스나들 봐라. 긴급조치 4호가 발효됐는데 죽을라꼬 빽을 쓰나?"

진압대를 자극하려고 작정한 듯 조 대장이 고래고래 소리를 질러댔다.

"요구사항이 뭐래요?"

영진이 다가가 묻자 힐끔 보곤 대꾸했다.

"뭐긴 머꼬! 산업 발전에 역행하는 가스나 몇 명 잘랐다고 저러는 거 아이가. 미친년들!"

"쟤들 넉 달 치 월급도 못 받았대유."

강덕배가 눈치 없이 끼어들자 조 대장이 덕배를 향해 인상을 구겼다.

"얼마 전에 500만 불을 수출했다는 회사가 그동안 번 돈은 다 어쩌고 월급을 넉 달 치나 안 줬대요?"

조 대장이 짜증 난다는 듯 투덜거렸다.

"지금 때가 어떤 때고? 쟈들만 그러나?"

"배고파서 그러는 것 아니에요? 쟤들도 자기 가족들 먹여 살리려고 상경해서 저 고생하며 일하는데, 돈을 안 주면 어떻게 살겠어요? 오죽하면……."

조 대장은 말이 귀에 거슬린 듯 영진을 노려봤다.

"오죽하면? 그런 니는 등 따시고 배부르나?"

영진이 대꾸를 못 하자 조 대장은 더욱 언성을 높였다.

"저 가스나들은 전부 빨갱인기라 빨갱이! 지금이 때가 어느 땐데 저 지랄들이고! 야! 강덕배!"

"네!"

"아그들 쐬주 단디 맥였제?"

"야……."

영진은 소주라는 말에 흠칫 놀라 진압대원들을 바라봤다. 이틀

간 이어진 밤샘 데모 진압으로 다들 눈이 벌겋게 충혈됐고, 얼굴에 취기가 올라 역겨운 소주 냄새가 진동했다. 영진은 순간 불안감에 휩싸였다. 대원들에게 식사 대신 독한 소주를 먹여 독기가 오를 대로 오르게 만드는 것은 과격한 진압이 필요할 때나 하는 아주 드문 일이었다.

"덕배!"

"야?"

"확 들어가가 다 조지뿌라. 특히 저 앞에서 선창하는 년 있쟈? 저 거 진짜 빨갱이인기라. 저년은 아예 반 직이서 데리온나!"

조 대장의 자극적인 언동이 혈기왕성한 진압대원들에게 유혈사 태를 조장하는 것 같아 영진은 그를 진정시켜야 한다고 생각했다.

"반장님, 그러다 사고 나요. 조금만 더 기다려보죠. 쟤들 요구사 항도 좀 들어보고요."

"뭐꼬? 니도 빨갱이가?"

영진은 조 대장이 내뱉은 '빨갱이'란 단어에 양미간이 일그러졌 다. 그것은 그가 가장 듣기 싫어하는 단어 중 하나였다.

"각하의 새로운 조국 건설에 역행하는 것들은 전부 다 빨갱이들 인기라. 배 형사 니는 꼼짝 말고 여기서 지켜보다가 저것들 잡아 오면 바로 끌고 가."

더욱 기세가 오른 조 대장은 마치 빨갱이에게 물린 사람인 양 독 기를 내뿜었다.

"뭐하노 덕배! 얼라들 끌고 들어가지 않고!"

덕배는 영진의 눈치를 살피며 우물쭈물하다가 조 대장의 호통에 마지못해 허둥대며 진압대로 달려갔다.

이내 무장한 200여 명의 진압대가 조 대장의 구령에 따라 진압봉을 쳐들고 "악! 악!" 소리를 질러대며 발맞춰 공장 안으로 진입했다. 이어서 여공들이 봉쇄한 공장 철문을 해머로 거침없이 부수기 시작했다.

쾅! 쾅!

철문 부수는 소리가 쩌렁쩌렁 울려 퍼지자 구호를 외치던 여공들의 얼굴이 사색이 됐다.

"진숙 언니, 저 사람들이 문을 부수나 봐. 이제 우리 어떡해요?"

앳된 얼굴의 여공 이은수가 두려움에 몸을 떨며 데모를 선동하던 대표 여공에게 다가왔다. 공포에 떠는 사람은 은수만이 아니었다. 구호를 외치던 여공들이 철문 부수는 소리에 압도되어 대표 여공 주위로 줄줄이 모여들었다. 하지만 대표 여공도 당혹스럽기는 매한가지였다. 그녀를 포함해 중·고등학교를 갓 졸업한 어린 여공들이 시위 경험이 있을 리 만무했다.

투쟁이 계속되면 자신들의 요구 조건에 따라 노사 간 협의가 시작될 거라는 예상이 완전히 빗나간 순간이었다. 자신들의 목소리를 제대로 내보지도 못하고 경찰에 진압되는 경우는 전혀 생각지 못했기에 더욱 눈앞이 캄캄했다. 그러나 대표 여공은 이내 냉정을 되찾았다. 노사 협의는 둘째 치고 당장 진압대의 위협으로부터 벗어나는 게 급선무였다. 자신만을 바라보는 어린 동생들의 모습을 보며 그녀는 묘책을 찾으려 고심했다. 일단 여러 작업반으로 분산되어 있는 여공들을 한데 모아서 대처해야겠다고 판단했다.

대표 여공은 자신의 입만 주시하는 여공들을 향해 크게 외쳤다.

"다들 제2작업장으로 집결해! 어서!"

그녀의 말이 끝나기가 무섭게 여공들은 일사불란하게 제2작업장으로 달려갔다. 400여 명의 여공이 한데 모이기까지 불과 1분이 채 걸리지 않았다. 작업장에 집결한 여공들은 숨을 죽인 채 대표의 말이 떨어지기만을 기다렸다.

"여기서 흩어지면 모두 죽는 거야! 다들 똘똘 뭉쳐야 해!"

숨소리 하나 들리지 않는 작업장에 대표의 목소리가 카랑카랑하게 울렸다. 여공들을 둘러보던 대표가 갑자기 웃옷을 훌훌 벗어 던지기 시작했다. 그녀의 갑작스러운 도발에 모두가 어리둥절한 표정이었다.

"속옷 차림으로 있으면 전경도 우릴 공격하지 못할 거야. 다들 살고 싶으면 윗도리 벗고 팔짱 끼고 앉아! 어서!"

그 누구도 그녀의 지시에 토를 달지 않고 1초도 망설임 없이 옷을 벗어 던지기 시작했다. 브래지어가 도입된 지 얼마 안 된 터라 착용을 안 한 여공도 반수에 가까웠지만, 수치심을 느낄 마음의 여유조차 없을 정도로 공포에 질려 있었다.

은수 역시 속옷 차림으로 다른 여공들과 함께 팔짱을 끼고 앉았다. 그녀의 흰 속살이 다른 여공들에 비해 유난히 하얗게 돋보였다.

스크럼을 짜고 다음 지시를 기다리던 여공들은 순간 "헉" 하는 탄성과 함께 찬물을 끼얹은 듯 그대로 얼어붙었다. 대표 여공 뒤에 이미 무장한 전경들이 버티고 서 있었다. 대표가 이상한 낌새를 느끼고 뒤를 돌아보는 바로 그 순간이었다.

퍽!

둔탁한 곤봉 소리와 함께 붉은 선혈이 그녀의 머리에서 솟구쳤고, 그녀는 외마디 비명 한번 못 지르고 바닥으로 고꾸라졌다.

"아악!"

찢어지는 듯한 여공들의 비명이 작업장 안에 울려 퍼지자, 전경들이 기다렸다는 듯 눈앞의 여공들을 쥐 잡듯 무자비하게 곤봉으로 가격하기 시작했다.

"악!"

마치 살육의 공간처럼 여기저기서 둔탁한 타격음과 함께 여공들의 자지러지는 비명과 울부짖는 소리가 작업장 안에 처절하게 울려 퍼졌다. 취기가 오른 진압대원들은 여공들의 절규에도 아랑곳하지 않고 기계적으로 무자비하게 가격했다. 그들은 마치 개목걸이를 잡아채듯 여공들의 머리채를 휘어잡고 곤봉이 가는 대로 사정없이 휘둘렀다.

무자비한 구타를 당하는 와중에도 여공들은 서로의 팔짱을 풀지 않는 것이 목숨을 부지할 수 있는 유일한 방법인 양 죽을힘을 다했다. 하지만 진압대의 곤봉에 피범벅이 되어 하나둘 나가떨어 지며 스크럼이 무너지기 시작했다. 공포에 벌벌 떨며 고개를 숙이 고 있던 은수는 옆자리의 동료가 곤봉과 발길질에 짓밟혀 피범벅 이 되어 쓰러지자 공포를 이기지 못하고 비명을 내지르며 작업장 을 뛰쳐나갔다.

"뭐, 뭐야! 저 쌍년 잡아!"

조 대장이 고래고래 소리를 질렀다. 진압대원 중 하나가 이내 곤 봉을 치켜들고 그녀를 쫓아 나갔다.

"아아악!"

눈물로 뒤범벅된 은수는 비명을 지르며 젖 먹던 힘을 다해 복도 로 달렸다.

"너 이 쌍년! 너 거기 안 서!"

진압대원이 바락바락 소리를 지르며 그녀를 쫓았다. 은수는 막 다른 복도에서 진압대원의 손에 머리채를 잡혔다.

"살려주세요, 살려주세요!"

은수가 두 손을 모아 비는 와중에도 진압대원은 그녀의 머리채 를 잡은 채 곤봉으로 전신을 무자비하게 후려쳤다. 마른 풀잎처럼 힘없이 휘둘리던 은수의 얼굴이 이내 붉은 피로 물들기 시작했다.

그 순간 "퍽" 소리와 함께 묵직한 주먹이 진압대원의 얼굴을 강 타했다. 무방비 상태에서 날아온 괴력의 주먹에 그는 "컥" 하는 외마디 비명과 함께 그대로 바닥에 자빠지고 말았다.

"뭐야, 씨발!"

진압대원이 주먹의 주인을 알아볼 틈도 없이 반사적으로 달려들자 또 한 방이 그의 아구창을 갈겼다. 외마디 비명도 생략한 채 그는 그대로 바닥에 얼굴이 처박혔다. 맥 한번 못 쓰고 나가떨어진 진압대원이 정신을 차리고 올려보자 영진이 상기된 얼굴로 그를 노려보고 있었다.

"애를 잡으려고 작정했냐, 임마!"

영진의 눈빛에 기가 눌린 진압대원이 슬금슬금 뒷걸음으로 물러났다.

영진은 바닥에 내동댕이쳐진 채로 다리 사이에 고개를 묻고 바들바들 떨고 있는 은수를 안쓰럽게 보다가 팔을 잡아 일으켰다. 은수는 감히 영진의 얼굴을 쳐다보지도 못한 채 마치 실성한 사람처럼 벌벌 떨며 빌기 시작했다.

"잘못했어요, 잘못했어요. 살려주세요, 살려주세요."

영진은 안타까움이 섞인 한숨을 내쉬며 자신의 점퍼를 벗어 속옷 차림인 그녀의 어깨에 걸쳐주었다. 그제야 정신이 돌아온 듯, 은수는 어안이 벙벙해서 영진을 쳐다봤다. 영진은 주변을 둘러본 뒤 진압대원들이 배치된 곳을 피해 뒷문 비상구 쪽으로 그녀의 손목을 잡아 끌었다.

"어서!"

은수는 그제야 그의 의도를 알아차리고 고개를 꾸벅이고는 다급하게 뒷문으로 달리기 시작했다.

그녀의 뒷모습을 지켜보던 영진은 단지 노동의 대가를 받으려 했을 뿐인 저 어린 여공이 대체 무엇을 잘못한 것인지 생각할수록 울화가 치밀었다. 조 대장과 마찰을 빚더라도 유혈사태를 막아야겠다는 생각에 그는 비명이 난무하는 작업장으로 달려갔다. 영진이 막 복도를 지나려던 찰나였다.

"아악!"

찢어질 듯한 여자의 비명과 함께 유리창이 박살나며 온몸이 불길에 휩싸인 여공 하나가 1층으로 내던져지듯 추락했다.

"!"

영진이 다급히 창문 밖을 내다보자 화염에 휩싸인 여공이 바닥에서 고통에 몸부림치고 있었다. 주변으로 몰려든 진압대원들은 구경이라도 난 듯 화염에 휩싸인 그녀를 그대로 방치하고 있었다.

"뭐해 새끼들아! 빨리, 담요를 덮어! 어서!"

영진의 호통에도 그와 눈이 마주친 진압대원들은 꿈쩍할 생각을 않고, 마치 피에 굶주린 늑대처럼 피식 흰 이를 드러냈다.

"이 미친 새끼들!"

영진은 더 이상 지체할 수 없어 황급히 비상구를 통해 1층으로 뛰어 내려갔다. 하지만 그가 도착했을 때는 이미 숨이 멎은 듯 검은 연기와 함께 미동도 없었다.

"이 새끼들! 너희들 뭐하는 놈들이야!"

영진이 고래고래 소리를 지르자 진압대원들은 히죽이며 물러났다. 그는 일단 숨이 붙어 있나 확인하기 위해 그녀의 얼굴을 자기 쪽으로 돌렸다. 이미 숨이 멎어버린 그녀는 바로 조 대장이 지목했던 대표 여공이었다.

"헉!"

그의 입에서 숨이 막힐 듯한 탄식이 터져 나왔다.

"이, 이럴 수가……."

광복절의 노래

성동여자실업고등학교 교정에는 수령 300년도 넘은 큰 아까시나무가 있었다. 몇 해 전 그 고목에 목을 매 죽은 여학생의 영혼이 학교를 떠돌아다닌다는 흉흉한 괴담도 있었지만, 초여름이면 어김없이 하얀 아카시아 꽃이 만발했고, 이어 귀를 찢는 듯한 매미 소리가 여름의 흥취를 더해갔다.

아까시나무 뒤로 푸른 넝쿨이 온통 휘감은 붉은 벽돌 대강당에서는 하루 앞으로 다가온 광복절 행사에 동원될 여고생 합창단의 노랫소리가 싱그럽게 울려 퍼지고 있었다.

흙 다시 만져보자 바닷물도 춤을 춘다
기어이 보시려던 어른님 벗님 어찌하리
이날이 사십 년 뜨거운 피 엉긴 자취니
길이길이 지키세 길이길이 지키세

100명의 합창단원은 지도교사인 김옥지 선생의 지휘로 〈광복절의 노래〉 최종 리허설에서 한층 목청을 높이고 있었다. 합창단 맨 앞자리에 선 2학년생 장봉화도 애써 밝은 표정으로 노래를 부르느라 여념이 없었다. 늘씬한 키에 뚜렷한 이목구비, 유난히 흰 피부가 눈에 띄었다.

2주 전 광복절 행사에 참여할 50명의 합창단을 뽑았을 때 그녀의 이름은 거기에 없었다. 그러나 딱 일주일을 남기고 합창단 인원을 100명으로 증원하라는 정부의 지시가 내려왔고, 선생들은 부랴부랴 노래 실력이 아닌 외모 위주로 합창단 전면에 세울 여학생 50명을 추가로 뽑았다.

연습시간이 부족한 상황이었기에 추가로 뽑힌 봉화는 기존 합창단원들의 노래 실력을 쫓아가기가 여간 힘든 일이 아니었다. 하지만 그녀는 광복절 행사에서 자신의 우상인 영부인을 직접 볼 수 있다는 사실에 가슴이 부풀었다.

"네! 아주 좋아요."

연습을 마친 뒤 김옥지 선생이 박수를 치자 합창단원들도 손뼉을 치며 입을 맞춰 인사했다.

"수고하셨습니다."

"자, 이제 바로 내일이에요. 교복은 미리 단정하게 준비해야 하는 것 알지요?"

"네!"

"내일 절대 늦으면 안 돼요. 오전 7시까지 학교 정문 앞으로 집합해야 합니다. 그럼 오늘은 여기까지 하겠습니다."

"감사합니다!"

합창단원들이 인사를 마치고 삼삼오오 모여 강당을 빠져나왔다. 장봉화와 그녀의 단짝인 김현희도 손을 잡고 강당을 나섰다. 싱글벙글 들떠 있는 봉화를 보고 현희가 피식 웃으며 물었다.

"넌 뭐가 그리 좋아서 계속 싱글벙글이냐?"

"내 우상을 내일 보게 되잖아. 가슴이 터질 것 같아."

"육영수 여사 보는 게 그렇게 좋니?"

"넌 안 좋아?"

"글쎄…… 휴일인데 쉬지도 못해서 난 짜증 나는데?"

봉화는 일생에 한 번 올까 말까 한 기회를 시큰둥하게 받아들이는 현희를 이해할 수 없었다. 하지만 영부인은 자신의 우상일 뿐, 현희에게까지 굳이 강요하고 싶지는 않았다.

"난 너무너무 꿈만 같아. 내가 처음 합창단에 못 꼈을 때 울 뻔한 거 아니?"

"진짜?"

"다행히 맨 앞줄에 서게 돼 나의 우상을 코앞에서 볼 수 있으니까 내 꿈의 반은 이룬 셈이야."

"네가 뭐 노래 실력으로 들어갔냐, 얼굴마담으로 들어갔지!"

"뭐든 상관없어. 난 내 우상만 보면 돼. 아, 행복해."

봉화는 마치 꿈을 꾸듯 제자리에서 한 바퀴 빙그르 돌았다.

"어이구, 기집애. 아예 오줌을 지리네!"

"뭐? 너 죽어~."

현희가 도망치듯 달려가자 봉화가 깔깔거리며 쫓아갔다. 여고 생들의 때 묻지 않은 웃음이 8월의 교정을 싱그러움으로 채웠다.

"참, 현희야. 나 부탁이 있는데……."

봉화가 갑자기 걸음을 멈추고 어렵게 말을 꺼냈다.

"뭐?"

"있잖아…… 우리 집 라디오가 고장이 나서 그러는데…… 니네 집에서 라디오 좀 들으면 안 될까?"

"라디오는 갑자기 왜?"

"음…… 나 오늘 이장희의 팝스 투나잇에 노래 신청했걸랑."

"아, 그래? 안 돼!"

현희가 정색을 하자 봉화는 이내 실망한 듯 시무룩해졌다. 그 표정을 살피던 현희가 깔깔거리며 웃었다.

"야! 친구 사이에 그걸 부탁이라고 하냐? 그냥 가자, 하면 되지."

봉화는 현희의 짓궂은 장난에 뽀로통한 표정을 짓다가 이내 코를 찡긋하며 웃었다. 사실 봉화의 집에는 라디오가 없었다. 팝송을 무척 좋아하는 봉화지만, 집안 사정상 중고 라디오 하나 살 형편이 못 됐던 것이다. 3년 전 사업을 하던 아버지가 병환으로 갑작스럽게 세상을 뜨고, 졸지에 홀로 된 어머니가 보험판매원으로 1남 3녀를 키우느라 엄청난 생활고에 시달리고 있었다. 봉화 위로 두 언니가 집안 살림을 도우려 애를 쓰지만 아직 마땅한 직장을 구하지 못한 상태였고, 어린 남동생은 중학교 2학년 철부지였다. 신설동에 위치한 5,000원짜리 사글세 단칸방이 가족의 보금자리였기에 단 한 번도 친구를 집으로 부른 적이 없었다.

하지만 봉화의 친구들은 평소 티 없이 쾌활하고 눈에 띄는 깔끔한 외모로 인해 그녀가 그토록 어렵게 사는 것을 아무도 눈치채지 못했다. 봉화는 가벼운 발걸음으로 친구 현희의 집으로 향했다.

두 가지 선택

8번 버스를 타고 종로3가 정류장에서 내린 민규는 바지 주머니에 손을 꽂은 채 법률사무소를 향해 터덜터덜 걸었다.

매번 이렇게 패소하고 돌아가지만 오늘따라 발걸음이 더욱 무거운 것은 무슨 이유일지……. 뻔히 알면서도 매번 승소했냐고 물어보는 직원들의 물음에 답하는 것도 이젠 익숙하고, 돈 안 되는 변호만 맡는 자신을 한심하게 바라보는 동료 변호사들의 따가운 눈총도 이젠 이골이 났다. 다만 요 근래 더욱 싸늘해진 법률사무소 대표 윤선봉 변호사의 눈빛을 보기가 두려웠다.

고개를 숙인 채 터덜터덜 걷던 민규는 그의 마음처럼 너덜거리는 자신의 구두에 시선이 갔다. 구두는 광택을 잃은 지 오래고 밑창은 갈라진 듯 거치적거렸다. 언제 산 구두인지 기억이 나질 않았다. 그래도 명색이 변호사인데 변변한 구두 한 켤레 사 신을 여유조차 없는 자신의 처지가 참으로 처량하게 느껴졌다.

백전백패의 변호사란 꼬리표는 그를 더 이상 자극하지 못했다. 그저 단 한 번이라도 이길 수 있는 사건을 수임하는 것이 그의 작은 소원이 돼버렸지만, 이미 백전백패라는 낙인이 찍힌 변호사에게 변변한 사건을 의뢰하는 사람은 아무도 없었다.

어린 시절부터 그에게는 항상 천재라는 수식어가 이름 앞에 따라다녔다. 그런 기대에 답하듯 서울대 법대에 수석으로 합격했을 때, 주위에서 그에게 거는 기대와 관심은 실로 대단했다. 하지만 법대 재학 시절 시위를 모의한 주범으로 체포되면서 탄탄대로였던 그의 미래가 발목 잡힐 줄은 아무도 예상치 못했다. 단 한 번의 시위 미수 건으로 인해 우수한 성적으로 사법고시에 합격했음에도 판검사로 임용되지 못한 채 변호사의 길을 걷게 된 것이다. 그마저도 감히 정부에 대항한 주동자로 낙인찍혀 변변한 사건 한번 수임하지 못하는 신세로 전락하고 말았다.

하지만 민규는 단 한 번도 학생운동을 주동한 것에 대해 후회한 적이 없었다. 민주주의는 끝없는 저항과 희생정신으로 완성된다는 신념을 버린 적이 없었다. 오히려 그러한 사명감을 갖고 가진 자들에게 짓밟히는 약자들을 대변하고자 노력했다.

하지만 그 결과는 참패였다. 그리고 그에게 돌아온 것은 질 수밖에 없는 뻔한 사건만 수임하는, 이른바 백전백패의 국선변호사라는 오명뿐이었다. 물질만능사회에서 갖지 못한 자들이 가진 자들을 이기기는 불가능에 가까웠다. 그럼에도 그들의 목소리를 대변하는 민규를 향해 동료 변호사들은 냉소적인 눈빛을 감추지 않았다.

어느새 '윤선봉 합동법률사무소'라 적힌 커다란 간판이 그의 눈앞에 있었다. 민규는 사무실에 쉽게 들어가지 못하고 입구에서 얼쩡거렸다. 내일이 광복절 휴일이니 그냥 집으로 돌아갈까 어쩔까 망설이고 있을 무렵, 문이 열리고 안에서 여직원이 나왔다.

"어머, 신 변호사님."

"어, 어······."

"왜 안 들어가시고?"

"아, 아니······ 뭐 생각 좀 하느라고."

그는 마치 뭘 훔치다 들킨 사람처럼 몸 둘 바를 몰라 했다. 집으로 돌아갈 수도 없게 된 그는 어깨가 축 처져 사무실에 들어섰다.

"신 변호사님, 다녀오셨어요?"

언제나 그렇듯 권준현 사무장이 사람 좋은 미소로 민규를 맞아주었다. 사무장은 민규보다 여섯 살이나 많은 큰형뻘이지만 민규가 정신적으로 의지할 수 있는 유일한 존재였다.

그는 민규가 처음 이곳에서 변호사를 시작하던 새내기 시절부터 지금까지 7년간을 승패와 상관없이 경험 많은 법조인으로서, 때로는 정신적 후견인으로서 민규가 벌여놓은 궂은일을 도맡아 하며 격려해준 고마운 사람이었다. 실적을 놓고 눈치싸움이 치열한 합동법률사무소에서 만일 그가 없었다면 결코 버텨내지 못했을 것이다.

언젠가 술자리에서 사무장에게 돈도 안 되고 질 게 뻔한 일을 왜 군말 없이 도와주느냐고 취중에 물었다. 그러자 자신은 실력이 없어서 변호사가 못 됐지만, 항상 약자 편에서 싸우는 정의로운 변호사가 꿈이었기에 돈이 아닌 약자 편에 서는 민규의 인간미에 반했다고 했다.

민규는 말없이 윗도리를 옷걸이에 걸고 자리에 앉았다.

"저 신 변호사님, 오늘 재판 결과는……?"

김지연 사무원이 눈치 없이 묻자 사무장이 눈을 찔끔하며 그녀의 입을 봉쇄했다. 김지연은 때론 눈치 없고 공격적인 열혈 여성이지만, 현실감과 꼼꼼함은 누구보다 탁월해서 남자들의 부족한 점을 빈틈없이 메워주는 존재였다.

민규는 피곤한 듯 별 대꾸 없이 눈을 감은 채로 의자에 기댔다. 직원들은 이미 결과를 파악한 듯 사무실에 썰렁한 침묵이 흘렀다.

"아, 신변 다녀왔어?"

마침 사무실로 들어오던 윤선봉 대표가 민규를 보곤 아는 체를 했다.

"아, 네."

민규는 벌떡 일어나 윤 변호사에게 고개 숙여 인사했다.

"수고했어."

"……."

윤선봉 대표는 민규의 대학 대선배이자 법조계에서 선망과 존경을 받는 변호사였다. 민규가 처음 변호사를 시작할 때 학생운동 전력이 있음에도 선뜻 손을 내밀어준 고마운 사람이기도 했다.

하지만 민규가 매번 패소하고 돈도 안 되는 사건 변호만 맡자, 선배로서의 배려와 인자함은 사라지고 항상 채근하며 질책하는 존재로 바뀌었다. 패소 후 질책은 했어도 위로의 말을 건넨 적이 없는 사람인데 오늘따라 애써 배려해주는 듯한 모습이 민규를 불편하게 했다. 어쩌면 보나 마나 졌을 거라는 확신에서 나온 조롱일까? 그의 머릿속이 더욱 복잡해졌다.

윤 변호사가 낮은 목소리로 입을 열었다.

"내 방으로 좀 오게."

"네……."

민규는 주눅 든 목소리로 답했다. 또 무슨 이야기를 하려는 걸까? 오늘따라 질책의 눈빛을 보내지 않는 윤 변호사의 모습이 오히려 불안감을 가중시켰다.

윤 대표의 널찍한 방은 수십 년간 변호사로서 그가 세운 업적이 곳곳에 드러났다. 그간의 업적을 과시하듯 수많은 상장과 감사패가 권위와 위엄을 뽐내며 사람을 주눅 들게 했다.

윤 대표는 소파에 느긋하게 앉아 민규에게 앞자리를 가리키며 손짓했다. 소파에 앉은 민규는 윤 대표와 눈을 마주치지 못한 채 고개를 떨궈 자신의 구두에 시선을 뒀다. 그의 주눅 든 표정을 읽은 윤 대표가 말했다.

"재판 한두 번 해보나? 뭐 그런 걸 가지고 그렇게 의기소침해? 몇 푼이나 받고 해준다고."

민규에게는 그것이 한두 번 지는 것도 아닌데 새삼스럽게 왜 그러느냐는 말로 들렸다. 그렇다면 몇 푼 안 받는 변호는 져도 상관없다는 말인가? 그는 이렇게 되묻고 싶었다.

잠시 어색한 침묵이 흐른 후, 윤 대표가 말없이 서류 한 장을 툭 내밀었다.

"이 사건은 자네가 맡는 게 좋겠네."

민규는 무슨 사건인가 싶어 서류를 들여다봤다. 며칠 전 신문 지면을 떠들썩하게 장식한 유영제분 고의부도 사건이었다.

유영제분은 꽤 건실한 기업이었다. 그러나 창업주가 갑작스러운 병으로 세상을 뜨자, 그의 외아들이 회사를 맡은 후 사달이 나기 시작했다. 철부지 외아들은 해외에서 도박과 유흥으로 회삿돈을 탕진했고, 그로 인해 부채가 누적돼 천여 명의 직원들 월급을 4개월 이상 체불하기에 이르렀다. 이후 직원들의 반발이 거세지자 경영상의 이유라며 고의로 회사를 부도낸 사건이었다.

이미 사회적으로 물의를 일으켰고 비난을 피해갈 수 없기에 그 누구도 변호를 꺼리는 사건이었다. 이제야 윤 대표가 왜 자신을 질타하지 않았는지 그 속내를 알 수 있었다.

"이 사건은 유영제분의 명백한 고의부도잖아요."

"누가 그걸 모르나? 하지만 이런 사건일수록 돈이 된다고."

"그 많은 직원들 돈 떼어먹자고 하는 수작으로밖에는……."

"이봐!"

윤 대표가 그간 참을 만큼 참았다는 듯 언성을 높였다.

"대한민국에서 수임료 그만큼 챙겨주는 사람 중에 도둑놈 아닌 놈이 어디 있어! 법적으로 하자 있는 부분 말해봐!"

"그럼 임금도 못 받은 그 많은 직원들은 어떻게 살라고……."

윤 대표가 미간을 좁히며 민규를 노려봤다.

"자네가 지금 남 걱정할 때야? 이 바닥에서 자네 별명이 뭔지 아나? 쓰레기 당번이야, 쓰레기 당번! 내가 언제까지 쓰레기 당번하고 일을 같이 해야 해?"

윤 대표가 작심한 듯 내뱉는 막말에 민규는 어떤 변명도 할 수 없었다. 그때 윤 대표가 윗도리에서 뭔가를 꺼내 테이블에 탁 소리 나게 내놨다. 그것은 한 장의 명함과 돈이 담긴 듯 보이는 두툼한 노랑 봉투였다.

"거두절미하고 선택해."

"네? 무슨……?"

윤 대표는 앞에 놓인 명함을 검지로 강하게 내리찍으며 목소리를 높였다.

"이 사람, 내가 잘 아는 인권변호사야. 지금처럼 자원봉사나 하려면 이 사람 밑에 가서 본격적으로 무료 변호를 하든지, 아니면 이 봉투 받고 유영제분 사건을 맡든지!"

"서, 선배님……."

민규는 애원하는 눈빛으로 윤 대표를 바라봤지만 그는 노한 듯 눈길도 주지 않았다.

낙오자들

중부경찰서에는 이른바 시국사범으로 불리는 수많은 사람들이 조사를 기다리고 있었다. 그 와중에 장발과 미니스커트 단속에 걸린 젊은이들까지 한데 엉켜서 그야말로 시장처럼 북새통을 이루었다.

"너희들은 대한민국 국민이 아니냐? 선량한 시민을 빨갱이로 몰아가는 게 민주주의냐!"

하얀 수염을 길게 늘어뜨린 노인의 벼락같은 호통이 쩌렁쩌렁 경찰서를 울렸다. 순간 웅성이던 사람들이 찬물을 끼얹은 듯 고요해지며 모두가 노인을 주목했다.

"아니 이 노인네가 여기가 어디라고 큰소리야! 진짜 혼쭐나고 싶어?"

그에 질세라 조사를 하던 형사가 고함을 내질렀다.

"이놈아, 너는 애미 애비도 없냐? 어디서 어른한테 큰소리야! 언제부터 이 나라가 이 지경이 된 거야!"

노인은 대나무처럼 기세를 좀처럼 꺾으려 들지 않았다.

"노친네, 여기서 조서나 꾸미는 걸 다행으로 알아! 당장 중앙정보부에 끌려가서 초주검을 당하고 싶지 않으면!"

노인은 혀를 차며 "말세다, 말세"라는 말만 되풀이했다.

"저 노인은 또 뭐야?"

멀리서 상황을 지켜보던 영진이 조서를 전달하는 덕배에게 물었다.

"시인이라나 봐유. 독립군 출신인데 시집에다 각하를 비난하는 글을 썼대나."

"음……."

영진의 입에서 신음에 가까운 탄식이 흘러나왔다. 요즘같이 살벌한 시대에 그런 글을 썼다면 참으로 대단한 용기의 소유자일 것이다. 조사를 하다 보면 납득이 가는 바른말을 하는 이들까지 시국사범으로 몰아가야 하는 자신의 처지에 자괴감이 들었다.

영진은 서둘러 조사를 마무리하고 순서를 기다리는 사람들 사이를 가로질러 정보과장에게 다가갔다.

"임 과장, 여기 마무리 조서……."

다리를 꼬고 앉아 창밖을 내다보던 과장이 그가 내민 조서를 말없이 건네받았다.

"배 형사, 내일 스케줄 어떻게 돼?"

"왜? 나 비번인데?"

"잘됐네. 어르신 경호 나가야 하니까 낼 아침에 일찍 준비해."

어르신이라면 대통령을 말하는 것일 테다. 자신이 아무리 만년 순경이라지만 비번까지 거르고 매번 행사에 차출되는 것이 당연하다는 듯 말하는 임 과장에게 울화가 치밀었다. 더군다나 그는 다름 아닌 영진의 경찰 동기였다. 동기를 배려하지는 못할망정 궂은 일을 도맡게 하는 그가 야속해서 폭발하기 일보 직전이지만, 그가 자신의 인사권을 쥐고 있는지라 혹시 모를 진급에 악영향을 끼칠까 봐 뭐라 항의할 수도 없었다.

"나 어제도 밤샘 조사했는데…….."

"국립극장. 광복절 행사, 아침 8시야."

임 과장은 영진의 말을 들으려 하지도 않고 조서에 눈길을 둔 채 잘라 말했다.

"임 과장, 밑에 애들도 있는데 왜 매번 나만……."

영진의 볼멘소리에 조서를 훑어보던 임 과장의 눈꼬리가 올라갔다.

"이봐! 경찰의 제1업무가 뭐야!"

임 과장이 언성을 높이자 주변의 시선이 그들에게 집중되었다. 움켜쥔 영진의 주먹이 부들거렸다. 아무리 동기라도 이제는 자신과 급이 다르니 개기지 말라고 사람들 앞에서 망신을 주려는 듯했다.

"뭐냐고 임마!"

"요인 경호⋯⋯."

"개소리하지 말고! 강덕배도 준비하라고 그래."

임 과장은 다시 조서를 훑어보며 귀찮으니 꺼지라는 듯 허공에 손을 내저었다.

"휴⋯⋯."

울화통을 삼키듯 큰 한숨 소리를 내자 그가 다시 영진을 노려봤다. 이내 뒤돌아선 영진은 어금니를 질끈 물었다.

충무로 스카라극장 뒷골목에 '수원댁'이라는 소문난 곱창집이 있었다. 장소가 매우 협소함에도 불구하고 연탄불에 굽는 곱창 맛이 일품인 데다가 수원댁으로 불리는 아주머니의 후한 인심 덕에 항상 사람들로 북적댔다. 더군다나 광복절 휴일을 앞둔 저녁이라 가게 안은 발 디딜 틈이 없었다. 고향에서 어린 시절을 함께 보낸 신민규 변호사와 배영진 형사가 술 한잔을 약속할 때 회포를 푸는 장소이기도 했다.

가게의 맨 구석에 자리를 잡은 민규와 영진은 주거니 받거니 술잔을 비웠다. 영진을 따라 합석한 강덕배가 그들의 애기를 주워들으며 연탄불 위에서 지글거리는 곱창을 부지런히 뒤집었다. 민규와 영진은 이미 순배가 많이 돈 듯 얼큰히 취해서 지난 시절 애기로 너스레를 떨었다.

"참말유?"

곱창을 뒤집던 덕배가 눈이 휘둥그레져서 민규에게 되물었다.

"그렇다니까. 얘는 국민학교 때부터 자기는 경찰이 될 거라며, 날 범인이라고 새끼줄로 꽁꽁 묶어서 동네를 끌고 다니다가 우리 할머니한테 들켜서 엄청 두들겨 맞았지."

"맞아, 맞아! 막 죽일 듯이 패더라. 남의 귀한 자식을 도둑 취급한 다고. 야! 니네 할매 기운 좋데!"

영진이 당시의 기억을 떠올리며 배꼽을 잡고 웃자 덕배가 옆에 서 더 큰 소리로 웃어 젖혔다. 영진은 그칠 줄 모르고 계속 웃어대 는 덕배를 어이없이 바라보다 정색을 했다.

"야! 너 왜 그렇게 웃어? 내가 맞았다니깐 그렇게 좋냐? 좋아? 이 걸 확!"

영진이 주먹을 불끈 쥐고 얼굴 가까이 들이밀자 덕배는 웃음기 를 싹 거두고 다시 곱창을 열심히 뒤집기 시작했다. 영진이 씁쓸한 표정으로 입을 열었다.

"이제 그 좋아하던 형사 짓도 때려치울까 심히 고민 중이다."

"뭔 소리야?"

"내가 도둑놈, 강도 잡으려고 형사 됐지, 죄 없고 불쌍한 사람들 조지려고 형사 됐겠냐?"

생각할수록 울화통이 터진다는 듯 영진은 들고 있던 소주잔을 단숨에 비웠다. 민규는 영진의 속내를 짐작할 수 있었다. 긴급조치 가 4호까지 발효돼 죄 없는 무고한 시민들도 시국사범으로 엮여

들어가는 때임을 잘 알고 있었기 때문이다. 민규는 이해한다는 듯 고개를 끄덕이며 친구의 빈 잔에 소주를 따랐다.

"니미! 진급은 진즉에 물 건너갔고, 동기란 새끼는 과장 되더니 사람들 앞에서 가오 잡으려고 날 개망신이나 주고 앉았지. 내 참 더러워서!"

영진은 분통이 터지는지 소주를 연거푸 입에 털어넣었다.

"씨발! 형사 짓에 더 이상 미련 없다. 고향 내려가서 농사나 지을란다. 땅은 인간을 속이지 않는다더라. 후후후……."

영진의 웃음에 허탈함이 배어나왔다. 그가 옆에서 소주잔을 홀짝거리던 덕배를 힐끗 쳐다보자, 덕배는 뭔가 훔치다 들킨 사람처럼 화들짝 놀랐다.

"어때? 너도 나랑 같이 내려가서 농사나 짓지?"

덕배가 기겁을 하며 마시던 술을 뿜었다.

"머, 먼 소리여유? 지 서울중부서 형사 됐다고 고향에서 경사가 났었슈."

영진이 덕배의 뒤통수를 휘갈겼다.

"그래 짜샤! 너 순사질 많이 해먹어라!"

영진이 농담처럼 내뱉었지만 민규는 고뇌에 찬 그의 눈빛을 보고 결코 농담이나 신세 한탄이 아님을 알 수 있었다. 그는 영진이 진급을 못 하는 이유를 정확히 알고 있었다.

20여 년 전 영진은 전라도 지리산 근처에서 농사를 짓는 부모님과 세 가족이 단란하게 살았다. 넉넉한 살림은 아니어도 부지런한 부친 덕에 배는 곯지 않았다. 그러던 어느 겨울날 추위와 배고픔에 지쳐 산에서 내려온 빨치산에게 단지 온정으로 따뜻한 밥 한 끼 차려준 것이 들통나는 바람에 빨갱이 집안으로 몰려 아버지가 경찰에 고문을 당하며 갖은 고초를 겪었다. 그 후 아버지는 고문 후유증으로 시름시름 앓다가 얼마 안 되는 재산을 치료비로 거덜낸 뒤 세상을 떠나고 말았다. 단순한 연민으로 한 끼 베풀었다가 집안이 풍비박산 난 것이다.

하지만 그게 끝이 아니었다. 빨갱이 딱지는 죄 없는 자식에게도 대물림됐다. 영진이 고등학교를 졸업하고 매년 공무원시험을 봤지만 빨갱이 집안이라는 꼬리표 때문에 매번 낙방의 고배를 마셔야만 했다.

당시 민규는 서울대에 진학해서 고향을 떠난 뒤라 그 후의 상황을 잘 모르지만, 영진이 어떻게 중부경찰서 형사가 됐는지 아직도 의문이 드는 부분 중 하나였다. 여하튼 영진이 우여곡절 끝에 형사가 됐다 하더라도 빨갱이 딱지가 붙은 이상 그가 아무리 공적을 남겨도 진급이 될 가능성은 제로에 가까울 것이다. 학생운동 전력으로 낙인찍힌 자신이나, 빨갱이 자식이라는 꼬리표가 붙은 영진의 처지나 동변상련의 심정이었다.

잠시 생각에 잠겨 있던 민규가 뜬금없이 말했다.

"덕배보다 나나 데리고 가지?"

"엉? 뭔 소리야, 고매한 변호사님께서?"

민규는 대답 없이 들고 있던 소주잔을 단숨에 비웠다.

"왜 그래? 너 잘렸냐?"

영진의 질문에 민규는 긍정도 부정도 하지 않고 씁쓸한 미소로 답을 대신했다.

"하긴, 매달 월급 받아먹으면서 돈 안 되는 국선변호나 뽕빨나게 하고 다니더니만 내 그럴 줄 알았다."

민규가 피식 웃었다.

"이놈이 이래 봬도 서울대 법대를 수석으로 들어가서 사법고시를 딱 한 방에 패스한 놈이야!"

영진이 자랑스러운 듯 우쭐대며 덕배에게 너스레를 떨었다.

"와! 진짜유? 그럼 언제 검사 되시는 거예유?"

영진이 덕배를 한심한 눈으로 보다가 그의 뒤통수를 갈겼다.

"에라이, 이 무식한 새끼!"

덕배는 영문을 몰라 뒤통수를 긁적이며 큰 눈을 껌벅거렸다.

"임마! 연수원 수료하고 나라에서 검사로 임명을 해야 검사가 되는 거지!"

"수석이람서 왜 검사가 안 되유?"

의외로 날카로운 질문에 움찔한 영진은 자신도 답답한 듯 소주를 한입에 털어넣고 말을 이어갔다.

"대학생 때 그놈의 운동 전력 때문에 검사 임용 말아먹고 요 모양요 꼴이 된 거지."

"야? 아니 대학생이 운동한 게 먼 죄래유?"

덕배가 눈에 쌍심지를 켜며 발끈했다. 영진은 그런 덕배를 의외라는 눈빛으로 바라봤다.

"오, 덕배. 너 오랜만에 말 잘했다. 학생은 말이지……."

덕배가 이내 그의 말을 끊고 민규에게 되물었다.

"근데 먼 운동을 하셨대유? 유도? 권투?"

영진이 기가 막힌다는 표정으로 혀를 찼다.

"난 네가 어떻게 경찰이 됐는지 좆나 궁금하다!"

"야?"

영진은 더 이상 대꾸할 가치가 없다는 듯 민규의 빈 잔에 술을 따랐다.

"그 일만 없었어도 지금쯤 네 덕 좀 보고 살았을 텐데…… 그치? 크크."

"그러게."

영진은 의외로 자신의 농에 수긍하는 민규가 당혹스러웠다. 단한 번도 학생운동 전력에 대해서 그가 후회하는 것을 본 적이 없던 것이다. 지금 민규의 처지가 농담이나 하고 있을 때가 아니라는걸 깨달은 영진은 화제를 전환하려고 머리를 굴렸다.

그때 수원댁이 홀 중앙의 선반에 올려놓은 TV를 켰다. 흑백 화면에 막 KBS 9시 뉴스가 나오고 있었다. 손님들의 시선이 어느덧 뉴스에 쏠렸다.

"고려대학교 김경수 총학생회장 및 임민호 부총학생회장은 대남공작원으로서 북괴의 지령을 받아 유신철결추진위원회라는 반국가 단체를 결성하여……."

틀에 박힌 듯 딱딱한 앵커의 멘트가 기계 소음처럼 흘러나왔다. 뉴스를 보던 손님들이 혀를 끌끌 차는 소리가 여기저기서 들렸고, 민규와 영진은 어처구니없다는 듯 고개를 절레절레 흔들었다. 옆에서 미간을 좁히며 심각하게 뉴스를 보던 덕배가 갑자기 언성을 높였다.

"음마, 이젠 대학생들까지 빨갱이랴! 이 나라가 도대체 어떻게 될라고 저러는지 모르겠네유. 그쥬?"

영진은 덕배를 잠시 노려보다가 입을 열었다.

"강 형사님, 나라 걱정을 하셨어요?"

"그럼유! 대한민국 경찰이 나라를 걱정하지 않음 누가 걱정하남유?"

덕배가 사명감에 불타 눈에 쌍심지를 돋우고 말했다.

"나라 걱정은 둘째 치고 너나 잘하시죠?"

"아니, 지가 나라에 충성하는 대한민국 경찰로서 잘못한 게 뭐가 있남유?"

"애국자 선생! 시방 하늘 같은 선배님 술이 떨어졌네요!"

영진이 그에게 빈 술잔을 내밀었다.

"에구머니나……."

덕배는 바로 꼬리를 내리며 잽싸게 영진의 술잔에 소주를 따랐다. 덕배의 익살스런 모습에 실소하던 민규가 영진에게 술잔을 권하며 물었다.

"너 내일 뭐해?"

"왜?"

"머리도 식힐 겸 가족이랑 가까운 바닷가라도 갈까 하는데…… 같이 갈래?"

"후후…… 모처럼 오붓하게 가족이랑 가는데 나 같은 노총각이 거길 왜 끼냐?"

"너도 가족인데 새삼스레 왜 그래?"

"난 내일 이놈이랑 어르신 경호 서러 간다."

영진이 덕배에게 헤드록을 걸며 답했다.

"어르신? 누구?"

"어르신이 대통령밖에 더 있겠냐?"

"너 내일 비번 아니었어?"

"이었지……. 근데 어르신이 국립극장으로 행차하신다는데 우리 같은 밑바닥이 비번이 어디 있겠냐?"

영진이 너털웃음과 함께 헤드록을 더 강하게 걸자, 덕배가 벗어나려고 버둥거렸다. 민규는 그들의 장난을 바라보며 마음 한편에 애잔함과 안쓰러움이 밀려왔다.

운명의 기로

작은 밥상 앞에서 밀린 가계부를 정리하던 선옥이 아랫입술을 질끈 깨물었다. 이번 달도 적자다. 다음 주면 빌린 돈의 원금은 고사하고 이자라도 줘야 하는데, 한 푼이 아쉬운 상황이다. 선옥은 지끈거리는 머리를 식히듯 이마에 손을 얹고 신음에 가까운 한숨을 토해냈다.

민규와 결혼할 때만 하더라도 주변에서는 변호사의 아내가 된다며 부러운 눈빛으로 바라봤지만, 현실은 그들의 상상과는 너무도 달랐다. 하지만 후회는 없다. 남편의 재력을 바라고 결혼한 것은 아니기 때문이다. 그에겐 남다른 순수함과 열정이 있었다. 항상 약자의 편에 서고, 불의에 타협하지 않으며, 정의로운 길을 고집하는 그가 사랑 이전에 존경스러웠다.

정의로운 일을 하는 남편에게 경제적 부담을 주고 싶지 않아 내색한 적은 없지만, 그로 인한 어려움은 고스란히 선옥의 몫으로 돌아왔다. 언제부터인가 생활고에 시달릴 때마다 친정어머니로부터 도움을 받는 일이 잦아졌다. 하지만 아무리 모녀지간이라도 그런 일이 반복되자 어머니의 입에서 사위를 타박하는 소리가 나오기 시작했다. 막상 입을 떼기가 힘들겠지만, 이제는 정말 남편과 금전 문제를 상의할 때가 됐다는 생각이 들었다.

"여보, 나 왔어."

현관문을 열고 민규가 술에 취한 듯 비틀거리며 들어왔다.

"늦었네요."

선옥이 자리에서 일어나며 말했다.

"응……. 뭐 해?"

민규가 밥상 위에 펼쳐진 가계부를 힐끔 보며 물었다. 선옥은 얼른 가계부를 치우며 말을 얼버무렸다.

"별것 아니에요."

"아빠!"

아들 영재가 기다렸다는 듯 달려와 민규의 품에 안겼다.

"아이쿠, 우리 왕자님!"

아빠에게서 술 냄새가 진동하자 영재는 눈을 찌푸리며 코를 막 았다.

"에이 술 냄새!"

민규가 너털웃음을 터뜨렸다.

"여보, 저……."

선옥이 잠시 망설이다가 조심스럽게 말을 꺼냈다.

"혹시…… 당신 수임료 나올 데 없어요?"

잠시 머뭇하던 민규가 말없이 윗도리 안주머니에서 노란 봉투를 꺼내 선옥에게 내밀었다.

"응, 여기."

선옥은 두툼한 봉투를 열어보고 깜짝 놀랐다.

"아니 여보, 무슨 돈이 이렇게나……."

"우리 내일 나들이라도 갈까?"

"야호!"

영재가 신나서 환호성을 질렀다. 하지만 선옥은 그 순간 민규의 어두운 안색을 읽었다.

"여보, 무슨 일 있어요?"

"아냐. 일은 무슨……. 휴일이니까 오랜만에 바람이나 쐬자는 거지 뭐."

민규는 넥타이를 풀어헤치며 말없이 방으로 들어갔다. 선옥이 그의 양복 윗도리를 든 채 근심 가득한 얼굴로 바라봤다.

베란다에 걸터앉아 멍하니 밤하늘을 바라보며 소주를 들이켜던 민규는 땅이 꺼질 듯 깊은 한숨을 내쉬었다. 머릿속이 너무나 혼란스러웠다. 어떠한 시련이 있어도 정의로운 변호사로 살겠다던 자신의 신념이 이렇게 한순간에 무너질 수도 있다는 사실이 허무함을 넘어 기가 찰 노릇이었다. 한편으론 자신이 얼마나 나약하고 보잘것없는 이중적인 속물이었나 하는 생각이 들었다.

변호사가 되던 그 순간부터 지금까지 약자의 편에 서겠다는 신념을 지키고 살았다고 자부했지만, 결과는 항상 힘 있는 자들의 승리였고, 세상에 자신이 바꿀 수 있는 것은 단 하나도 없었다. 돈키호테처럼 혼자 이 세상을 바꿔보겠다고 무모하게 발버둥을 쳤던가 생각하니 사명감이라는 것 역시 허울 좋은 망상이 아니었나 하는 쓸쓸함이 밀려왔다. 그리고 이제 자신의 밥그릇을 위해 힘 있는 자들의 편에 서서, 힘없는 사람들의 밥그릇을 빼앗는 속물이 돼가는 처지가 한심하게 느껴졌다.

민규는 소주를 병째로 들이켰다. 보다 못한 선옥이 다가와 조심스레 물었다.

"영재 아빠, 왜 안주도 없이 드세요? 뭣 좀 내올게요."

"아니야, 이제 그만 마시려고……. 간만에 가족 나들이 가려면 이제 그만 마셔야지."

"영재가 얼마나 기대가 큰지 몰라요."

영재를 들먹였지만 그녀가 얼마나 설레어하는지 표정에서 읽혔다. 그런 아내의 모습에 민규는 가슴 한구석이 먹먹했다. 빛 좋은 개살구처럼 그간 정의로운 변호사랍시고 아내와 여행은커녕 생활비조차 제때 가져다준 적이 없었다. 자신의 이기심 때문에 가족마저 힘들게 만든 것이 아닌가 하는 죄스러움이 밀려왔다.

"우리 나들이 가는 게 얼마 만이지?"

"당신도 참…… 우리 신혼여행 이후 처음이잖아요."

선옥이 수줍은 듯 말했다.

"아, 그런가? 미안해. 앞으로는 자주 갈 수 있을 거야."

"진짜요?"

그녀의 반문에 민규가 쓸쓸한 미소로 답을 대신했다. 민규의 표정을 살피던 선옥은 이내 그에게 무슨 일이 생겼음을 직감했다.

"영재 아빠…… 무슨 일 있는 거죠?"

"일은 무슨……."

"당신 거짓말 못 하잖아요. 얘기해보세요."

"정말 아무것도 아니야. 앞으로는 일이 좀 많아질 것 같아서 그러지."

"단지 그 이유라면 다행이지만……."

선옥은 연신 민규의 표정을 살폈다.

"그동안 가족과 여행 한번 못 가고 돈도 못 버는 무능한 변호사였던 것 같아서……. 앞으로는 좋아질 거야."

"자책하지 마세요. 난 한 번도 당신이 무능하다고 생각한 적 없어요."

아내가 마치 꿈꾸는 소녀같이 미소를 띠며 민규의 팔짱을 꼈다.

"얼굴 좀 펴요. 당신 패기에 반해서 결혼했는데 오늘따라 당신답지 않네요."

선옥이 남편의 가슴에 가만히 머리를 기댔다.

남산 자락에 위치한 필동은 우편배달부도 가기를 꺼릴 정도로 가파른 경사로가 구불구불 이어졌다. 비틀거리며 언덕길을 오르던 영진은 취기 탓인지 오늘따라 집이 멀게만 느껴졌다. 집이라 봤자 좁아터진 단칸방 하나지만, 경찰서에서 새우잠을 자는 것과는 비교도 할 수 없이 편하기에 아무리 늦더라도 기필코 집에 들어가려고 애쓰는 그였다.

거친 숨을 몰아쉬며 어느덧 집 앞에 도착했을 무렵, 희미한 가로등 아래 누군가 서 있는 모습이 보였다. 영진은 눈을 찌푸리며 누군지 살폈지만 어둠에 묻힌 얼굴을 전혀 알아볼 수 없었다.

고개를 갸웃하던 영진이 조심스레 입을 열었다.

"거 누구요?"

영진의 목소리를 듣고 한 여인이 가로등 아래 모습을 드러냈다.

"아, 안녕하세요?"

영진은 낯선 여자의 목소리에 고개를 갸우뚱했다. 가로등 불빛에 비친 여인은 얼핏 봐도 젊고 상당한 미인인 듯했다. 여인은 수줍은 듯 손에 든 무언가를 그에게 내밀었다.

"저…… 이거."

"이게 뭐……?"

그녀의 손에 들린 것은 얼마 전 영호산업 농성 진압 때 봉변을 당하던 여공에게 입혀서 탈출시킨 영진의 점퍼였다. 영진이 점퍼를 건네받으며 그녀를 쳐다봤다.

"아!"

영진은 그제야 영호산업에서 만난 그 여공임을 알아봤다.

"어떻게 여길?"

은수는 수줍게 입을 열었다.

"주머니 안에 신분증이 있어서……."

후줄근했던 점퍼는 깨끗하게 세탁되어 반듯이 다림질까지 돼 있었다. 은수는 수줍은 듯 고개를 숙이고 더 말을 잇지 못했다. 가로등에 비친 그녀는 농성을 벌일 때와는 전혀 다르게 풋풋하고 단정한 모습이었다. 영진은 은수의 아름다움에 할 말을 잃은 듯 한동안 멍하니 바라만 봤다.

"저 그럼…… 안녕히 계세요."

어색함을 벗어나기 위해 은수가 고개를 숙이고 서둘러 자리를 떠나려 했다.

"자, 잠깐!"

영진은 급히 은수를 불러 세웠으나 말을 잇지 못하고 우물쭈물 했다.

"네?"

"우…… 우리 놀이터 갈까?"

"놀이터요?"

영진이 머쓱하게 미소 짓자 은수가 검은 눈동자를 굴리며 의아한 듯 그를 쳐다봤다.

"와아! 여기 너무 예뻐요!"

놀이터 그네에 걸터앉은 은수가 설레는 표정으로 탄성을 질렀다. 영진이 얼떨결에 그녀를 붙들기 위해 말한 장소지만 탁월한 선택이라는 생각이 들었다. 놀이터는 필동 언덕 꼭대기에 위치해 도심의 야경이 한눈에 내려다보였다. 하늘에 모래알을 뿌려놓은 듯 반짝이는 별빛과 어우러져 로맨틱한 영화의 한 장면을 떠올리기에 충분했다.

그녀의 옆 그네에 걸터앉은 영진은 하얀 이를 드러내며 마치 꿈을 꾸듯 밝게 웃는 천진난만한 처녀의 모습을 그저 멍하니 바라만 봤다. 참으로 오랜만에 느껴보는 평온함이고 설렘이었다. 각박하고 치열한 형사생활에서 이런 여유와 설렘은 영화에나 나오는 얘기인 줄만 알았던 것이다.

은수는 앵두처럼 붉은 입술을 오물거리며 어릴 적 단란한 가정을 이루고 싶었던 소박한 꿈 이야기, 아픈 어머니의 병원비와 동생들의 학비를 벌기 위해 무작정 서울로 올라온 이야기, 서울역에서 인신매매범에게 쫓겼던 무서웠던 순간들, 그리고 자신이 겪었던 황당한 일들을 쉴 새 없이 조잘거렸다. 영진은 넋이 나간 사람처럼 그녀가 들려주는 이야기를 멍하니 듣기만 했다.

은수는 자신이 의지했던 공장 언니와 나중에 돈 벌면 작은 꽃가게를 열기로 약속했다며, 그랬던 언니가 끔찍하게 죽음을 맞았다는 대목에서 끝내 참았던 울음을 터뜨렸다. 영진은 어떻게 해야 할지 몰라 당황했다. 하지만 은수는 이내 수줍은 듯 눈물을 닦고는 생글거리며 친구와의 즐거웠던 순간으로 화제를 돌렸다.

영진은 그녀의 보조개와 하얀 이가 참 예쁘다고 생각했다.

폭풍 전야

따르릉—

날카롭게 울리는 전화벨 소리가 밤의 정적을 차갑게 갈라놓았다. 나이트가운 차림의 사내가 수화기를 들어 귓전으로 가져갔다.

"모시모시(여보세요)."

사내는 가라앉은 목소리로 전화를 받았다.

"하이, 소우시마스(네, 그렇게 하겠습니다)!"

사내의 몸이 급속히 경직되며 목소리 톤이 올라갔다.

"하이! 도모 아리가토 고자이마스(정말 감사합니다)!"

사내는 수화기를 천천히 내려놓았다.

한동안 멍하니 전화기를 바라보던 사내가 자리에서 일어나 창문의 커튼을 옆으로 젖혔다. 도심의 야경 위로 나이트가운을 입은 사내의 모습이 비쳤다. 굳은 표정의 사내는 묵묵히 야경을 내려다보다가 "후우" 하며 신음에 가까운 한숨을 터뜨렸다.

어쩌면 이것이 생애 마지막으로 보는 서울의 야경이 될 수도 있다는 생각에 가슴이 아려왔다. 그에게 주어진 일주일 남짓한 시간은 순식간에 지나갔다. 아니, 꿈같은 일주일을 보냈다고 해도 과언이 아닐 것이다.

신영희…….

한국 관광을 도와줄 것이라며 찾아온 그녀를 처음 본 순간 심장이 멎는 느낌이었다. 늘씬한 키, 서글서글한 큰 눈, 하얀 피부에 길고 검은 머리, 그리고 지적인 미소……. 이화여대 일문과를 나왔다는 그녀는 일본 촌구석에서 핍박을 받으며 살아온 그가 감히 꿈도 꾸지 못할 세련된 미인이었다. 일본에 남겨둔 아내와 미키코에 대한 죄책감마저 일순간 잊게 만드는 그런 여자였다.

사내는 눈을 감으며 그녀와 동행한 여행의 기억을 하나하나 곱씹었다. 명동거리, 워커힐호텔, 경복궁, 청평유원지…… 모두가 깊은 인상이 남는 여행지였다. 아마도 그녀와 함께했기에 그 모든 것이 아름다운 추억으로 느껴지는지도 모른다.

내일이 지난 뒤에도 그녀를 다시 볼 기회가 있을까? 일본에 남겨진 두 여인과 아들의 품으로 다시 돌아갈 수 있을까?

엄습해오는 불안감이 사내의 가슴 한가운데를 짓눌렀다.

두렵다……. 내일로 넘어가는 이 밤이 몸서리쳐질 만큼 두렵고 외롭다. 만반의 준비를 끝냈지만 과연 그들의 말처럼, 나는 계획대로 성공할 것인가?

그때 도어벨이 울렸다.

누가 이 밤중에 찾아온 것일까?

사내는 긴장한 얼굴로 출입문에 붙은 외시경을 들여다봤다. 그녀였다. 그녀가 온 것이다. 문 앞에 신영희가 서 있었다.

사내는 이내 마른침을 삼키고 문을 열어주었다. 신영희는 문 앞에서 물끄러미 사내를 바라봤다. 그녀의 눈에 당장이라도 쏟아질 듯 눈물이 그렁했다. 사내는 놀란 눈으로 물었다.

"신짱, 나제……(신상, 왜)?"

순간 신영희가 사내의 입을 막듯 달려들어 강렬하게 키스했다. 갑작스런 행동에 멈칫했으나 그도 기다렸다는 듯 그녀의 가녀린 허리를 감싸고 절박함이 묻어나는 격렬한 키스를 나누기 시작했다. 어느덧 사내의 눈가에도 눈물이 흘렀다.

제발…… 시간이 이대로 멈췄으면…….

한복 입은 여인의 손에 쥐어진 백자 다관에서 뜨거운 찻물이 쪼르르 떨어지자 쌉싸름한 도라지 향이 진하게 퍼졌다. 여인은 정성스레 다관과 찻잔을 쟁반에 담아 탕비실을 나섰다.

복도를 지나는데 반대편에서 서류를 들고 걸어오던 비서관이 여인을 보곤 당혹스러운 듯 잰걸음으로 다가왔다.

"아니 사모님, 뭐 이런 걸 직접 들고 오세요, 사람들 시키시지."

"괜찮아요. 직접 끓여서 드리려고요."

여인은 하얀 치아를 보이며 환하게 미소 지었다. 그녀는 사람들에게 한 떨기 흰 목련으로 일컬어지는 영부인 육영수였다. 목을 보호하는 데는 도라지차가 좋다는 말을 듣고 내일 장시간 연설할 남편을 위해 손수 달인 차를 전하러 집무실로 향하는 중이었다.

대통령 집무실 앞에 막 도착했을 때, 안에서 들려오는 남편의 격앙된 목소리에 영부인은 흠칫 놀라 걸음을 멈췄다.

"뭐가 안 된다는 거야!"

집무실 안에서 버럭 고함치는 소리가 들렸다. 요즘 들어 남편의 목소리가 더욱 격앙되는 듯했다. 아마도 근래에 더욱 복잡해진 외교 문제 때문일 것이다. 남편은 요 근래 집무실에서 줄담배를 태우며 뜬눈으로 밤을 새는 날이 부쩍 잦았다. 남편의 건강을 걱정하지 않을 수가 없었다.

"자주국방을 하겠다는데, 왜 남의 나라 일에 이래라저래라 간섭하는 거야! 우리가 자기들 속국이야 뭐야!"

비서실장은 대통령의 호통에 안절부절못하고 있었다.

"다 필요 없고, 그대로 진행시켜!"

비서실장은 얼굴이 흙빛으로 변해 우물쭈물하다가, 더 이상 얘기해봤자 씨알도 안 먹힐 거라 생각한 듯 고개를 숙이고 그대로 물러났다. 집무실을 나서며 땅이 꺼져라 한숨을 내쉬던 그는 차를 들고 서 있는 영부인과 눈이 마주치자 어쩔 줄 몰라 했다. 영부인은 말없이 고생하는 것 다 안다는 듯 온화한 미소를 보였다. 비서실장은 뒷머리를 긁적이며 인사하고 물러났다.

가무잡잡한 피부에 큰 귀를 가진 대통령은 화가 단단히 난 듯 신경질적으로 담배를 물고 불을 붙였다. 대통령은 영부인이 들어온 줄도 모른 채 보고서를 읽고 있었다.

"내일 연설도 있는데 일찍 주무셔야죠."

그제야 영부인을 힐끔 본 대통령이 다시 보고서에 시선을 두며 입을 열었다.

"임자 먼저 자구려. 난 아직 할 일이 남아서."

"내일 지하철 개통식에도 참석하려면 피곤하실 텐데……."

대통령의 입에선 아무 말도 나오지 않았다.

"목에 좋다고 해서 끓였어요. 도라지차예요."

대통령은 눈길 한번 주지 않고 보고서를 살폈다. 그 모습을 물끄러미 바라보던 영부인은 탁자에 차를 조용히 올려놓고 돌아서다가 생각난 듯 말을 꺼냈다.

"참! 전에 제가 전국모범어린이대회에서 선발된 전용준 어린이 어머님에 관해 말씀드렸죠?"

"그랬지."

대통령은 여전히 보고서에서 눈을 떼지 않았다.

"이제 병이 완쾌돼서 퇴원하게 됐다고 해요."

대통령은 그제야 얼굴을 들어 아내를 쳐다봤다.

"다행이군."

"네, 얼마나 다행인지 몰라요. 호호."

밝게 웃는 영부인을 보자 대통령의 경직됐던 얼굴에서 피식 웃음이 새어 나왔다.

"이러니 내가 임자의 인기를 따라갈 수 없는 거요. 허허허……."

대통령이 모처럼 호쾌하게 웃었다.

"인기는요……."

영부인은 소녀같이 수줍은 미소를 머금었다.

그 시각, 경복궁 경회루에서는 다음 날 열릴 대통령 내외와 여야 정치인들이 참여하는 연회를 대비해 바닥에 깐 박석 보수 공사가 한창이었다. 현장을 관리하는 작업반장이 인부들을 다그쳤다.

"아따, 날 새것네. 싸게싸게 좀 하랑께!"

"여기만 메꾸면 금방 끝나요. 걱정 마세요."

십장이 박석 틈새를 삽으로 툭툭 두드리며 말했다. 작업반장은 채근하는 이유가 다른 데 있는 듯 표정이 일그러졌다.

"워매, 아무래도 아까 먹은 밤참이 뭔가 잘못됐나벼."

작업반장이 고통스러운 듯 아랫배를 쓰다듬었다. 십장이 반장의 표정을 힐끗 살피다가 허리를 펴며 말했다.

"거의 마무리됐으니깐 화장실 다녀오세요."

"아무래도 그려야겠네. 나 퍼뜩 변소 좀 댕겨올랑게 잘 마무리하쇼잉."

작업반장이 엉거주춤한 자세로 허리춤을 움켜쥔 채 화장실로 달려갔다.

반장이 저만치 사라지자 십장과 인부들이 눈빛을 주고받더니, 일사불란하게 큰 마대자루에 담긴 묵직한 물건을 들고 나와 교각 안쪽에 미리 파놓은 구덩이에 묻기 시작했다. 이윽고 흙을 덮어 마무리한 그들의 눈빛이 번들거리며 입꼬리가 올라갔다.

현희의 방은 부잣집답게 싱글침대와 책상, 피아노가 놓여 있었고, 그 옆에는 최신식 일제 전축이 당당히 한자리를 차지하고 있었다. 스피커에서 감미로운 음악이 스테레오로 흘러나와 방 안을 부드럽게 감쌌다.

봉화는 전축 스피커 앞에 찰싹 달라붙어 눈을 감은 채 흘러나오는 리듬에 취해 고개를 끄덕였다. 옆에서 내일 입을 교복을 다림질하던 현희가 음악에 취한 봉화를 보곤 피식 웃었다.

"봉화야, 무슨 사연을 보냈는데?"

"비밀! 들어보면 알아."

"치! 무슨 연애편지라도 쓴 거야?"

봉화는 어이가 없다는 듯 실눈을 뜨고 흘겨봤다. 그러다 벽시계를 힐끔 보고는 10시가 가까운 것을 알고 환호성을 질렀다.

"어머, 시간 다 됐다!"

봉화가 전축의 볼륨을 높였다. 감미로운 오프닝 음악과 함께 디제이 이장희의 부드러운 음성이 흘러나왔다.

"안녕하십니까? 팝스 투나잇의 디제이, 이장희입니다."

봉화는 마른침을 꿀꺽 삼키며 이장희의 목소리에 귀 기울였다.

"네, 첫 번째 신청곡은……."

두 손을 포갠 봉화는 자신의 신청곡이 꼭 나오기를 간절히 기도했다.

"제발, 제발……."

"성동여자실업고등학교……."

순간 봉화는 "어머!" 하며 심장이 멎는 듯 손으로 입을 막았다.

"2학년에 재학 중인 장봉화 학생이 보낸 사연입니다."

"어떻게! 어떻게!"

봉화가 어쩔 줄 몰라 탄성을 지르며 현희와 손바닥을 마주쳤다.

"내일 봉화 양이 자신의 우상을 만난다고 하는군요. 봉화 양의 설레는 마음이 그대로 담겨 있는 노래를 신청하고 싶다는 사연을 주셨습니다. 그 우상이 과연 누군지 매우 궁금한데요. 자! 장봉화 양의 첫 번째 신청곡, 요즘 최고의 인기곡이죠? 로버타 플랙의 〈더 퍼스트 타임 에버 아이 소 유어 페이스〉……."

이어서 로버타 플랙의 애절한 노래가 스피커를 통해 흘러나오기 시작했다.

The first time ever I saw your face

내가 당신을 처음 본 순간

I Thought the sun rose in your eyes

당신의 눈에서 해가 뜨는 것 같았어요

And the moon and stars were the gifts you gave

그리고 달과 별은 당신의 선물이라고 생각했어요

To the dark and empty skies, my love……

어둡고 텅 빈 하늘에, 내 사랑…….

감미로운 음악 속에서 봉화가 감정에 복받친 듯 눈물을 글썽였다.

소니 트랜지스터라디오에서 로버타 플랙의 노래가 흘러나오고 있었다. 라디오는 알 수 없는 힘에 이끌려 위아래로 천천히 움직였다. 라디오의 손잡이에 연결된 끈이 어떤 힘에 의해 당겨 올라갈 때마다 침대에 누워 있는 여인의 육감적인 나신이 보였다. 여인은 격렬한 정사를 끝낸 뒤 땀에 흠뻑 젖은 머리를 풀어헤친 채 실오라기 하나 걸치지 않은 알몸이었다.

라디오 손잡이에 묶인 끈을 따라가면 사내의 검지와 연결되어 있었다. 사내는 소파에 엎드린 채 검지의 악력을 높이려는 듯 끈을 당겼다 놨다를 기계적으로 반복했다. 어느덧 사내의 눈빛이 살기로 번뜩이고 있었다!

그날

1974년 8월 15일.

사내는 넥타이가 생각처럼 잘 안 매어지는지 신경질적으로 잡아당겼다. 그때 살구색 한복 소매의 하얀 손이 다가와 부드럽게 넥타이를 고쳐 매어주었다. 전신거울에 한복을 곱게 차려입고 온화한 미소를 띠며 남편의 넥타이를 고쳐주고 있는 영부인 육영수의 모습이 비쳤다. 대통령은 넥타이 매무새를 만져주는 아내를 묵묵히 바라봤다.

"이제 됐네요."

영부인이 대통령을 향해 부드러운 미소를 지었다. 무뚝뚝한 대통령은 전신거울을 힐끗 보고는 표정 변화 없이 고개를 끄덕이고 입을 열었다.

"가지!"

설레는 마음에 밤잠을 설친 장봉화는 아침부터 발을 동동 구르며 부산을 떨었다.

"아, 어디 있지?"

몇 켤레 안 되는 흰 양말 중 꽃이 수놓아진 걸 찾는다며 장롱의 옷가지를 다 들춰내고 있었다. 옆에서 그 모습을 보던 봉화의 엄마가 핀잔을 줬다.

"누가 네 양말 쳐다본다고 그러냐? 그냥 아무거나 신고 가."

"안 돼! 오늘이 얼마나 중요한 날인데."

"무슨 날?"

봉화는 장롱의 맨 아래에 깔려 있던 양말을 찾아내곤 이내 얼굴에 화색이 돌았다.

"아! 찾았다!"

"아니, 양말이 뭐가 중요하다고 이 아침부터 난리냐?"

"엄마, 나 오늘 테레비 나와!"

"응? 테레비에?"

"응. 광복절 행사 시작부터 나오니까 이따 꼭 봐야 해. 알았지? 아, 늦었다!"

봉화 엄마는 우당탕 소리를 내며 허겁지겁 집을 나서는 딸의 뒷모습을 보며 피식 웃다가 이내 안쓰러움이 교차했다. 아버지가 돌아가신 후에도 티 없이 맑고 성적도 항상 상위를 유지하는 아이였다. 위로 언니 둘에 남동생까지 있어서 자신의 몫으로 돌아가는 것이 하나도 없지만, 불평 한번 하지 않고 바르게 자라는 딸이 너무도 대견스러웠다.

이틀 전, 만년필 잉크가 떨어졌다며 한 병만 사달라고 애원하는 걸 돈이 없다고 매몰차게 거절한 것이 내심 마음에 걸렸다. 봉화 엄마는 퇴근 후에 잉크를 한 병 사 와야겠다고 마음먹었다.

"푸른 하늘 저 멀리 날아라! 힘차게 나르는~ 우주소년 아톰 용감히 싸워라~."

영재는 TV 만화 〈우주소년 아톰〉의 시작을 알리는 주제곡을 따라 부르며 소파 위에서 펄쩍펄쩍 뛰었다. 모처럼의 휴일이지만, 선옥은 나들이 준비로 아침부터 부산을 떨었다.

"영재야, 아빠 국 식는다고 어서 식사하세요, 해."

한창 흥이 오른 영재는 귀찮은 듯 우당탕 소리를 내며 안방으로 달려가서 냅다 소리를 질렀다.

"아빠! 밥 먹어!"

어느새 TV 앞으로 쪼르륵 달려온 영재를 바라보며 선옥은 실소를 터뜨렸다.

민규는 더부룩한 까치머리를 긁적이며 거실로 나와 식탁 의자에 덜퍼덕 앉았다. 간밤의 숙취로 두통이 가라앉질 않았다. 식탁에는 선옥이 끓인 콩나물국이 올라와 있었다. 민규는 속이 부대껴서 콩나물국에만 수저가 갔다. 다른 반찬에 젓가락을 몇 번 댔다가 내키지 않는 듯 콩나물국에 밥을 통째로 말아 떠먹기 시작했다.

민규는 숟가락질을 하며 선옥을 힐끗 쳐다봤다. 아내는 콧노래를 흥얼거리며 김밥 싸는 일에 열중하고 있었다. 모처럼 떠나는 가족 나들이에 들떠 입가에서 미소가 가시질 않았다. 민규는 그간 가족에게 이런 사소한 행복 하나 안겨주지 못한 미안함이 밀려왔다.

영재는 만화에 온통 정신이 팔려 고래고래 소리를 질러대고 있었다. 그 모습을 보고 있자니 피식 웃음이 새어 나왔다.

국민학교 2학년 영재는 〈우주소년 아톰〉의 열렬한 팬이었다. 방 안에 온통 아톰 인형과 포스터로 채워져 있음에도 불구하고, 일본 출장이 잦은 이모부에게 매번 아톰 인형을 사달라고 조르는 것을 보면, 아톰은 어느덧 영재의 마음에 히어로로 자리를 잡은 듯했다. 아톰이 악당을 제압하자 영재는 다시 벌떡 일어나 장난감 칼을 들고 주제가를 따라 부르며 소파에서 펄쩍펄쩍 뛰었다.

"푸른 하늘 저 멀리 날아라~ 힘차게 나르는~ 우주소년 아톰 용감히 싸워라~!"

"영재야, 소파에서 뛰지 마. 아빠 식사하시는데 먼지 나잖아."

엄마의 꾸지람에도 아랑곳하지 않고 영재는 흥분하여 더욱 환호성을 질렀다. 어느새 아톰이 악당에게 최후의 일격을 가하고 있었다.

국립극장 앞에는 "1974년 8월 15일 제29회 광복절 축하행사"

라고 쓰인 대형 현수막이 걸려 있었다. 국립극장 입구에서부터 행사에 참여하는 사람들로 북새통을 이뤘다. 사람들은 저마다 가슴에 입장 비표를 부착하고 손에 태극기를 든 채 국립극장으로 향하고 있었다.

강덕배는 빌려 입은 듯 어색한 양복 차림에 파란색 글씨로 쓰인 '축 광복절' 리본을 가슴에 달고 국립극장 입장 게이트 앞에서 사람들의 가슴에 부착된 비표를 일일이 확인하느라 정신이 없었다. 아직 이른 시각인데도 8월의 폭염이 기승을 부렸다.

"워매, 더운 거!"

덕배는 비 오듯 쏟아지는 땀을 손수건으로 연신 훔쳤다.

한편, 방청객으로 배정된 영진은 극장 출입구에서 자신의 좌석표를 확인한 뒤 벽면에 부착된 좌석배치도를 살펴보고 있었다. 배치도를 검지로 따라가며 영진이 중얼거렸다.

"C열에 5번이면……."

그때 기자 완장을 찬 사무엘 제임슨 기자와 부르스 더닝 특파원이 영진을 지나치며 "익스큐즈 미"를 외치고 입장했다. 영진은 머쓱한 웃음으로 그들을 한동안 쳐다보다가 다시 좌석배치도의 C열 5번 좌석을 따라가기 시작했다. 그러다 검지가 한 좌석에 멈추자 영진의 입에서 욕설이 터져 나왔다.

"니미, 잠은 다 잤네!"

영진에게 배정된 좌석은 연단 바로 앞이었다. 숙취 때문에 틈을 봐서 잠을 자려던 그의 계획이 수포로 돌아간 것이다. 이내 죽상을 하고 극장 안으로 들어서려는 순간, 갑자기 뛰어 들어온 여학생이 영진과 부딪쳐서 뒤로 자빠져버렸다.

"괘, 괜찮니?"

영진이 넘어진 여학생에게 손을 내밀었다. 여학생은 부딪친 충격으로 고개를 숙인 채 바닥에 앉아 있다가 얼굴을 들었다. 여학생은 장봉화였다. 엉덩이가 아픈 듯 코를 찡긋했지만, 이내 배시시 웃고는 자리에서 벌떡 일어났다.

"죄송합니다."

영진에게 꾸벅 고개를 숙인 봉화는 친구 현희와 까르르거리며 극장 안으로 뛰어 들어갔다. 영진은 소녀들의 발랄한 모습을 한동안 바라보다가 너털웃음을 터뜨리며 뒤따라 입장했다.

출입구 상단에 걸린 벽시계의 시침과 분침이 8시 40분을 가리키고 있었다.

오전 8시 50분.

조선호텔 입구에 최고급 대형 승용차 포드 M-20이 대기하고 있었다. 양복 차림의 기사는 차 앞에 정자세로 선 채 손님을 기다렸다. 중절모를 쓴 사내가 호텔 입구로 나오자, 기사는 깍듯이 인사하고 뒷좌석 문을 열어주었다. 중절모의 사내는 말없이 뒷좌석에 승차했다. 운전석에 착석한 기사는 목적지를 이미 아는 듯 곧바로 차를 몰았다.

승용차는 퇴계로 방향으로 달리기 시작했다. 기사가 룸미러로 뒷좌석을 힐끔거렸다. 사내는 잔뜩 긴장한 얼굴로 말이 없었다. 퇴계로에 진입한 승용차는 국립극장을 향해 속도를 높이기 시작했다.

오전 10시 23분 30초

1,800여 석의 국립극장 안은 대부분의 관객이 입장을 마치고 행사를 기다리고 있었다. KBS, MBC, TBC 등 방송 3사의 중계진이 분주히 오가며 생방송 준비를 서둘렀다.

단상 바로 앞 C열 5번에 앉은 영진은 주위를 두리번거리다 좌측 두 번째 줄에 착석한 외신기자들을 발견했다. 극장 입구에서 마주쳤던 바로 그 사람들이었다. 브루스 더닝 특파원은 녹화용 포터블 유매틱에 테이프를 갈아 끼우며 사무엘 제임슨 기자와 담소를 나누고 있었다. 영진은 그들을 바라보며 신기한 듯 히죽 웃었다.

한편, 합창단석에 앉은 봉화는 자신이 기대했던 첫 줄이 아닌 두 번째 줄로 자리가 밀린 탓에 실망한 기색이 역력했다. 인솔 교사의 눈치를 살피던 봉화가 앞자리에 배정된 단짝 현희의 옆자리 여학생에게 속삭였다.

"진경아, 나랑 자리 좀 바꿔주면 안 돼?"

"거기나 여기나, 거기가 거기잖아."

"요~만큼 가깝잖아. 응?"

봉화는 엄지와 검지를 좁히며 콧등을 찡긋했다. 친구는 봉화의 애원에 못 이기겠다는 듯 피식 웃으며 자리에서 엉덩이를 들었다.

"어딜 가니? 자리에 착석해!"

그 모습을 본 인솔 교사가 주의를 주자 여학생은 찔끔해서 다시 자리에 앉았다. 봉화는 입이 툭 튀어나온 채 울상이 되었다.

오전 9시 5분.

장충체육관 방향에서 국립극장으로 들어오는 도로에 길게 늘어선 150여 명의 경찰이 진입하는 차량들을 검문하고 있었다. 그때 포드 M-20 승용차가 속력을 줄이지 않은 채 그들 앞을 지나쳤다. 모두가 쳐다봤지만 워낙 고급 승용차여서 아무도 나설 엄두를 내지 못했다.

승용차가 국립극장 정문에 정차하자 기사가 재빠르게 내려 뒷좌석의 문을 열어주었다. 기사는 중절모의 사내에게 허리를 숙여 깍듯이 인사했다. 사내는 고개를 끄덕이고는 여유롭게 극장 입구로 들어섰다.

고급 승용차의 등장을 극장 입구에서부터 지켜보고 있던 덕배는 차에서 내린 사내의 옷에 비표가 부착되지 않은 것을 발견했다.

"저 사람 뭐여?"

덕배는 고개를 갸웃하며 중절모의 사내 쪽으로 걸음을 옮겼다.

인솔 교사의 눈치를 살피던 봉화는 선생이 행사 관계자와 잠시 얘기를 나누는 사이 앞자리 친구에게 다시 신호를 보냈다.

"진경아, 지금 바꿔줘 응?"

친구는 봉화의 극성에 졌다는 표정을 지으며 마지못해 선생의 눈을 피해 자리를 양보했다. 마침내 자리를 바꾼 봉화는 단짝 현희와 키득거리며 잔뜩 기대에 찬 표정으로 행사를 기다렸다.

로비의 한쪽 소파에 앉아 담배를 피우는 중절모 사내의 손끝이 미세하게 떨렸다. 중절모 아래 번뜩이는 그의 눈은 검은 양복 차림의 경호원들과 사복경찰들의 움직임을 예의 주시하고 있었다.

벽시계가 10시를 가리킬 무렵, 경호원들의 무전 소리가 분주하게 들려오기 시작했다. 경호원들과 사복경찰들이 부산하게 움직이며 극장 입구로 집결했다. 이내 극장 입구에 검은색 경호 차량들이 잇따라 도착했다. 이어서 봉황 마크의 번호판을 단 검은색 대형 세단이 국립극장 정중앙에 정차했다.

봉황 마크가 달린 세단의 조수석에서 내린 사람은 박종규 경호실장이었다. 그가 주위를 살펴본 후 뒷문을 열자 대통령과 영부인이 차에서 내렸다.

중절모의 사내는 서둘러 재떨이에 담배를 비벼 끄고 소파에서 일어났다. 대통령 내외가 붉은 카펫을 따라 극장 안으로 들어오자, 대기 중이던 기자들의 카메라 플래시가 대통령 내외에게 집중되기 시작했다.

중절모의 사내가 양복 상의 안주머니에 오른손을 넣고 대통령 내외 쪽으로 다가갔다. 지근거리로 다가가 안주머니에서 손을 빼려는 순간, 대기하던 화동들이 대통령 내외에게 다가가 꽃다발을 전달했다. 사내는 움찔하며 걸음을 멈췄다. 꽃을 받은 대통령 내외는 화동들의 뺨에 입을 맞췄다. 중절모의 사내가 주머니에서 손을 빼지 못한 채 주저하고 있는 순간, 박종규 경호실장이 대통령 내외의 동선을 확보하기 위해 사내를 기둥 뒤쪽으로 떠밀었다. 사내는 머뭇하다가 안주머니에 넣었던 손을 다시 내렸다.

극장 입구의 벽시계가 10시 6분을 가리키고 있었다.

시립교향악단의 웅장한 연주와 합창단의 노래가 어우러지는 가운데 단상으로 대통령과 영부인이 입장했다. 관객들이 모두 기립하여 우레와 같은 박수로 대통령 내외를 맞았다. 이에 대통령은 한 손을 흔들고 영부인은 고개 숙여 사람들의 환호에 답했다.

입 모양을 크게 해서 합창하던 봉화는 목련 같은 고매한 자태로 앉아 있는 영부인을 보며 가슴 벅찬 듯 눈물을 글썽였다.

중절모의 사내는 뒤늦게 입장하여 비어 있는 B열 뒷좌석에 착석했다. 이내 넓은 극장 안에 대통령의 쇳소리 섞인 카랑카랑한 목소리가 울려 퍼지기 시작했다.

브루스 더닝 기자는 방송 카메라로 촬영을 시작했고, 옆자리에 앉은 사무엘 제임슨은 통역의 말을 귀담아들으며 수첩에 빠르게 메모했다. 연단 바로 뒤에서 박종규 경호실장이 매서운 눈매로 객석을 주시하고 있었다.

영진은 연단 바로 앞쪽에 앉아 있었음에도 무거운 눈꺼풀을 이기지 못하고 꾸벅꾸벅 졸기 시작했다. 극장 외부에서 경비를 서는 덕배 역시 연신 땀을 닦아내며 몰려드는 졸음을 쫓느라 눈을 끔벅거렸다.

객석 뒤편에 앉은 중절모 사내의 손이 서서히 상의 안주머니로 들어갔고, 대통령의 연설은 점점 힘이 실려 갔다.

"나는 오늘, 이 뜻깊은 자리를 빌려서 조국통일이 반드시 평화적인 방법으로 이루어져야 한다는 것을 다시 한번 강조하면서, 우리가 그동안 시종……."

벽시계는 서서히 운명의 10시 23분 30초를 향해 움직이기 시작했다!

그 시각, 선옥과 영재는 들뜬 마음으로 차 안에서 민규를 기다렸다. 돗자리와 먹을거리를 마지막으로 트렁크에 실은 민규는 운전석에 앉아 시동을 걸었다. 차를 한동안 방치해둔 탓인지 엔진이 털털거리며 힘겹게 시동이 걸렸다.

"다 실었지?"

"출발!"

영재가 한 손을 치켜올리며 환성을 질렀다.

"자, 출발합니다~."

"참! 여보!"

선옥의 다급한 소리에 민규가 놀라 급정차했다.

"왜?"

"당신 혹시 테레비 껐어요?"

"당신 안 껐어?"

"난 안 껐는데……."

"내가 갔다 올게."

민규는 시동을 그대로 켜놓은 채 차에서 내렸다. 걸음을 옮기려는 순간, 뭔가 이상한 기분에 주변을 둘러보니 세상이 마치 프리즘을 통하여 바라보듯 사물이 온통 희뿌옇고 희미하게 왜곡된 듯 보였다. 그는 처음 보는 기이한 광경에 하늘을 올려다봤다. 오전인데도 마치 저녁노을이 지듯 하늘이 노랗게 물들어 있었다.

그날, 야외에 있었던 사람들은 기이한 자연현상을 목격하고 이렇게 묘사했다.

"그날 그 시각, 오전인데도 불구하고 마치 저녁노을이 지기 전처럼 세상이 침침하고 노랗게 물들어 있었습니다."

그리고 그들은 얼마 지나지 않아 충격적인 소식을 접했다.

사투

텅!

꾸벅꾸벅 졸던 영진은 강하게 부딪치는 금속성에 깜짝 놀라 눈을 떴다. 무슨 소리인가 고개를 돌려 객석을 두리번거렸지만, 사람들은 미동도 없고 대통령의 연설은 계속됐다. 영진이 갸우뚱하며 다시 고개를 돌리는 순간, 객석 뒤편에서 누군가가 고함을 지르며 연단을 향해 달려오는 게 보였다. 사내의 손에 들린 것은 분명 권총이었다.

"뭐, 뭐야!"

영진이 자리에서 벌떡 일어났다. 이어서 총을 들고 뛰어오는 사내를 발견한 관객들이 비명을 지르기 시작했다.

사내가 접근하는 것을 목격한 박종규 경호실장이 자리를 박차고 일어나 총을 꺼내 들고 연단 앞으로 튀어나왔다. 브루스 더닝 기자는 달려오는 사내를 향해 재빨리 카메라를 돌렸다. 그때 달려

나오던 사내의 총구가 불을 뿜었다.

탕!

총성과 동시에 대통령이 연단 아래로 급히 몸을 숨겼다. 단상에 앉아 있던 삼부요인 모두가 허둥지둥 의자 뒤로 몸을 숨기는데, 영부인만 자리를 지키고 있었다. 그때 사내의 총구가 다시 연달아 불을 뿜기 시작했다.

탕! 탕! 탕!

"안 돼!"

영진이 고함을 지르며 연단 앞까지 다가온 사내를 향해 몸을 날렸다. 그러곤 사내의 뒷덜미를 잡아채어 뒤로 자빠트리고 목을 팔뚝으로 휘감아 제압했다. 그제야 주변 사람들이 뒤늦게 달려들어 사내를 짓밟기 시작했다.

연단 아래로 몸을 숨겼던 대통령은 순간, 아내 육영수가 쓰러져 있는 모습을 발견했다. 영부인은 머리에 피를 흘리고 있었다. 대통령의 얼굴이 새파랗게 질렸다.

그 찰나의 순간이 지나자 장내는 비명과 함께 아수라장으로 돌변했다. 합창단 학생들이 모두 머리를 숙이고 있는 가운데 봉화만이 충격을 받은 듯 새파랗게 질린 얼굴로 그 장면을 바라보고 있었다.

영진이 사내의 두 팔을 꺾어 완전히 제압했다고 느낀 순간, 반대편에서 번쩍이는 섬광과 함께 또다시 총성이 울렸다.

탕!

이어서 찢어지는 듯한 여고생들의 비명이 터져 나왔다. 영진은 반사적으로 소리가 난 합창단석 쪽으로 달려갔다. 합창단 여학생 중 하나가 피범벅이 되어 쓰러져 있었다. 영진이 쓰러진 여학생을 급히 두 손으로 안아 올리자 몸이 그대로 축 늘어졌다. 그 여학생은 바로 장봉화였다.

"헉!"

철컥 소리와 함께 벽시계가 10시 25분 52초에서 멈췄다.

"아빠 왜 안 와?"

차 안에서 아빠를 기다리던 영재가 투덜거렸다. 선옥도 TV를 끄러 간 민규가 10분이 지나도록 나올 생각을 않자 궁금하던 참이었다.

"아빠 뭐야?"

영재가 울상을 하고 징징거리자 선옥이 차문을 열었다.

"엄마가 한번 가볼게."

차에서 내린 선옥이 집 안으로 들어갔다. 현관문을 들어서자 거실에 우두커니 서 있는 민규가 보였다.

"영재 아빠."

그는 대답 없이 넋 빠진 사람처럼 TV 앞에 굳은 듯 서 있었다.

"여보?"

선옥이 의아해하며 TV를 보자 브라운관은 화면 조정으로 바뀌어 있었다.

"당신 뭐해요?"

민규는 그제야 선옥을 알아보곤 떨리는 음성으로 입을 열었다.

"여, 여보……."

국립극장 안은 울먹임과 비명으로 아수라장을 방불케 했다. 경호원들은 영부인의 이마에 흐르는 피를 손으로 막은 채 급히 들쳐업고 밖으로 나갔다. 사람들에게 제압당한 문세광은 여러 명의 경호원에게 양팔과 다리가 붙들려 질질 끌려나갔다.

단상 위 의자에 앉아 박종규 경호실장으로부터 상황을 보고받은 대통령이 고개를 끄덕이더니 결심한 듯 자리에서 일어나 천천히 연단으로 걸어 나왔다. 이어서 연단 위에 놓아둔 보리차를 한 모금 마시고 다시 입을 열었다.

"여러분, 하던 얘기를 계속하겠습니다."

술렁이던 극장 안이 이내 진정되고, 대통령의 건재함을 확인한 사람들은 안도감에 "대한민국 만세"를 외치며 우레와 같은 기립박수를 보냈다.

"다시…… 한번 우리가 원하는 평화통일의 기본 원칙을…… 명백히 천명하고자 합니다. 평화통일을 위한 기본 원칙은……."

대통령은 애써 침착하려 했지만 미세하게 떨리는 음성이 마이크를 통해 전해졌다.

왜에에엥—

사이렌 소리와 함께 앰뷸런스가 무서운 속도로 질주했다. 영진은 장봉화의 목에서 솟구치는 피를 붕대로 틀어막았다. 그 옆에서 인솔 교사인 김수경 선생이 벌벌 떨며 오열했다.

순간 차가 덜컹거리자 봉화가 이동식 침대에서 바닥으로 굴렀다. 영진은 급히 봉화를 안아 침대에 다시 눕혔다. 정신을 잃었던 봉화가 힘없이 눈을 뜨고 영진을 올려다봤다. 봉화는 졸린 눈으로 수줍은 듯 미소 짓더니 이내 스르륵 눈을 감았다. 봉화의 숨이 끊기는 것을 직감한 순간, 영진의 입에서 "헉" 하는 탄성이 터져 나왔다.

대통령이 연설을 끝내고 인사하자 관객들이 일제히 기립박수를 치며 "대한민국 만세"를 외치기 시작했다. 대통령은 뒤돌아서 영부인의 자리를 바라봤다. 영부인이 앉아 있던 초록빛 의자는 핏자국으로 얼룩져 있었고, 주위에는 핸드백과 고무신이 나뒹굴고 있었다. 대통령은 그쪽으로 천천히 다가가 허리를 숙이고 뒤집힌 고무신을 집어 들었다. 감정을 억누르려 애쓰는 듯 그는 어금니를 질끈 깨물었다.

1974년 8월 15일 오후 3시 30분.

청와대 기자회견장에는 수많은 기자가 몰려들어 발 디딜 틈이 없었다. 쉴 새 없이 터지는 플래시 불빛 속에 연단으로 다가선 김

성진 청와대 대변인이 경직된 얼굴로 연설문을 읽기 시작했다.

"74년 8월 15일 오전 10시 23분께 서울시 중구 장충동 국립극장에서 거행된 제29회 8·15 경축 기념식장에서 박 대통령이 단상 중앙 연설대에서 경축사를 읽고 있던 중 돌연 괴한 한 명이 나타나 단상 정면에서 대통령을 향해 권총을 발사했으나 한 발이 연설대 우측에 맞고 빗나간 다음, 다시 한 발을 발사한 것이 대통령 부인 육영수 여사의 머리에 상처를 입혔으며…… 또 한 발은 단상 바로 앞에 있었던 합창대 여학생 성동여자실업학교 상과 2년 장봉화 양이 맞아 장 양은 중앙의료원에서 응급 가료 중이다……."

평화롭게 잠이 든 듯한 장봉화의 얼굴에 하얀 천이 씌워졌다. 지휘자인 김옥지 선생과 인솔자 김수경 선생이 무너지듯 주저앉아 오열했고, 영진은 얼이 빠진 듯 하얀 천이 덮인 장봉화의 시신을 멍하니 바라봤다.

그 시각, 서울대병원에서는 신경외과 과장 심보성 박사의 집도로 영부인의 뇌수술이 긴박하게 이뤄지고 있었다. 심 박사를 중심으로 최길수 박사, 곽일용 박사 등 10여 명이 넘는 의사와 간호사들이 수술대를 에워싸고 있는 가운데 수술실 안에 팽팽한 긴장감이 감돌았다.

심 박사의 손짓에 따라 메스를 건네는 간호사의 손이 덜덜 떨렸다. 수술시간은 이미 다섯 시간을 경과하고 있었다. 영부인의 혈액형이 AB형이라는 사실이 발표되자, AB형 혈액형을 가진 이들이 전국에서 몰려와 헌혈을 자원한 덕분에 혈액은 부족함이 없었다. 수혈에 들어간 혈액량만 무려 74병에 육박했다.

수차례 고비를 넘기고 절벽에서 마른 잡초를 움켜쥐는 심정으로 수술을 집도하는 심 박사의 눈이 극도의 긴장으로 벌겋게 충혈돼 있었다. 수술을 보조하는 간호사가 그의 이마에 흐르는 땀을 거즈로 닦아주었다. 영부인의 심박동계가 희미하게 움직였다.

과연 전 국민이 그토록 한마음으로 염원한 적이 있었던가? 그 시각 이 땅의 여인들은 서로를 부둥켜안은 채 흐느꼈고, 남정네들은 붉은 눈시울로 하늘을 원망하듯 바라봤다. 영부인이 참배하던 보문사에선 스님과 신도들이 수백 명 모여 영부인의 안녕을 기원하며 염불했고, 명동성당에 모인 신도들은 눈물의 기도를 올렸다.

영부인을 죽음으로부터 구해내려고 고군분투하던 심보성 박사의 손이 갑자기 심하게 떨리기 시작했다. 이어, 수술을 돕던 간호사 하나가 무너지듯 바닥에 주저앉아 큰 소리로 참았던 울음을 터뜨렸다.

그때, 영부인의 눈가에 눈물 한 방울이 뺨을 따라 구르더니 심박동계가 수평선을 그었다.

띠이이이이—

시민들은 길거리 전파사 앞에 모여 숨죽이고 TV 뉴스를 기다렸다. 그때 아나운서가 긴급 속보를 전했다.

"오늘 오후 7시경 육영수 여사님이⋯⋯."

사람들은 마른침을 삼키며 아나운서의 입을 주시했다. 아나운서는 차마 말을 잇지 못하다가 비통한 목소리로 다시 입을 열었다.

"서거하셨습니다⋯⋯."

순간 필름이 뚝! 끊긴 듯 정적이 흘렀다. 모두가 눈의 초점을 잃고 멍하니 있는 사이 어디선가 가녀리게 흐느끼는 여인의 울음소리가 들려왔고, 그것을 시작으로 곳곳에서 통곡이 터져 나왔다. 눈물바다로 변한 것은 그곳만이 아니었다. 전국에서 어머니들은 어린아이를 끌어안은 채로 흐느꼈고, 아버지들은 떨리는 손으로 연신 줄담배를 피워댔다.

가발공장에서 일하는 은수는 재봉틀 앞에서 일손을 멈춘 채 얼굴을 묻고 흐느꼈다. 덕배는 마치 자신의 어머니가 돌아가신 듯 목 놓아 엉엉 울었고, 영진도 손에 묻은 피를 물로 씻어내며 소리 없이 흐느꼈다. 선옥은 민규의 품에 안겨 흐느꼈고, 영재는 영문도 모른 채 엄마를 따라 엉엉 울었다.

도시는 마치 검은 장막이 드리운 듯했다. 거리는 텅 비어 사람의 흔적을 찾아볼 수 없고 간간이 흐느끼는 소리만 들려왔다. 어느덧 하늘이 검붉은 핏빛으로 물들어갔다.

일생의 기회

"네? 제가요?"

민규가 놀란 눈으로 윤 대표를 쳐다봤다.

"어차피 결정된 일이야."

윤 대표가 나직이 말했다.

"어, 어떻게 제가?"

얼떨떨한 표정으로 되묻는 민규에게 윤 대표가 피식 웃으며 말을 이었다.

"어떻게는 뭐가 어떻게야? 국선변호야 뺑뺑이를 돌려 뽑는 거지."

"왜 하필이면 제가?"

"행운이라고 생각해. 자네도 이런 큰 사건을 맡아야 유명세를 탈거 아닌가?"

민규가 어처구니없다는 듯 윤 대표를 쳐다봤다.

"전 국민이 보는 앞에서 체포된 현행범입니다. 더군다나 피살된 사람은 영부인이고요. 대체 뭐라고 변호를 한단 말입니까?"

"이봐, 무작위로 뽑힌 국선변호사인 것 다 아는데 누가 뭐라고 하겠나?"

"뻔히 질 수밖에 없는 변호를 해서 유명해지면 뭐합니까?"

"아니지! 자네한테는 백 프로 이기는 게임이지!"

"네? 이기다니요?"

이해가 안 간다는 표정으로 민규가 반문했다.

"잘 생각해봐. 자네 말대로 이건 이길 수 없는 사건이야. 하지만 이게 좀 큰 사건인가? 자네는 유명세를 탈 수 있으니 이득이고, 적당히 변호하다가 나중에 양심선언하면 되는 거지."

"양심선언이라뇨?"

윤 변호사가 답답하다는 듯 말을 이었다.

"아무리 피의자의 변호사라지만 인간적으로 영부인을 죽인 악마 같은 살인범이 용서가 안 된다는 거지. 양심선언하고 재판을 포기하는 정의로운 변호사! 큰 사건 맡아 이름 날리고 정의로운 변호사로 남고. 이렇게 백 프로 이기는 게임이 어디 있겠나?"

민규는 멍하니 듣다가 피식 실소를 터뜨렸다. 윤 대표가 그의 어깨를 토닥이며 힘주어 말했다.

"이건 정말 평생에 한 번 있을까 말까 한 기회야! 이런 기회는 다시 없을 거네!"

민규는 이건 아니라는 듯 고개를 절레절레 저었다.

"신민규, 자넨 내가 언제까지 이 자리에 있을 거라 생각하나?"

"무슨……?"

윤 대표의 입에서 나온 뜻밖의 말에 민규는 의아했다.

"나도 이제 쉴 때가 됐어. 내가 왜 빨간 줄이 간 자네를 여기로 불렀겠나? 난 자네를 언젠가 여기를 이끌 만한 인물로 생각했네."

"네?"

민규가 휘둥그런 눈으로 윤 대표를 쳐다봤다.

"이런 굵직한 사건을 맡아야 내 자리를 대신할 거 아닌가."

"서, 선배님……."

윤 대표가 민규의 상의 포켓에 만년필을 꽂아주며 말했다.

"각하께서 하사하신 아주 특별한 만년필이야. 나도 이 만년필을 받고 나라에 대한 강한 충정이 생기더군. 이제 자네 차례일세."

윤 대표가 민규의 포켓을 토닥이며 의미심장한 말을 했다.

"평생 한 번 있겠나, 이런 기회가? 나가서 인터뷰하자고. 형식적으로…… 알지?"

민규는 자신의 상의에 꽂힌 만년필을 물끄러미 내려다봤다.

변호사협회 밖에서 기다리던 수많은 기자 앞에 민규가 떠밀리다시피 나타나자 플래시 세례가 쏟아졌다. 곧 기자들에게 둘러싸인 민규에게 질문이 쇄도했다.

"문세광의 국선변호인으로 내정되셨는데 소감이 어떠십니까?"

민규는 혼란스러운 듯 잠시 생각하다가 입을 열었다.

"대한민국 국민의 한 사람으로서 육영수 여사의 죽음은 참으로 가슴 아픈 일입니다. 하지만 저는 피의자의 변호인으로서 맡은 바 임무를 충실히 이행할 것입니다."

"영부인을 암살한 범인입니다. 그런 사람을 변호하는데 가책은 없으신가요?"

민규가 곤란한 듯 머뭇거리자, 윤 변호사가 그의 어깨를 감싼 채 기자들의 질문 공세를 뚫고 서둘러 자리를 빠져나갔다.

TV는 밤새도록 긴급 속보를 쏟아냈다. 법률사무소 직원들은 퇴근을 미룬 채 숨죽여 TV를 시청하고 있었다. 민규는 자신의 책상에 앉아 깍지 낀 두 손으로 턱을 괸 채 생각에 잠겼다.

과연 윤 대표의 말대로 나에게 행운이 찾아온 것인가? 범인은 전 국민 앞에서 영부인을 죽인 현행범이다. 더군다나 영부인은 국민들이 흠모하고 존경하는 국모와 같은 존재가 아니던가. 그런 살인범을 변호한다면 엄청난 국민적 비난이 쏟아질 것이다. 과연 그런 비난을 감내할 수 있을까? 그리고 미래를 위해 그럴 만한 가치가 있는 기회일까?

두려움이 몰려왔다. 그러나 한편으로는 윤 대표가 제시한 유영제분 고의부도 사건의 변호를 맡음으로써 수많은 노동자를 실업자로 만드는 것보다는 차라리 낫겠다는 생각도 들었다. 이미 영부인은 세상에 없기에 자신의 변호로 더 이상 피해자를 만드는 일은 없을 것이다.

그런데 왜 윤 대표는 자신에게 국선변호를 권유하며 충정을 운운하는 것일까? 더군다나 자신은 사건을 철저히 조사해서 죄인을 기소하는 검사가 아닌, 영부인을 쏜 대역죄인을 변호해야 하는 사람이 아닌가? 과연 그 일에 무슨 충정이 필요하다는 얘기인지 윤 대표의 의미심장한 말을 이해할 수 없었다.

민규는 윤 대표가 포켓에 꽂아준 만년필을 뽑아 자세히 들여다봤다. 검은색의 최고급 몽블랑 만년필이었다. 금색으로 봉황 문양이 새겨져 있고, 그 가운데에 은색으로 '대통령 박정희'라 쓰인 흘림체 서명이 뚜렷이 보였다.

대통령에게 충성을? 그렇다면, 대역죄인을 애써 옹호하지 말고 검찰에 적당히 협조하란 이야기인가?

민규는 고개를 갸웃했다. 어차피 이 사건은 자신이 할 수 있는 일이 그리 많지 않을 것이다. 영부인을 죽인 살인자를 위해 아무리 선처를 구하더라도 그에게 내려질 형량은 단 하나! 사형밖에 없을 것이다.

어찌 보면 사건의 중요성에 비해 그간 자신이 맡았던 사건 중 가장 단순한 변호가 될 수도 있겠다는 생각이 들었다. 또한 윤 대표의 말대로 판결 일보 직전에 양심선언을 하고 빠지면 자신은 잃을 게 없을 거란 계산이 나왔다.

그렇다. 어차피 현실세계와 타협하기로 마음먹은 이상, 이것이 절호의 기회일 수 있겠다는 판단이 섰다.

민규는 만년필을 포켓에 조심스레 꽂고 자리에서 일어났다.

1974년 8월 15일 오후 11시 30분.

김일두 수사본부장이 수사 발표문을 낭독하기 시작했다.

"나이 23세, 한국 이름 문세광이 소지한 여권은 일본인 요시이 유키오 명의의 위조 여권이었으며, 권총과 실탄은 오사카 서남고진西南高津 파출소에서 훔친 것이다."

"쯧, 어린 나이에 엄청난 짓을 저질렀군."

사무장이 안타깝다는 듯 혀를 차며 말했다. 민규는 말없이 그들 뒤에서 TV를 바라봤다.

"골치 좀 아프시겠어요."

사무장이 뒤돌아 힐끗 그를 쳐다봤다. 민규가 TV에 시선을 고정한 채 입을 열었다.

"글쎄요, 골치 아플 일이야 뭐 있겠습니까. 세상 사람 다 보는 데서 그리 총질을 해대 둘이나 죽였는데."

"네?"

사무장은 평소 그답지 않은 시니컬한 반응에 놀라 민규를 쳐다봤다.

"아, 네…… 하긴 뭐."

사무장은 이내 그 말의 의미를 이해한 듯 얼버무렸다. TV에선 문세광 사건을 맡은 검사들의 모습을 비춰주고 있었다. 순간 민규가 깜짝 놀라며 손가락으로 화면을 가리켰다.

"어? 저 친구!"

"아는 분이 계세요?"

"저쪽 검사로 누가 내정됐죠?"

"여기, 명단 있습니다."

민규는 사무장이 건네준 서류를 훑어보다가 피식 김빠지듯 감탄했다.

"허, 벌써 부장검사야?"

"부장검사요?"

사무장이 깜짝 놀라 되물었다.

"제 대학 후배예요. 아주 똑똑한 친구였죠."

"아, 잘됐네요! 앞으로 협조 구하기도 쉽고……."

사무장의 말에 피식 웃었지만 민규는 씁쓸함을 감출 수가 없었다.

"여보, 나……?"

피곤한 몸을 이끌고 현관에 들어선 민규는 습관적으로 선옥을 불렀다. 하지만 실내에 불이 꺼져 있고 아무런 기척이 없었다. 무슨 일인가 하며 거실로 들어서던 민규는 영부인 특별 추모방송을 보며 소리 없이 흐느끼는 선옥을 발견했다.

"여보……."

눈물범벅이 된 그녀가 민규를 바라봤다.

"하지 마세요!"

그는 아내가 무슨 말을 하려는지 알았다.

"대한민국 변호사가 당신 하나는 아니잖아요!"

"대표님이 워낙 강하게 권유해서……."

"못하겠다고 해요!"

민규는 순간 놀랐다. 항상 남편의 뜻을 존중하고 지지하던 아내가 이토록 강하게 자기주장을 하는 건 처음 있는 일이었다.

"아냐. 어쩌면 이번 일…… 나한테 기회일 수도 있어."

"영재 아빠……."

민규는 아내의 애원 섞인 목소리를 애써 외면하고 안방으로 들어갔다.

카오스

1974년 8월 16일 오전 8시 10분.

경찰서장의 급한 연락을 받은 영진이 국립극장에 도착했다. 영진은 아마도 현장검증을 위한 목격자 신분으로 자신을 불렀으리라 추측했다. 국립극장 입구는 기관원으로 보이는 정장 차림의 사내들이 철저히 통제하고 있었다. 영진은 들어갈 엄두를 못 내고 입구에 뻘쭘하게 서 있었다.

그때 중부경찰서에서 함께 근무했던 시경 감식계장 이건우가 입구로 다가오는 것이 보였다. 영진이 이내 반갑게 손을 들었다.

"이 계장님!"

"어? 배 형사, 여긴 웬일이야?"

"목격자 신분으로 부른 것 같아요."

"아! 자네도 현장에 있었던 게로군. 자, 어서 들어가지."

이 계장이 영진의 어깨를 감싸고 극장 안으로 들어가려 하자, 입구를 지키던 사내들이 막아서며 입장을 저지했다. 이 계장이 발끈해서 호통을 쳤다.

"너희들 뭐야? 나 시경 감식계장이야!"

"수사본부장님 오시기 전에는 누구도 들어가실 수 없습니다!"

사내들의 완강한 태도로 봐선 상부의 지시가 있었던 게 분명했다. 이 계장은 더 이상 호통이 먹히지 않을 거라 생각한 듯 입을 다물었다. 그는 영진의 눈을 의식하곤 어깨를 으쓱하며 멋쩍은 웃음을 지었다.

이윽고 검은 승용차 여러 대가 극장 앞에 속속 도착했다. 차문이 열리자 기세당당한 중앙정보부 6국장과 김 부장검사, 수사본부장을 선두로 수사관, 중정요원, 검사 들이 차례로 내렸다. 경비하던 사내들이 그들에게 인사한 후 극장 문을 열고 내부로 안내했다.

그들의 행렬을 바라보던 영진의 눈에 무리 속 한 사내의 모습이 들어왔다.

"어? 민철규……?"

영진이 소스라치게 놀라며 손짓했으나 사내의 모습은 곧 사라졌다. 잘못 봤나 하며 고개를 갸웃거리고 있는데 이 계장이 다가왔다.

"아는 사람 있어?"

영진이 두리번거리는 모습을 보고 이 계장이 물었다

"아닌가? 친구 같았는데…… 잘못 봤나 봐요."

영진이 고개를 갸우뚱하며 답했다.

일시에 개방된 사건 현장에서 서울시경 형사들은 증거를 확보하고자 일사불란하게 움직였다. 기자들은 그들의 꽁무니를 따라다니며 연신 카메라 플래시를 터뜨렸다.

영진은 검찰 수사관들과 기자들 앞에서 당시의 상황을 몸으로 표현하며 설명을 이어갔다.

"그래서 제가 이렇게 하면서 문세광을 덮쳤죠."

영진은 뒤에서 문세광의 뒷덜미를 움켜잡는 시늉을 했다.

"그리고 좀 이따가…… 총소리가 나면서 저기 앉아 있던 여고생이……."

"어이! 자네 소속이 어디야?"

장봉화의 좌석을 손으로 가리키는 그에게 머리를 올백으로 넘긴 배 나온 사내가 큰 소리로 물었다.

"저…… 중부경찰서 조사계……."

"여고생은 문세광이 총에 죽었는데, 순서가 바뀌었잖아!"

"아닙니다. 제가 틀림없이 문세광을 잡고 있을 때 총성이 들렸는데요."

"똑바로 말 안 해? 문세광이 장봉화를 쏘고 나서 당신이 덮친 거잖아!"

"아니, 그게 아니라……."

사내의 언성에 위축된 영진이 다시 설명을 하려는 찰나, 김 검사가 그에게 다가왔다.

"당신이 문세광을 잡고 있었다면서! 그런데 등 뒤에서 일어난 일을 어떻게 볼 수 있었지?"

"그, 그건⋯⋯."

영진이 당황하여 우물쭈물하자 올백의 사내가 또다시 목청을 높였다.

"들어보나 마나야! 이 새끼들 깡그리 집어넣어야 해! 국모가 당하는 동안 뭣들 했어!"

사내는 더 들을 게 없다는 듯 허공에 손을 내둘렀다. 영진이 황당한 표정으로 서 있자 이 계장이 다가와 주위를 살피며 속삭였다.

"너무 열 받지 마. 저 친구 중앙정보부 6국장이야."

영진이 어이없다는 듯 한숨을 내쉬었다.

"그나저나 날 샜어."

"예? 날 새다니요?"

"탄두가 하나도 없어."

"탄두요?"

"사건 현장에 탄두가 하나도 없어. 어떤 놈들인지 싹 챙겨 갔어!"

이 계장이 쓰디쓴 입맛을 다셨다. 이때 뒤에서 공안검사의 큰 목소리가 들려왔다.

"자! 빨리 현장검증 시작하자고!"

이어 문세광의 대역을 맡은 것으로 보이는 중절모 쓴 사내가 출입문 앞에 나타나자 여기저기서 카메라 플래시가 터졌다.

"아주 쇼를 하는군. 현장검증에 대역을 써? 구색만 갖추자는 이야긴데…… 이러고 뭔 수사를 하겠다는 건지…….."

이 계장이 어처구니없어하며 혀를 찼다. 그 광경을 바라보는 영진의 표정이 굳어갔다.

"범인 문세광은 학창 시절 성격이 온순하고 성적도 좋았으나, 고등학교 시절……."

민규는 창밖을 멍하니 바라보며 서 있고 그 뒤에서 김지연이 보고서를 읽었다. 창문 옆에 작은 나비 한 마리가 거미줄에 걸려 있었다. 나비는 서서히 다가오는 거미로부터 벗어나고자 날개를 파닥이며 버둥거렸다. 그 모습을 유심히 지켜보던 민규가 나비를 거미줄에서 떼어내 하늘로 날려 보냈다. 그러곤 창가에 턱을 괴고 하늘 높이 날갯짓하며 멀어지는 나비를 멍하니 지켜보았다.

아무 반응이 없자 보고서를 읽던 김지연이 민규를 힐끗 쳐다봤다.

"신 변호사님!"

김지연의 목소리에 민규가 찔끔해서 뒤를 돌아봤다.

"응? 아, 미안…… 어디까지 했지?"

김지연이 입을 씰룩한 후 다시 보고서를 읽기 시작했다.

"고등학교 시절 부친이 사망하자 성격이 급격히 어두워졌고, 학생운동에 열을 올리기 시작했다고 합니다."

"내 참, 성격 두 번만 어두워졌다간 나라 팔아먹었겠군."

민규가 쓴웃음을 지으며 말을 끊었다.

"또한 현재 가족으로 강성숙이라는 조선인 아내와 아들이 하나 있습니다."

"아들이 몇 살이지?"

"이제 두 살이네요. 이름은 문천민……."

"아이쿠……."

안타까운 듯 민규의 입에서 탄식이 터져 나왔다. 그때 사무장이 다가와 종이를 한 장 내밀며 보고했다.

"그 정도가 현재 파악된 문세광의 일본 배경이고요, 이건 앞으로 확보해야 할 자료를 정리한 겁니다. 우선 일본 출국 경위를 알아봐야 할 것 같고, 문세광이 행사장에 어떻게 초청됐는지도 파악해야겠습니다. 당일 초청자 명단과 좌석배치도는 구하는 중이고, 사건 당시의 필름은 방송국에 공문으로 요청해놨습니다."

민규는 사무장이 정리한 리스트를 힐끔 보다가 그대로 책상 위에 툭 올려놓았다.

"너무 힘 빼지 마세요. 어차피 추후에 검찰이 조사한 자료를 요청하면 될 텐데……."

그의 태연한 모습에 사무장은 맥이 빠진 듯한 표정을 짓다가 말을 덧붙였다.

"그래서 시경에 현장검증 수사자료를 요청했는데, 사건 당일 경호실에서 직접 검증을 해서 시경은 자료가 없다고 합니다."

민규가 놀란 얼굴로 사무장을 바라봤다.

"현장검증을 청와대 경호실에서 했다고요?"

"네. 더군다나 검찰은 중정에 파견 조사 중이라 협조가 불가능하답니다."

"네? 검찰이 중앙정보부에 파견됐다고요? 그럼 지금 문세광이 중정에서 조사받고 있단 말입니까?"

"네. 접견 신청도 그쪽 조사가 끝난 후에나 가능하다고 통보받았습니다."

민규가 어리둥절한 얼굴로 머리를 긁적였다.

"내 참, 이거 어떻게 돌아가는 거야? 경호실이 현장검증을 하고, 검찰이 중정에 파견되고……"

"신 변호사님, 이대로는 기본적인 변호 자료도 만들 수 없을 것 같습니다. 아무래도 후배이신 김 검사님을 직접 찾아뵙고 협조를 구하시는 게 어떨까요?"

민규는 딱히 내키지 않는 듯 깊은 한숨을 내쉬었다.

김포공항은 주말을 맞아 입국하는 사람들로 북적거렸다. 입국 게이트 앞에 100명이 넘는 기자들이 포진하고 있었다. 입국 안내판에 오사카발 항공편의 불이 들어오자, 조금이라도 좋은 위치를 선점하려는 카메라 기자들의 신경전이 치열했다.

곧이어 입국 게이트가 열리자 두 살배기 아들을 업은 강성숙이 넋 나간 표정으로 모습을 드러냈다. 그녀는 며칠을 눈물로 보낸 듯 퉁퉁 부은 눈으로 두려운 듯 주변을 두리번거렸다. 대기하던 기자들이 연신 카메라 플래시를 터뜨리며 그녀에게 우르르 달려갔다.

당황한 강성숙에게 기자들이 질문을 쏟아내기 시작했다.

"지금 심정이 어떻습니까?"

"남편이 영부인을 살해한 동기가 뭔가요?"

"남편이 북괴의 지령을 받은 게 맞습니까?"

강성숙은 빗발치는 질문에 겁을 먹고 어쩔 줄을 몰라 하다가 기자들에게 이리저리 밀리자 이내 눈물을 글썽였다. 그녀의 등에 업힌 아이도 놀란 듯 울음을 터뜨렸다.

그때 대기하던 양복 차림의 요원들이 재빨리 그녀에게 다가갔다. 요원들은 기자들을 밀치고는 강성숙을 데리고 황급히 공항 청사를 빠져나갔다.

일급보안

중앙정보부 복도의 작은 소파에서 대기하는 민규는 가슴을 옥죄어오는 불안감을 떨칠 수가 없었다. 불안감을 조금이나마 덜고자 주위를 두리번거렸지만, 쥐 죽은 듯 고요한 건물에서 풍기는 살벌한 기운이 오금을 저리게 만들었다.

민규는 이곳에서의 악몽을 잊을 수가 없었다. 대학 시절 이곳에 끌려와 모진 구타와 심문을 당하던 기억이 10여 년이 지난 지금까지도 악몽 속에서 재현되고 있었다. 얼마나 많은 사람이 이곳에 끌려와서 고초를 당했을까 생각하자 머리카락이 곤두서는 것 같았다. 비릿한 피 냄새가 건물 곳곳에 스며든 듯 느껴졌고, 가끔 복도에 울리는 구둣발 소리마저 그를 긴장시켰다. 민규는 애써 마음을 가라앉히고자 소파에 등을 기댄 채 손목시계를 봤다.

2시 30분.

중정에 도착한 지 어느새 30분을 넘기고 있었다. 긴장한 와중에도 적막감에 서서히 졸음이 몰려왔다.

"선생님!"

민규는 위협적이고 굵은 사내의 목소리에 놀라서 눈을 번쩍 떴다. 순간 사내가 옆구리에 차고 있는 권총이 눈앞에 확 다가왔다. 기겁하며 일어서자 덩치 큰 사내가 그를 내려다보고 있었다. 시계는 이미 3시를 가리키고 있었다.

"선배님, 기다리게 해서 죄송합니다. 회의가 길어져서……."

김 검사가 자신의 방에서 민규를 맞이했다.

"괜찮아. 뭐 많이 바쁜가 보네……."

법조계에서 후배가 선배를 한 시간 이상 기다리게 만든다는 것은 있을 수가 없는 일이다. 하지만 지금 당장 아쉬운 건 자신이기에 민규는 더 이상 토를 달지 않았다.

"앉으시죠."

김 검사가 소파로 안내했다.

"축하한다. 벌써 부장검사야? 부럽네!"

민규는 자리에 앉으며 의미 없는 너스레를 떨었다.

"별말씀을요. 사실…… 이런 자리는 선배님 같은 분이 앉아야 하는데, 그때 그 일만 없었어도……."

민규는 일순간 얼굴이 경직됐지만 애써 담담한 표정으로 말했다.

"허허, 다 지난 일이지 뭐."

김 검사가 말하는 '그 일'이란 민규를 판검사 임용에서 탈락하게 만든 한일협정 반대시위 미수 사건이다. 당시 서울대, 연세대, 고려대 학생들이 규합하여 굴욕적인 한일협정 반대시위를 비밀리에 모의하던 중, 누군가의 신고로 서울대생들은 시작도 해보기 전에 무더기로 이곳에 끌려와 곤욕을 치렀다. 더군다나 민규는 주모자로 지목되어 가혹한 심문을 감내해야만 했다. 하지만 미수로 끝난 사건이고 서울대 법대생이기에 법조계 대선배들의 아량으로 반성문 같은 각서를 쓰고 모두 훈방 조치됐다.

그 후 교내에선 당시 밀고자가 누구였는지 온갖 추측이 난무했다. 하지만 이렇다 할 유력한 용의자나 물증을 찾아내지 못한 채 사건은 그렇게 흐지부지되고 말았다. 우연의 일치인지는 몰라도 그 사건 이후에 후배는 계속 승승장구했고, 30대 중반에 벌써 공안 부장검사 자리까지 올라간 것이다.

민규에게는 떠올리고 싶지 않은 기억임을 그가 모를 리 없는데 굳이 오랜만에 보는 자리에서 그때를 상기시키는 속셈을 알 수 없었다. 아무리 선배라도 자신은 검사이고 당신은 변호사 신분임을 잊지 말라는 뜻일까?

"이번 사건 변호를 맡으셨다고요?"

"그렇게 됐네."

김 검사가 금장 케이스에서 담배를 꺼내 물고 민규에게도 내밀었다.

"태우시죠?"

민규는 멈칫하다가 한 개비를 뽑아 입에 물었다. 후배가 허락 없이 선배 앞에서 먼저 담배를 문다는 것 또한 법조계에서 있을 수 없는 일이다. 이 또한 자신의 위상을 과시하여 우위를 선점하려는 일종의 기싸움일까?

김 검사가 담배연기를 내뿜으며 입을 열었다.

"선배님과 맞붙는다니 긴장되는데요?"

역시 허세일 것이다. 민규가 백전백패의 변호사라는 사실을 그가 모를 리 없을 터. 그만큼 자신을 과시하려는 의도일 것이다.

민규는 자신이 정말 제비뽑기로 국선변호사에 발탁된 것인지 의구심이 들었다.

"현행범인데 맞붙을 일이 뭐가 있어? 형량 줄여달라고 시늉이나 하는 거지 뭐. 근데……."

"……?"

"변호하는 시늉이라도 하려면 기본 자료는 있어야 할 것 같은데, 자료 협조가 잘 안 돼서 말이지."

김 검사는 민규의 눈을 보며 의도를 파악하려 애쓰는 듯했다. 그때 민규의 눈에 테이블 위에 놓인 '현장검증 수사자료'라고 적힌 파일이 눈에 들어왔다.

"혹시, 현장검증 자료라도 좀 공유할 수 있을까?"

김 검사는 민규의 시선을 의식한 듯 파일을 슬쩍 치우며 피식 웃었다.

"아, 그건 좀 곤란하겠는데요. 워낙 보안을 요하는 사건이라······ 오죽하면 검찰이 중정에 파견됐겠습니까?"

"하긴, 변호사가 검사에게 자료를 요청한다는 게 말이 안 되지. 그럼 문세광 접견은 언제쯤 가능할까?"

"글쎄, 그것도 지금 한창 조사 중이라 당장은 힘들 것 같습니다."

"그래도 명색이 변호사인데 의뢰인이 나를 우선으로 봐야 되는 거 아닌가? 하하하······."

민규의 어색한 웃음에 김 검사의 안색이 싸늘하게 변했다.

"선배님, 이게 일반 범죄 사건으로 보이십니까?"

"그, 그게 아니라······."

"이 사건은 국가안보가 좌지우지될 일급보안 사건입니다!"

김 검사가 갑자기 발끈하자 민규는 당혹스럽고 머쓱했다.

"그, 그래도 변호사로서 의뢰인을······."

김 검사는 더 들을 얘기 없다는 듯 자리에서 벌떡 일어나 인터폰을 눌렀다.

"여기 손님 모셔드려!"

이내 민규를 깨웠던 거구의 사내가 문을 열고 들어왔다.

"들어가세요, 선배님."

김 검사는 민규의 얼굴을 보지도 않고 말했다.

민규는 민망함과 당혹스러움에 멍하니 그를 바라보다가 말없이 자리에서 일어났다.

빨갱이

    길가 전파사 앞에 놓인 TV에서 영부인 사망사건에 대한 특집 보도가 연일 쏟아지고 있었다. 길 가던 사람들이 걸음을 멈추고 심각한 표정으로 속보에 귀를 기울였다.

    민규의 아들 영재도 동네 아이들과 몰려다니다가 어른들이 모여 있는 것을 보고는 호기심이 발동하여 전파사 앞을 기웃거렸다. 아이들은 어른들 다리 사이를 비집고 들어가 저마다 자리를 잡고 앉았다.

    "한편, 문세광은 민단 산하단체인 한청 소속이었으며, 문세광과 불륜관계였던 일본인 요시이 미키코는 재일 조총련 오사카 서지부 김호룡과 음모하여 문세광을 공산당 좌익단체인 사회연구회로 끌어들이고 사건을 공모한 것으로 드러났습니다. 또한 문세광이 소지한 여권은 미키코의 남편인 요시이 유키오의 것으로 밝혀졌습니다."

"쯧쯧. 보아하니 저 미키코란 년이 붙여시로구먼."

TV를 보던 사내가 혀를 끌끌 찼다.

"어딜 가나 큰 사건들을 보면 남자 홀리는 년들이 꼭 끼어 있다 니깐!"

사람들은 그의 말에 동조한다는 듯 고개를 끄덕였다. 어른들의 얘기를 이해하지 못한 아이들이 금세 흥미를 잃고 그곳을 빠져나 오려 할 때였다.

"한편 문세광의 변론을 맡는 신민규 변호사는……."

영재가 깜짝 놀라 TV를 돌아봤다. 화면에 인터뷰하는 아빠의 모 습이 나왔다.

"저는 피의자의 변호인으로서 맡은 바 임무를 충실히 이행할 것 입니다."

영재가 눈이 휘둥그레져서 보고 있는데, 어른들이 혀를 차며 한 마디씩 내뱉기 시작했다.

"호로새끼! 돈 몇 푼 벌겠다고 국모를 죽인 원수를 변호해?"

"그러게. 쪽발이는 쪽발이가 변호하게 놔두든지……. 저 새끼 빨 갱이 아냐?"

어른들의 거침없는 비난에 영재가 어쩔 줄 몰라 하는데, 옆에 있 던 아이가 고개를 갸우뚱하고 TV 속 민규와 영재를 번갈아 보며 말했다.

"어? 저 사람 영재 아빠 아냐?"

TV를 시청하던 사람들의 시선이 일제히 영재에게 쏟아졌다. 영재는 싸늘한 시선 속에 얼굴을 붉히며 안절부절못했다.

"맞네, 영재 아빠!"

옆에 있던 친구가 눈치 없이 거들었다.

"아니야!"

영재가 고개를 설레설레 내저었다.

"맞잖아…… 너네 아빠!"

울먹울먹하던 영재가 이내 울음을 터뜨리며 소리쳤다.

"우리 아빠 빨갱이 아니야!"

중부경찰서는 영부인의 상중임에도 장발과 미니스커트 단속에 걸린 젊은이들로 북적거렸다.

"움직이지 마!"

미니스커트를 입은 처녀에게 경찰이 버럭 소리를 질렀다. 그는 울상이 된 처녀에게 치욕감을 주려는 듯 긴 자를 굳이 미니스커트 안에 꽂아넣고 치마의 끝자락에서 무릎까지 길이를 쟀다. 처녀는 수치심에 몸을 비비 꼬며 어쩔 줄 몰라 했다. 그 앞을 지나가던 조 대장이 검거된 사람들을 보며 혀를 끌끌 차다가 버럭 고함을 질렀다.

"이것들이 말이야, 지금이 어떤 시국인데! 이것들을 확!"

조 대장이 서류뭉치를 치켜올리자 머리 한복판에 고속도로가 난 사내들과 미니스커트 여성들이 몸을 움찔했다.

한쪽에서는 형사들이 삼삼오오 모여서 TV 생중계를 보고 있었다. 일본대사관의 기자회견이 방송되고 있었다.

"문세광의 범행에 이용된 총기는 파출소에서의 탈취가 조사된 바 없다. 또한 문세광은 일본 국적을 취득하지 않아 한국인이므로 일본은 그에 따른 책임이 없다……."

"저 쪽발이 새끼들! 또 발뺌하기 시작됐구먼!"

TV를 보던 조 대장이 언성을 높였다.

"가만있으면 덤터기 쓸 것 같으니깐 선수 치는 거지 뭐."

정보과장이 옆에서 장단을 맞췄다. 의자에 기댄 채 힐끔거리며 TV를 보던 영진은 그들의 이야기를 들으며 생각에 잠겼다. 그때 덕배가 히죽거리며 그의 책상 옆으로 슬그머니 다가왔다.

"신 변호사님이 문세광이 변호를 맡았대유. 큰 건 잡은 거쥬?"

"글쎄다……."

영진은 별 관심 없다는 듯 까칠한 턱수염을 쓰다듬으며 TV에 집중했다.

"우째…… 위에서 연락 좀 없었시유?"

덕배가 몸을 비비 꼬며 능청스럽게 물었다.

"얘가 느끼하게 왜 이래? 뭔 연락?"

영진이 퉁명스럽게 되물었다.

"아니 그래도 배 형사님이 범인을 잡았잖아유. 뭐 상을 주거나 진급을 시켜줘야 하는 것 아닌감유?"

영진은 이제야 알겠다는 듯 피식 웃었다.

"에이, 기대도 안 한다."

"에이, 왜 그래유. 여태 진급 안 돼서 속앓이하는 거 아는디…….
낸중에 배 형사님 좋은 데 가시면 지두 데려가유. 혼자만 가심 안
돼유. 알았쥬?"

영진은 싫지 않은 표정이었다. 사실 그도 기대를 안 하는 건 아니
었다. 그간 진급은 남의 얘기로 여겼는데, 이번 일이 진급할 절호의
기회가 아닌가 하는 생각이 들었다. 영진은 내심 기대되는 표정을
감출 수 없었다.

민규는 두 다리를 책상에 올린 채 아직도 후배에게 당한 수모가
분한 듯 씩씩거리며 애꿎은 담배만 빨았다. 사무장은 자신의 제안
으로 그가 수모를 당한지라 숨죽인 채 그의 눈치를 살폈다.

TV에 연이어 새로운 속보가 쏟아지고 있었다. 그때 김지연이
서류를 들고 다급히 사무실로 들어섰다.

"사무장님, 말씀하신 광복절 행사 초청자 명단이랑 출입 허가 차
량번호, 국립극장 조감도 확보했습니다."

사무장이 서류를 받아 훑어봤다.

"초청자 좌석배치도는?"

"그건 경호실이 만들어서 협조를 안 해주네요."

"뭐? 그게 뭐라고 협조를 안 해!"

사무장이 민규의 관심을 유도하고자 목소리를 높였지만, 민규는 관심 없다는 듯 시선을 창밖에 두고 담배연기만 연신 뿜어댔다.

그때 TV에 긴급 속보가 나오기 시작했다. 여기저기서 터지는 카메라 플래시를 받으며 김일두 수사본부장이 최종 수사보고서를 발표했다.

"검찰의 최종 조사 결과를 말씀드리겠습니다. 문세광은 조총련계 재일교포 2세로서 일본 이름은 난조 세이코다. 1974년 2월 초순, 조총련 간부 김호룡으로부터 박정희 대통령을 암살하라는 지령을 받은 다음, 조총련계가 운영하는 도쿄 아카후도 병원에 1개월간 위장 입원하여 사격훈련을 받고, 이어 5월 4일에는 오사카에 정박 중인 북한 공작선 만경봉호에 승선하여 세뇌교육을 받았다. 문세광이 입국할 때 소지한 여권은 일본인 요시이 유키오 명의의 일본 여권이었으며, 권총과 실탄은 오사카 파출소에서 훔친 것이었다."

수사본부장의 발표를 받아 적던 사무엘 제임슨과 브루스 더닝은 뭔가 이상하다는 듯 서로를 바라보며 고개를 갸웃거렸다.

"문세광은 8월 6일 스미스앤웨슨 권총 1정과 실탄 5발을 소니 트랜지스터라디오 속에 감춰 휴대하고, 대한항공편으로 오사카 공항을 출발해 오후 1시 김포공항에 도착한다. 그 후 문세광은 조선호텔 1030호 객실에 요시이 유키오 이름으로 묵으면서 단독범행을 준비해온 것이다. 문은 총탄 5발 중 4발을 쏘았으며, 1발은 자신의 대퇴부에, 2발째는 연단, 3발째는 불발탄, 4발째에 육영수 여사를, 5발째에 장봉화 양을 살해했다. 수사본부는 현장에서 불발탄을 제외한 문의 탄두 4발과 경호원의 탄두 2발을 수거했다. 이상입니다!"

김일두 수사본부장은 여기저기서 쇄도하는 질문을 외면한 채 퇴장했다. 사무엘 제임슨 기자는 맥 빠진 듯 들었던 손을 그대로 내릴 수밖에 없었다.

"그럼 재일동포 간첩이란 얘긴데, 일이 점점 어렵게 되네……."

사무장이 민규를 힐끗 보며 조심스럽게 말했다. 민규가 분풀이하듯 언성을 높였다.

"뭐가 어렵겠습니까? 국가원수 살해 미수에 영부인 암살범, 이젠 북한의 지령을 받은 간첩이라! 뭐 아주 완벽한 놈이네! 무슨 변호가 더 필요하겠습니까?"

민규는 자리에서 벌떡 일어나 신경질적으로 윗도리를 걸쳤다.

"어딜……?"

"왜요? 목욕탕 갑니다!"

민규가 버럭 소리를 지르고 나가버리자 사무장과 김지연은 황당한 듯 서로를 쳐다봤다.

집 앞에 도착해서 초인종을 누르려던 민규는 멀찍이 주차된 낯선 승용차를 발견했다. 검은색 차 안에는 얼핏 보기에 몇 사람이 타고 있는 것 같았다. 민규는 승용차를 주시하다가 불길한 예감에 서둘러 초인종을 눌렀다.

"영재는?"

신발을 벗으며 선옥에게 물었다. 그러나 그녀는 묵묵부답으로 냉랭하게 부엌으로 향했다. 민규가 의아해하는데 소파에 앉아 있던 영재가 그를 노려보았다. 무슨 일인가 말을 붙이려 하자 영재가 쏘아붙이듯 물었다.

"아빠 빨갱이야?"

"무, 무슨 소리야?"

"사람들이 다 그래! 빨갱이라고!"

민규는 순간 말문이 막혔다. 그러다 이내 영재가 무슨 말을 하는지 눈치채고 아이에게 설명해주려 했다.

"영재야, 그…… 그건…….”

하지만 더 이상 말을 이어가지 못했다. 영재는 실망한 듯 눈물을 글썽이더니 자리에서 벌떡 일어났다.

"정의의 사도라면서…… 거짓말쟁이!"

영재가 방문을 부술 듯 쾅 닫고는 자기 방으로 들어가버렸다.

"이놈 자식이!"

민규는 부아가 치밀어 영재의 방으로 따라 들어갔다.

"이놈 자식! 아빠한테 무슨 말버릇이야!"

민규가 영재를 붙잡고 엉덩이를 한 대 때렸다. 영재는 이내 울음을 터뜨렸다.

"그만둬요!"

선옥이 따라 들어와 얼른 영재를 떼어놓았다.

"왜 이래요, 애한테!"

"이놈이 애비한테 하는 거 못 봤어?"

민규가 언성을 높였다.

"왜 그러는지 몰라서 그래요?"

"왜?"

"친구들이 빨갱이 자식이라고 놀린대요. 아빠가 사람들한테 손가락질당하니깐 속상해서 그러는 것 아녜요!"

선옥이 날카롭게 쏘아붙였다.

"당신까지 왜 그래? 이게 나한테 얼마나 중요한 기횐데!"

"기회요? 무슨 기회요? 영부인이 죽는 그 끔찍한 장면 못 봤어요? 지금 누구를 변호하겠다는 거예요? 제발 정신 좀 차려요, 영재 아빠!"

"처자식 먹여 살리려고 그러는 것 아냐!"

"난 그런 돈 벌어오라고 한 적 없어요!"

"뭐, 뭐라고?"

민규는 말문이 턱 막혔다. 아내가 이토록 격렬하게 반발한 적은 한 번도 없었다.

선옥이 울먹이는 소리로 말했다.

"굶어 죽어도…… 빨갱이라고 손가락질당하며 사는 것보단 나아요."

"나도 하고 싶어서 하는 거 아니야."

"그럼 가족을 생각해서라도 당장 그만둬야죠!"

"그만둘 거야! 그만둘 거라고!"

선옥이 그를 돌아봤다.

"근데, 지금은 때가 아니야……."

선옥은 실망스러운 눈빛으로 그를 외면하고는 영재를 데리고 안방으로 들어가버렸다. 민규는 망치로 머리를 한 대 맞은 듯 멍하니 서 있었다.

그는 이것이 자신과 가족을 위한 일생일대의 기회라 생각하고 뛰어들었다. 하지만 문세광이 현행범으로 체포된 이 승산 없는 싸움에서, 이것은 기회가 아니라 파멸의 길이 될 수도 있다.

예상치 못한 가족의 반발에 민규는 머릿속이 더욱 복잡해졌다.

목련의 여인

1974년 8월 19일.

광화문 대로를 가로질러 '영부인 고 육영수 여사 국민장'이라 쓰인 초대형 아치가 세워졌다. 광화문에서 동작동 국립묘지까지 200만 명이 넘는 엄청난 인파가 집결한 가운데 영부인의 영결식이 치러지고 있었다.

"목련화를 닮은 조국의 어머니는 가셨습니다……."

울먹이는 차인태 아나운서의 추도문이 광화문 거리에 울려 퍼지며 발인식 분위기를 더욱 비통하게 만들었다. 주저앉은 채 땅을 치며 통곡하는 여인, 교복 차림으로 오열하는 여학생들, 지방에서 막 상경한 듯 보이는 갓을 쓴 백발의 노인도 참담한 표정으로 영부인의 죽음을 애도했다.

영결식에 참석한 국내외 인사만 3,000명이 넘는 가운데 각국에서 온 정치인과 유명인도 적지 않았다. 이승만 대통령의 미망인 프

란체스카 여사가 손수건으로 눈물을 훔쳤고, 다나카 일본 총리도 무거운 표정으로 눈을 감고 있었다.

국화로 뒤덮인 영구차가 서서히 움직이기 시작했다. 마침내 영구차가 열린 철문으로 청와대를 나가자 그 뒤를 따르던 대통령이 오열했다.

광화문 대로변에서 대기하던 시민들이 영구차를 보고 울부짖기 시작했다. 지나가는 영구차에 달려들어 "어머니"를 외치다가 경찰에 저지되는 사내도 있었다. 울다가 실신하는 여인, 엎드려 곡하는 노인, 오열하는 어린 학생들로 온 나라가 그야말로 울음바다가 되었다. 김수환 추기경은 눈물로 기도하고 스님들은 쉼 없이 염불을 이어갔다.

"휴…….

민규는 붉은 눈시울로 착잡한 듯 담배연기를 뿜었다. 법률사무소 TV에도 사회자의 추도문이 계속 흘러나오고 있었다. 영결식을 시청하던 사무장이 신음에 가까운 한숨을 토해내며 말했다.

"이거…… 여차하면 역적에 빨갱이로 몰리기 딱 좋겠는데요."

"안 그래도 아들놈이 저보고 빨갱이냐고 묻더군요."

민규가 씁쓸한 표정으로 말했다.

"네? 영재가요?"

"네, 학교에서 아이들한테 빨갱이 자식이라고 손가락질받나 봐요. 못난 애비 때문에……."

"……."

사무장이 숙연해지며 말을 꺼내지 못했다.

"그래서…… 많이 고민되네요. 이 사건을 당장 때려치워야 하나, 아니면 진짜 빨갱이가 돼야 하나……."

사무장은 안쓰러운 듯 민규를 쳐다봤다.

중부경찰서에서도 모두가 TV로 영결식을 시청하고 있었다. 덕배는 눈물 콧물 다 짜내며 훌쩍이고, 영진도 눈시울이 달아올라 담배만 연신 빨아댔다.

그때 검은 점퍼 차림의 세 남자가 거칠게 문을 열고 사무실 안으로 들이닥쳤다.

"배영지니! 강득배!"

"왜 그러시죠?"

영진이 물었다.

"야? 지는 득배가 아니라 덕밴디유?"

덕배가 훌쩍이며 말했다.

"느그들이가?"

"그런데요?"

"가자!"

사내들은 다짜고짜 영진과 덕배의 양팔을 잡아끌었다.

"뭐, 뭐요?"

영진이 놀라서 소리쳤다.

"가보면 안다, 자슥아!"

경찰서 근무자들은 느닷없이 끌려가는 영진과 덕배를 바라보며 무슨 일인가 싶었지만, 사내들의 거침없는 기세에 눌려 누구도 나서지 못하고 멀뚱히 지켜만 봤다.

"사무장님! 영부인과 대통령, 경호실장, 고위인사들의 좌석 배치와 문세광, 장봉화 양의 좌석 위치 확보했습니다."

김지연이 좌석배치도를 들고 와서 사무장에게 내밀었다. 사무장이 도면을 펼쳐보자 거기엔 문세광의 좌석과 그의 동선, 그리고 제압된 장소, 대통령의 연단, 영부인의 좌석, 장봉화 양의 좌석이 각각 표시되어 있었다.

"이 표시들은 당시 경호원과 경찰관들의 좌석 배치입니다."

전 좌석의 가장자리에 온통 붉은색으로 표시된 점들을 가리키며 김지연이 말했다. 사무장은 600개에 육박하는 빼곡한 점들을 보며 입이 벌어졌다.

"세상에! 경호원과 경찰들이 이렇게 많았는데……."

"황당한 일이 또 있어요."

"무슨?"

"행사 전날에 경호 지침이 갑자기 바뀌었다고 합니다."

"어떻게?"

"해외에서 온 하객은 일절 검문검색을 하지 말라고……."

"뭐?"

사무장이 아연실색하여 김지연을 바라봤다. 말없이 책상 앞에 앉아 있던 민규가 다가와 도면을 들여다보며 말했다.

"그 지침을 누가 내렸는지 알아봐."

"네? 아, 네! 알겠습니다!"

김지연이 또렷하게 답했다. 사무장이 의아한 듯 바라보는데, 마침 생각이 난 듯 민규가 윗주머니에서 쪽지를 꺼내 사무장에게 내밀었다.

"그리고 이거……."

"뭐죠?"

"요즘 집 주변에서 저를 감시하는 차량번호입니다. 차적 조회 좀 해주세요."

"감시요?"

사무장이 놀라서 그를 빤히 쳐다봤다.

중앙정보부 취조실에 음침한 기운이 감돌았다. 검은 점퍼 차림의 사내가 글자가 빽빽이 적힌 종이 한 장과 백지, 그리고 볼펜 한 자루를 영진에게 쑥 내밀었다.

"뭡니까, 이게?"

영진이 사내에게 물었다.

"느그들 경비근무 좆같이 선 거에 대한 진술조서!"

사내의 눈이 희번덕거렸다.

"네?"

영진이 이해가 안 된다는 듯 되물었다. 사내가 검지로 백지를 톡톡 두드리며 말했다.

"이거랑 똑같이 베껴 쓰그라."

"내가 뭘 잘못했는데요? 경호 지침대로 했을 뿐인데."

말이 떨어지기도 전에 옆에서 말없이 지켜보던 사내의 주먹이 영진의 턱에 내리꽂혔다. 영진이 철제의자와 함께 뒤로 나가떨어졌다.

"이 씨발놈이 어디서 말대꾸야! 아가리를 확 찢어버릴라!"

사내가 잡아먹을 듯 눈을 부라렸다. 영진이 입가에 흐르는 피를 닦으며 피식 웃었다.

"훗…… 경찰이 동네북이군."

"이 새끼가!"

사내가 다시 책상을 쾅 내리쳤다.

"그래, 어차피 난 마음 떠났으니 원한다면……."

영진이 볼펜을 들어 진술조서를 베껴 쓰기 시작했다. 끼적끼적 갈기다가 서명까지 마치고 조서 위에 볼펜을 툭 던졌다.

"됐수?"

영진이 순순히 협조하자 중정 요원들은 뜻밖이라는 표정을 지었다.

"그래, 잘 생각했다. 괜히 힘 뺄 필요 없제!"

사내가 비릿하게 웃었다.

"이제 됐수?"

영진이 자리에서 일어나자 사내가 히죽거리며 말했다.

"그라고, 느그 집안을 조사해보니 새빨갛데…… 빨갱이가 어찌 형사가 됐노? 오까네 좀 썼나?"

순간, 영진의 주먹이 불끈했다.

"와? 니 내 칠라꼬?"

사내가 피식 웃으며 영진에게 얼굴을 디밀었다.

"이 빨갱이새끼, 밖에 나가서 쓸데없는 소리 지껄이고 다니면 니는 내 손에 죽는기다. 알았나?"

사내가 눈에 핏발을 세우고 고함을 질렀다.

"애는 또 왜 이렇게 안 나와?"

중앙정보부 경비초소 앞에서 영진이 시계를 보며 중얼거렸다. 자신과 같이 끌려온 덕배가 벌써 여섯 시간이 훨씬 넘었으나 나올 생각을 않고 있었다.

"이 미련한 놈, 지는 잘못한 것 없다고 개기는 거 아냐?"

덕배가 괜히 버티다 모진 고문이나 당하지 않을까 내심 초조했다. 그때 끼이익 하는 철문 소리와 함께 쪽문이 열리고, 만신창이가 된 누군가가 두 사내에게 질질 끌려 나오고 있었다. 그는 무참히 얻어터져서 피범벅이 된 덕배였다. 영진은 경악했다.

"아놔! 쇠심줄보다 질긴 새끼!"

사내들이 씩씩거리며 덕배를 쓰레기 던지듯 문 앞에 내동댕이쳤다. 영진이 한달음에 달려가 덕배를 끌어안았다.

"이 개새끼들!"

영진이 사내들에게 달려들려고 하자 철문이 쾅 닫혔다.

"덕배야 임마! 괜찮아? 응?"

덕배가 눈을 희미하게 뜨고 다 죽어가는 소리로 중얼거렸다.

"지는 죄가 없구먼유……."

영진이 울컥했다.

"이 병신새끼! 그깟 형사 짓이 뭐가 좋다고 버팅겨!"

영진의 눈에 분노의 눈물이 솟구쳤다.

사건 은폐

일본대사관 앞에서 일장기가 불타고 있었다. 반일시위가 시작된 지 벌써 20일이 넘었는데도 시위는 날이 갈수록 더욱 격렬해지는 양상이었다. 1만 5,000명이 넘는 분노한 시민, 17개 노조와 고등학생, 대학생 등이 일본대사관 진입을 시도하며 이를 저지하려는 경찰과 치열한 몸싸움을 벌이고 있었다.

다른 한편에서는 흥분한 청년들이 자신의 새끼손가락을 자르는 집단 단지식이 치러지고 있었다. 현장을 중계하던 아나운서가 방금 자신의 손가락을 절단한 청년과 인터뷰를 시도했다. 청년은 술에 취한 듯 얼굴이 벌겋게 달아올라 있었다.

"내는 마 인생을 막살던 놈이었습니더. 하지만 우리의 국모! 육영수 여사님의 소식을 듣고, 내 대한민국 국민의 한 사람으로서 뚜껑이 확 열려가 퍼뜩 올라왔다 아입니꺼!"

청년은 혈기방장하여 고성을 질렀다. 아나운서는 마이크를 잡고 고래고래 소리지르는 청년의 행동에 안절부절못했다.

"그, 그래서 어떻게 단지식에 참여하게 된 거죠?"

"우리 국모를 한 번도 아닌 두 번씩이나 죽인 저 쪽발이 새끼들한테 항의할라꼬 내 이 손가락을 확 잘라부렀씀다! 이런 쒸부랄 놈들을……."

욕설에 당황한 아나운서가 재빨리 마이크를 빼앗았다. 황급히 인터뷰를 마치자 청년이 인상을 쓰며 마이크를 다시 달라고 생떼를 부렸다. 아나운서는 당혹스런 표정으로 도망치듯 자리를 피했다.

"캬! 그 새끼 빤찌 존나 쎄데!"

얼굴에 시퍼렇게 멍이 든 영진이 턱을 어루만지며 투덜거렸다. 민규가 어이없는 듯 바라보다가 영진의 술잔에 막걸리를 따랐다.

"거기 간 사람들 전부 다?"

"끌려간 애들 다 짤렸지 뭐."

"어이가 없네. 그게 왜 말단 형사들 책임이냐?"

"개새끼들! 지들 책임 떠넘기려고 희생양을 만든 거지."

민규는 고개를 절레절레 내둘렀다.

"덕배는?"

답답한 듯 영진이 한숨을 길게 내쉬었다.

"잘못한 거 없다고 개기다가 신나게 얻어터졌지. 빙신……."

"형사 됐다고 노모가 그렇게 좋아하셨는데…… 어쩌냐?"

영진이 울컥해서 술잔을 단숨에 비워냈다.

"민규야, 나 이대론 억울해서 못 내려가겠다!"

울분이 터진 듯 영진이 눈물을 글썽이며 말했다.

"무식한 애비 땜에 빨갱이 꼬리표 달고 만년 순경만 하다가……
이제나 공을 좀 세워서 진급하나 했더니 아예 나가란다 씨발! 내가
뭔 잘못을 했는데?"

민규는 그 심정 이해가 간다는 듯 고개를 끄덕이다가 조심스레
입을 열었다.

"나도 마찬가지야……."

"응? 그게 무슨 소리야?"

영진의 눈이 휘둥그레졌다.

"나도 사실, 앞으로 돈 좀 벌까 해서 이번 사건 손댄 거야."

"돈?"

영진이 이해할 수 없다는 표정으로 그를 봤다.

"근데…… 난 참 운도 더럽게 없지!"

민규도 답답하다는 듯 막걸리를 꿀꺽꿀꺽 들이켰다.

"그럼, 나도 네 일에 껴주면 안 되겠냐?"

"무슨 소리야?"

"이것들 국립극장에서 탄두도 미리 싹 치우고 뭔가 숨기는 것 같
아. 존나 구려."

"내가 무슨 수사하는 검사도 아니고…… 난 그냥 문세광이 변론

만 할 뿐이야."

"너도 뭘 알아야 변호를 하고 돈을 벌 거 아니냐?"

민규는 자신의 말뜻을 이해하지 못하는 영진이 답답한 듯 한숨을 내쉬었다.

"민규야, 나 이대로는 억울해서 못 내려간다!"

민규는 당혹스러웠다. 자기도 눈치 보는 사무실에 당장 실직자가 된 친구를 어떻게 책임져달라고 말할 것인가?

"돈 달라고 안 해. 민규야……."

영진의 간절한 눈빛을 민규는 차마 외면하지 못했다.

봉황 문양과 대통령 이름이 새겨진 몽블랑 만년필이 엄지와 검지 위에서 빙글빙글 돌았다.

"휴우……."

민규는 자신의 손 위에서 돌고 있는 만년필을 보며 깊은 한숨을 토해냈다. 그때 "신 변호사님" 하고 부르는 여직원의 목소리가 들렸다. 돌아보니 아이를 업은 여인과 또 다른 여성이 문 앞에서 민규를 바라보고 있었다.

"스미마셍(미안합니다)……."

"누구……?"

"안녕하시므니까? 조는 문세광 아내 강성숙이므니다."

강성숙은 민규에게 머리를 조아리며 서툰 한국말을 이어갔다.

당장이라도 쏟아질 듯 그녀의 눈에 눈물이 그렁그렁했다.

회의실로 자리를 옮기자마자 강성숙이 울먹이며 입을 뗐다.

"우리 남편은 조총련에서 활동한 사실이 없습니다!"

함께 온 여성이 민규에게 통역을 해줬다.

"하지만…… 밝혀진 사실이……."

민규의 말을 끊고 강성숙이 강한 어조로 항변했다.

"사실이 아닙니다. 남편은 오히려 2년 전 한국영사관에서 시간
제 근무를 한 적도 있습니다!"

"네?"

민규는 의외의 사실에 놀랐다.

"우리 남편은 벌레 한 마리도 못 죽이는 사람입니다. 그런 사람
이 어떻게 대통령 부인을 죽입니까?"

강성숙이 눈물을 글썽이며 호소했으나 민규는 뭐라 대꾸할 말
이 없었다. 그러자 강성숙이 갑자기 무릎을 꿇고 머리를 조아리기
시작했다.

"선생님, 이건 모함입니다!"

갑작스런 행동에 민규가 어찌할 바를 몰랐다.

"선생님, 제발 남편을 살려주세요. 제발……."

강성숙이 눈물을 흘리며 애원했다. 민규가 당황하여 일으키려
했으나 그녀는 아예 바닥에 머리를 댄 채 흐느끼기 시작했다. 엄마
가 울자 등에 업힌 아기가 영문도 모르고 울음을 터뜨렸다.

정의의 용사

통금시간을 얼마 앞두고 민규는 피곤한 몸을 이끌고 귀가했다. 오늘도 어김없이 눈에 익은 검은 승용차가 골목에 주차되어 있었다. 초인종을 누르려던 민규는 차 안에서 자신을 감시하는 사람들이 누굴까 궁금했다. 오늘은 직접 확인을 해봐야겠다고 마음먹고 조심스레 승용차로 접근했다.

순간, 차에 시동이 걸리고 라이트가 켜졌다. 민규가 깜짝 놀라서 쳐다보자 차가 서서히 그를 향해 움직였다. 한 손으로 전조등 불빛을 가리고 차 안을 보려는데 갑자기 차가 속력을 내며 돌진하기 시작했다.

"헉!"

민규는 집 앞으로 달려와 초인종을 연거푸 눌렀다. 차가 바로 앞까지 달려온 순간 문이 열렸고, 그는 몸을 날리듯 집 안으로 뛰어들어갔다.

"무슨 일이에요?"

가쁜 숨을 몰아쉬는 민규를 보고 선옥이 물었다. 가뜩이나 이번 사건을 맡는 것에 반대하던 아내였다. 아내에게 사실을 알려서 좋을 일이 없을 거란 생각에 민규는 말꼬리를 흐렸다.

"어, 아무것도 아니야……. 영재는?"

"직접 들어가 보세요."

선옥이 냉랭하게 답했다.

"왜? 무슨 일 있어?"

"전학을 시키든가 해야지……."

이내 선옥의 눈시울이 붉어졌다.

민규는 영재의 방문을 조심스레 열고 들어갔다. 잠든 영재를 가만히 살펴보니 얼굴이 온통 반창고투성이였다. 놀라서 상처를 확인하려 하자 영재가 살포시 눈을 떴다.

"아빠……."

"영재 너 얼굴이 왜 이래?"

영재는 입을 열지 않았다.

"왜? 싸웠어?"

"아빠! 사람들이 왜 자꾸 아빠를 빨갱이라고 해?"

영재가 이불을 젖히고 일어나 앉았다. 민규는 당혹스러워 잠시 머뭇거렸다.

"영재야…… 영재는 아빠가 빨갱이라고 생각해?"

"아니니깐 싸웠지! 아빠는 아톰이잖아!"

"아톰?"

"응, 약한 이를 도와주는 정의의 사도……. 엄마가 아빠는 정의의 사도래. 그럼 아톰이잖아!"

민규는 가슴이 먹먹했다.

"정의를 위해!"

영재가 가슴에 주먹을 대며 외쳤다.

"이것 봐, 정의의 사도는 이렇게 하는 거야."

영재가 가슴에 주먹을 얹고 있는 아톰 인형을 그에게 보여줬다.

"해봐 이렇게."

영재가 고사리 같은 손으로 아빠의 주먹을 들어 가슴에 얹으려 애썼다.

"빨리 해봐."

민규의 눈시울이 빨갛게 젖어들었다. 그는 가슴에 주먹을 얹었다. 그제야 천진난만하게 웃는 영재를 보고는 울컥해서 아이를 끌어안았다.

"아빠가 미안하다 영재야……."

창밖에 천둥, 번개와 함께 비가 세차게 몰아쳤다. 민규는 오래 묵혀둔 양주를 꺼내 병째 들이켜며 창밖을 보고 있었다.

그는 이번 사건이 처음부터 이상하게 돌아가고 있다는 느낌을 받았다. 문세광의 행적도, 단독범행이라는 것도 믿어지지 않았고, 정부가 뭔가를 숨기고 있는 게 분명해 보였다. 전 국민이 보는 가운데서 영부인이 살해된 사건인데 대체 뭘 숨기려 하는 건지 의구심이 들었다.

한편으론 자신이 참 운도 없는 사람이라는 생각이 들었다. 기껏 세상과 타협하는 계기로 삼으려 했건만 이토록 곳곳에 음모가 도사린 사건을 맡게 되었나 생각하니 기가 찰 노릇이었다. 그의 입에서 헛웃음이 터졌다.

이제는 정말 영재를 봐서라도 용감하게 사건을 파헤쳐보든지, 아니면 더 나가지 말고 이 상태에서 손을 떼든지 결정의 순간이 왔다는 생각이 들었다. 민규는 한숨을 내쉬며 남은 양주를 글라스에 따랐다.

TV에서 영부인 추모 방송을 하고 있었다. 그때 민규의 눈에 테이블 위에 놓인 국립극장 좌석배치도가 들어왔다. 그는 내키지 않는 듯 멍하니 바라보다가 한숨을 푹 내쉬며 배치도를 펼쳤다. 거기에는 문세광의 동선이 표시돼 있었다. 동선을 유심히 들여다보고 있으니 선옥이 말없이 다가와 테이블 위에 커피를 올려놓았다.

"고마워……."

아내는 그의 시선을 외면한 채 아무 대꾸도 없이 방 안으로 들어가버렸다. TV에선 영부인 저격 장면을 재차 보여주고 있었다.

배치도를 보며 생각에 잠겼던 민규는 자를 대고 문세광이 제압된 지점에서 장봉화의 좌석까지 선을 긋기 시작했다. 그때 오른쪽 팔꿈치가 찻잔을 치는 바람에 커피가 좌석배치도에 쏟아지고 말았다. 민규는 얼른 배치도를 들어올리고 테이블 위에 번지는 커피를 수건으로 닦아냈다. 이어 찻잔을 집으려는데 그의 시야에 오른쪽으로 넘어간 커피잔이 들어왔다. 그 순간 민규는 뭔가 생각난 듯 TV를 다시 돌아봤다.

화면에는 분명 영부인이 왼쪽으로 쓰러져 있었다!

쓰러진 잔과 영부인을 번갈아 보던 그의 동공이 커졌다.

"이럴 수가!"

민규는 기가 찬 듯 헛웃음을 흘리며 중얼거렸다.

"난 정말 운이 없군……."

반격의 시작

민규가 책상 위에 걸터앉아 몽블랑 만년필을 만지작거리고 있었다.

"준비됐습니다."

사무장이 그에게 다가와 말했다.

"네, 알겠습니다!"

자리에서 일어난 민규는 큰 숨을 내쉬고는 만년필을 휴지통에 던져버렸다.

사무실 한쪽에 모의 실험장이 꾸며지고 영진이 마침내 방아쇠를 당겼다.

탁!

의자 위의 마네킹이 오른쪽으로 넘어갔다. 영진과 사무장, 김지연이 의아한 눈으로 민규를 바라봤다.

"이걸 왜 자꾸 쏘게 해? 이거 시키려고 오라고 한 거야?"

영진이 장난감 총을 내려놓으며 투덜거렸다.

"수십 번을 쏴도 오른쪽으로 쓰러져……."

민규가 혼잣말로 중얼거렸다.

"당연하지. 왼쪽을 쏘라며? 자, 잠깐!"

순간 영진을 비롯한 모두가 그의 의도를 눈치채고 경악했다.

"신 변호사님, 호…… 혹시?"

"네. 문세광은 영부인의 왼쪽에서 총을 쐈습니다. 물리적으로 볼 때 왼쪽에서 쐈다면 당연히 오른쪽으로 쓰러져야 합니다."

"맞아요! 근데 왼쪽으로 쓰러졌죠. 그, 그럼 영부인이 문세광의 총에 맞지 않았다는 얘기가 되나요?"

사무장이 흥분하여 되물었다.

"네, 물리적으로 보면 그렇습니다."

민규의 놀라운 발언에 모두가 입이 벌어졌다.

"그, 그럼…… 공범이 있단 말인가요?"

지연이 놀라서 말을 더듬었다. 민규가 칠판에 그려진 국립극장 내부 도면의 객석 오른쪽을 가리키며 말했다.

"누군가 이쪽에서 쏘았다고 가정해야 맞는 거지."

"그, 그걸 어떻게 증명하죠?"

사무장이 물었다.

"전에 방송국에 사건 당일 필름 요청한다고 하지 않았나요?"

"이런 이유 때문인지 KBS, MBC, TBC, 모두 협조가 불가능하다고…….”

지연의 대답에 민규는 이미 예상을 했다는 듯 고개를 끄덕였다.

“참! 그날 외신기자들도 촬영을 했어!”

영진이 생각났다는 듯 목소리를 높였다.

“외신기자?”

민규가 반색을 하며 영진을 쳐다봤다.

“확실해. 내 왼쪽이었으니깐 여기쯤이야!”

영진이 좌석배치도에서 B열 두 번째 자리를 가리켰다. B열 앞쪽과 영부인의 위치를 살펴보던 민규가 입을 열었다.

“거기서 촬영했다면…… 오른쪽에 위치한 진범이 촬영됐을 수도 있겠군.”

“정말 그렇다면 재판을 뒤집을 수 있는 결정적 단서가 되겠군요!”

사무장이 흥분한 목소리로 말했다.

“사무장님, 그날 취재했던 외신기자가 어디 소속인지 조용히 알아봐주세요.”

“네! 알겠습니다.”

사무장의 목소리에 힘이 들어갔다.

“지연 씨는 당일 영부인의 수술을 집도한 의사가 누군지 알아봐주고.”

“네!”

민규의 진두지휘에 모처럼 사무실이 활기를 띠었다. 사무장이 빙긋 웃으며 민규에게 다가와 속삭였다.

"신 변호사님, 참 대단하십니다. 말도 없이 이런 걸 언제 다 파악하셨습니까?"

민규가 피식 웃으며 목소리를 낮춰 말했다.

"이제야 알게 된 건데요."

"……?"

"제가 빨갱이가 아니라 아톰이었더라고요."

"네?"

사무장이 어리둥절한 표정을 짓자 민규가 웃으며 말을 덧붙였다.

"사실, 요 근래 깨달은 게 많습니다. 남들은 현실과 적당히 타협해서 부와 명성을 얻는데…… 내가 뭐라고 세상과 맞짱뜨듯 살아왔는지…… 힘 가진 놈들 앞에선 다 소용없더군요. 그래서 저도 마음먹었죠. 나도 이젠 적당히 타협하고 살자……. 근데 그런 기회가 바로 찾아온 겁니다. 절호의 기회가……."

어느새 다른 사람들도 민규의 말을 숙연하게 경청했다.

"근데, 난 역시 운이 없는 놈인가 봅니다. 이 사건은 말이 안 되는 구석이 너무 많더군요."

모두가 동의하듯 고개를 끄덕였다.

"북의 지령을 받은 스물세 살 청년이 국가원수를 암살하려고 혼자 왔다?"

사무장이 수긍을 한다는 듯 빙긋 웃었다.

"이 사건은 세상과 타협할 기회가 아니라 세상과 본격적으로 맞짱뜰 절호의 기회인 것 같습니다."

민규가 사무장을 똑바로 쳐다보며 힘주어 말했다.

"그래서 맘먹었습니다! 이것이 내 마지막 변호가 되고, 역적에 빨갱이로 몰리더라도! 애비를 정의의 사도 아톰으로 믿는 아들놈한테 부끄럽지 않기로!"

그의 단호함에 모두 넋이 나간 듯했다.

"앞으로 많이 힘들겠지만 여러분이 도와주셔야 합니다."

멍하니 바라보던 사무장이 사람 좋은 너털웃음으로 반색했다.

"각오하셔야 될 겁니다!"

민규가 모두를 바라보며 목소리를 높였다.

"자! 우린 이제부터 검찰의 발표를 모두 무시하고, 영부인이 문세광의 총에 저격당하지 않았다는 것, 단독범행이 아니라는 것, 이 두 가지를 전제로 증인과 증거를 확보해야 합니다. 이제부터 우리는 우리만의 방식으로 문세광이 입국하기 전부터 체포되기까지의 모든 행적을 순서대로 샅샅이 파헤쳐봅시다!"

"네!"

모두가 입을 맞춘 듯 큰 소리로 답했다.

민규는 칠판에 '日本'이라 쓰고는 테두리를 친 후 백묵을 강하게 내리찍었다.

"자! 우선 문세광의 고향이자 사건의 시발점인 일본 오사카부터 출발합니다!"

모두의 눈빛이 결기로 번뜩였다.

추적

"네? 불과 두 달 전에 총영사관을 폭파하겠다고 협박편지를 보낸 문세광에게 비자를 내줬다는 게 말이 됩니까?"

국제전화로 오사카 주재 한국총영사관 직원과 통화하던 사무장이 언성을 높였다.

"그, 그게…… 실수로……."

비자 담당 직원의 목소리가 점점 기어들어갔다. 옆에서 듣고 있던 민규가 피식 바람 빠지는 소리를 내며 실소했다.

"실수라고요? 총영사관이 협박전화 때문에 일본 경시청에 수사를 요청해서 요주의 인물로 감시까지 하지 않았습니까?"

사무장의 집요한 추궁에 수화기 너머에선 꼴깍 침 넘기는 소리만 들렸다.

"이봐요! 아, 뭐라 말 좀 해봐요!"

"스…… 스미마셍."

"뭐가 스미마셍이야! 정신 차려! 나 한국 사람이야!"

"죄…… 죄송합니다."

사무장의 호통에 진땀 흘리는 영사관 직원의 모습이 보이는 듯했다.

"당신들! 문세광에 대한 수사 요청했어, 안 했어?"

"하이! 해, 했습니다."

"그 요주의 인물이 달랑 자기 사진 한 장 붙인 여권을 몰라보고 영사관에서 비자를 내줬다는 게 말이 돼?"

"정말 몰랐습니다. 너무 감쪽같아서……."

"이봐! 거기서 근무하는 사람들이 죄다 중앙정보부 요원이라는 걸 아는 사람은 다 알아! 그걸 몰랐다는 게 말이 돼!"

"아, 아닙니다! 아닌 사람도 많습니다."

옆에서 통화 내용을 듣고 있던 민규가 터져 나오는 웃음을 참으려 애썼다.

"죄, 죄송합니다만, 지금 바빠서…… 그럼……."

"야! 인마!"

"사, 사요나라."

비자 담당 직원이 냉큼 전화를 끊어버렸다. 뒤에서 듣고 있던 다른 직원들이 참았던 웃음을 터뜨리며 파안대소했다.

"좋아. 녹음 다 됐지?"

"깨끗이 잘 됐지!"

영진이 오케이 사인을 날렸다.

"좋아. 이제 김포공항으로 넘어가봅시다!"

민규가 칠판 앞으로 가 '日本'이라는 글자 옆에 '韓國'이라 쓰고 선을 연결했다. 그러곤 다시 '김포공항'이라 쓰고는 테두리를 그렸다.

"에이, 그건 말도 안 되는 일이에요."

김포공항 검색원이 코웃음을 치며 영진에게 과도한 몸짓으로 손사래를 쳤다.

"그럼, 금속탐지기를 통과할 수 없다는 말인가요?"

검색원은 자신이 탐지기 전문가라도 되는 양 설명을 늘어놓았다.

"보십쇼. 이게 미국에서 개발한 최신형 메탈디텍터입니다. 이놈은 바늘뿐만 아니라 지폐의 철분까지도 감지해요. 그런데 라디오에 쇳덩어리를 숨겨서 이걸 통과한다는 게 말이 됩니까?"

검색원이 탐지기를 손으로 툭툭 치며 거들먹거렸다. 영진은 금속탐지기를 면밀히 살펴보다가 들고 온 소형 카메라를 꺼내며 물었다.

"이 검색기, 사진 한 장 찍어도 될까요?"

"네, 그러시든지요."

영진은 사진을 찍은 후 검색원에게 물었다.

"잠시 실험을 한번 해봐도 될까요?"

"그래요, 마음대로."

영진이 지갑에서 500원짜리 지폐를 꺼내 금속탐지기에 대자 이내 "삐이" 하며 경고음이 울렸다.

"와, 신기하네!"

"내가 뭐라고 합니까? 금속은 절대 안 돼요."

검색원은 탐지기가 자랑스럽다는 듯 껄껄 웃었다.

"저, 그러면…… 이 사실에 대해 법정에서 증언해주실 수 있는 거죠?"

"네? 무슨 법정이요?"

검색원의 눈이 휘둥그레졌다.

"네, 이번 영부인 저격사건 때문에…… 증언이…….'

그 말에 검색원이 기겁하며 슬금슬금 뒷걸음쳤다.

"아, 뭐…… 정부에서 그렇게 발표한 데에는 다 이유가 있겠죠. 전 바빠서 이만…….'

영진은 도망치듯 자리를 피하는 검색원의 뒷모습을 씁쓸하게 바라봤다.

아침부터 민규가 주재하는 직원회의가 한창 진행 중일 때였다. 누군가 사무실 문을 노크하더니 문 사이로 고개를 빼쭉 내밀었다. 얼굴에 반창고를 덕지덕지 붙인 덕배였다.

"어? 너!"

영진이 화들짝 놀라 그를 바라봤다.

"배 형사님, 너무하시는구만유. 절 책임지기로 했으면 끝까지 책임져주셔야지유!"

아직 입안의 상처가 아물지 않은 듯 덕배가 웅얼거리며 큰 눈을 끔벅거렸다. 사정을 아는 민규만 빼고 다른 직원들이 놀란 눈으로 그를 쳐다봤다.

"야, 잘못 들으면 오해하겠다."

영진이 당혹스러운 듯 투덜댔다. 이내 민규가 키득키득 웃다가 박장대소를 했다. 한참을 껄껄거리다 뭔가 이상해서 보자 모두가 영문을 모르겠다는 듯이 그를 쳐다보고 있었다. 민규는 머쓱한 듯 헛기침을 하고는 덕배를 맞았다.

"음, 그럼…… 너도 거기 앉고…….'"

민규는 턱짓으로 빈 의자를 가리켰다.

"음…… 어디까지 했죠?"

"조선호텔…….'"

김지연이 답하자 민규는 백묵을 들어 '김포공항'에서 옆으로 선을 그은 뒤 '조선호텔'이라 적고는 테두리를 쳤다.

"다음은 조선호텔입니다!"

민규가 영진을 보고는 미소 지으며 말했다.

"여기도 영진이 자네가 맡지?"

"오케이! 이제야 진짜 수사구먼. 수사는 내 전공이니까 오랜만에 몸 좀 풀겠어!"

"지두 같이 가유!"

덕배가 한 손을 치켜들며 큰 소리로 말했다.

"넌 마! 그 꼴로 어딜 같이 다닌다는 거냐?"

덕배가 큰 눈을 끔벅이며 애원의 눈빛을 보내자 영진은 마지못한 듯 한숨을 푹 내쉬었다.

영진은 문세광이 묵었던 조선호텔 1030호실 문을 열고 들어갔다. 깔끔하게 정리된 실내에는 적막감이 감돌았다. 방 안 어디에서도 문세광의 흔적은 찾아볼 수 없었다. 혹시나 하여 이곳저곳을 둘러보고 있는데, 갑자기 60대로 보이는 청소부가 문을 열고 들어왔다.

"에구머니나! 뭐, 뭐시여?"

청소부가 기겁하며 영진을 쳐다봤다.

"경찰서에서 나왔는데 뭐 좀 여쭤볼게요."

청소부가 이내 시큰둥한 표정을 지으며 투덜거렸다.

"그만큼 했으면 됐지, 뭘 더 조사할 게 있다야! 우째 매일 와서 지랄들인겨."

영진은 청소부의 거친 입담에 흠칫 놀랐다. 청소부는 신경질적으로 먼지떨이를 휘둘러대며 청소를 시작했다.

"혹시, 문세광이랑 만나는 사람 본 적 없어요?"

"아따, 세광이든 네광이든 내는 모른당게로! 언능 나가쇼!"

청소부가 그를 억세게 떠밀었다. 영진은 겁을 줘야겠다는 생각에 목소리를 깔고 엄포를 놨다.

"아줌마, 이건 영부인이 돌아가신 큰 사건이에요! 자꾸 그렇게 비협조적으로 나오시면 강제 구인합니다!"

청소부는 피식 웃으며 그를 흘겨봤다.

"어이구야, 하나도 안 무섭소! 맨날 보는 게 나는 새도 떨어뜨린다는 중정 사람들인디……."

영진이 그 말에 흠칫 놀라며 청소부를 바라봤다. 그녀는 다시 청소에 집중하고 있었다. 대수롭지 않은 일이라는 듯 말하는 걸로 봐서 이곳이 중앙정보부 요원들의 아지트일 수도 있겠다는 생각이 들었다. 잠시 생각에 잠겼던 영진이 조심스레 입을 열었다.

"저…… 그러면요. 혹시 문세광이가 남긴 것들 좀 없었어요? 뭐 쓰레기나 쪽지 같은 것도 괜찮고……."

"아따! 그놈이 총 쏘고 지랄한 날 아침에 사람들이 쳐들어와서 먼지 한 톨까지 싸그리 챙겨갔는디 뭐가 남았것소?"

영진은 아연실색해 되물었다.

"네? 아침에요? 그날 아침이라고 하셨나요? 몇 시에요?"

청소부는 당황한 기색이 역력했다.

"아, 나가쇼! 청소하게!"

그녀는 버럭 소리를 지르며 그의 면상에 총채를 휘둘렀다. 영진은 느닷없는 공격에 떠밀려 방에서 쫓겨났다. 이어서 방문이 부서질 듯 쾅 소리 나게 닫혔다. 닭 쫓던 개처럼 멍하니 문을 바라보던 영진이 투덜거렸다.

"아따, 아줌씨 성질 한번 더럽네."

그대로 발길을 돌리려는데 반창고투성이의 덕배가 복도에서 멍하니 그를 쳐다보고 있었다. 영진은 다시 한번 기겁을 했다.

"아, 깜짝이야! 너 왜 여기까지 왔어? 로비에서 기다리라니깐!"

"선배님 경호……."

영진은 어이가 없다는 듯 피식 웃고 말았다.

"이런 말을 해도 되는지 모르겠네……."

사건 당일 호텔 프런트에서 근무했던 음예경이 안절부절못했다.

"괜찮아요. 익명을 보장해드립니다."

"제가…… 기억하기로는 그 사람…… 커피숍에서 사람들하고 얘기하는 걸 봤어요."

"다른 사람들하고요? 혹시 같이 있던 사람들 인상착의 좀 알려주실 수 있습니까?"

"글쎄요, 40대 중반에서 후반 정도에……."

영진의 눈빛이 흔들렸다.

"그리고 사건 이틀 전에는 관광 리무진 버스를 예약해달라고 전화가 왔었어요. 그런데 그 사람 목소리가 아니었어요."

"그 사람이 아니란 걸 어떻게 알았죠?"

"룸서비스를 시킬 때는 한국말을 아예 못했는데, 그날은 완전히

한국 사람 같았어요. 목소리도 다르고……. 룸서비스로 식사도 2인
분을 시켰어요."

영진이 놀란 눈으로 되물었다.

"2인분이라고요?"

"네……."

"그래서 문세광이 그 리무진 버스를 탔나요?"

"아뇨. 예약하고 얼마 있다가 바쁘다며 취소했어요."

"취소했다고요?"

"네, 그리고……."

음예경이 뭔가 말하려다 주저했다.

"뭐죠? 괜찮습니다. 말씀해주세요."

음예경은 긴장이 역력한 표정으로 엄지손톱을 깨물었다.

"이…… 이런 얘기하면 안 된다고 했는데……."

주변을 살핀 그녀가 조심스레 입을 열었다.

"그 사건이 난 이후에 저를 찾아온 사람들이 있었어요."

"누구죠?"

그녀가 기억을 더듬으며 당시를 떠올렸다.

음예경은 잔뜩 겁먹은 채 바닥에 시선을 고정하고 서 있었다. 1인
용 소파에 앉은 사내가 그녀를 주시했고, 사내 뒤로 양복 입은 사내
들의 표정이 잔뜩 굳어 있었다. 소파에 앉은 사내가 나무로 된 팔걸
이를 검지로 톡톡 두드렸다. 적막감이 감도는 가운데 그 작은 소리

가 더욱 공포감을 자아냈다.

음예경이 마른침을 삼키며 시선을 살짝 우측으로 돌리자, 사내 옆에서 마치 죄지은 사람처럼 머리를 조아리고 있는 조선호텔 사장의 모습이 보였다. 다시 시선을 사내 쪽으로 돌리자 그가 손목에 차고 있는 금장 롤렉스 시계가 눈에 들어왔다. 시계에 봉황 문양이 뚜렷이 새겨져 있었다. 침묵하던 사내의 입에서 걸쭉한 저음이 흘러나왔다.

"앞으로…… 그날 아가씨가 본 걸 절대 입 밖에 내서는 안 돼. 알았나?"

상대를 압도하는 듯한 가래 끓는 저음에 음예경이 겁먹은 듯 고개를 끄덕였다.

"네? 롤렉스 시계요?"

영진이 음예경에게 물었다.

"네, 당시엔 너무 겁을 먹어서 차마 얼굴을 볼 수가 없었어요. 생각나는 건 봉황 문양이 새겨진 금색 롤렉스 시계예요. 워낙 고가품이라 잡지에서 본 적이 있거든요."

영진은 순간 등골이 오싹했다. 봉황 문양이 새겨진 롤렉스 시계라면, 그는 분명 자신이 상상도 못 할 위치에 있는 사람일 것이다. 어쩌면 대통령의 최측근일 수도 있다. 그런 사람이 왜 이곳까지 직접 찾아와서 일개 프런트 직원까지 철저히 입단속을 시켰을까?

이번 사건이 자신의 손이 감히 미치지 못하는 윗선까지 연루됐

을지도 모른다는 공포가 영진을 엄습했다.

"문세광이 그날 아침에 급한 일이 있다며 리무진을 불러달라고 했어요."

당일 안내 데스크를 지켰던 김문희가 진술했다.

"그래서 불러줬습니까?"

김문희가 기억을 더듬으며 말했다.

"그때 호텔 전용차가 없다고 하니까, 중요한 손님을 모시고 장충단 국립극장에 가려고 하니 30분만 전세를 내달라고 끈질기게 졸라서 도어맨 엄성욱 씨한테 연락했어요. 마침 다른 손님을 태우고 온 렌터카가 있다고 해서 그 차를 대신 탔어요. 팔레스호텔 전용차인데……."

"당시 그 차량의 번호나 기사 이름을 알 수 있겠습니까?"

"어디에 써놓은 것 같은데……."

김문희가 지난 장부를 들추기 시작했다.

"아! 여기 있네요. 서울 2바 1091에 기사 이름이…… 황수동 기사네요."

호텔 입구에서 영진을 기다리던 덕배는 누군가 자신을 지켜보는 듯한 시선을 느꼈다. 그러나 주변에 눈에 띄는 사람은 아무도 없었다. 덕배는 이상하다는 듯 고개를 갸우뚱했다.

"저희 호텔 기사 중에 황수동이라는 사람은 없습니다."

팔레스호텔 프런트 직원은 장부를 뒤적이다가 고개를 내저었다.

"그럼 서울 2바에 1091번 차량은 누가 모는 겁니까?"

영진의 물음에 직원은 다시 장부에서 차량번호를 훑었다.

"그런 번호도 없는데요?"

"뭐라고요? 그럼 8월 15일 문세광을 태운 포드 M-20은 누가 몰던 어디 차였습니까?"

직원은 그제야 상황 파악이 된 듯 표정이 굳었다.

"그…… 사람은 스페어 기사라…… 잘 모릅니다."

"문세광을 태웠다니깐 이제야 기억이 납니까? 근데 하나밖에 없는 최고급 승용차를 스페어 기사가 몰았다는 게 말이 됩니까? 그리고 왜 차량번호가 없다는 겁니까?"

직원은 당황한 듯 말을 더듬었다.

"저, 저는 그 이상은 몰라요."

"황수동 씨 거처나 연락처가 어떻게 되지요?"

"정식 직원이 아니라서…… 모릅니다."

영진이 어처구니없다는 듯 직원을 쳐다봤다.

멀찍이서 영진을 지켜보던 덕배는 또다시 누군가의 시선을 의식하고 주위를 둘러봤다. 역시 아무도 없었다. 그런데도 덕배는 누군가가 자신들을 지켜보고 있는 듯한 느낌을 떨칠 수가 없었다.

민규는 사건 당시 국립극장 입구에서 사복 차림으로 경비를 섰던 강진혁과 대면했다. 옆자리에는 함께 경비를 맡았던 덕배가 동석했다. 강진혁 역시 중앙정보부 취조 중에 폭행을 당한 듯 얼굴에 반창고를 붙이고 씩씩거렸다.

"당시 어디에 배치됐죠?"

민규가 물었다.

"지는 퇴계로 게이트에 배치됐었지예."

"퇴계로 게이트?"

"국립극장엔 게이트가 두 개 있거든예. 퇴계로서 드가는 정문하고…… 남산에 후문이 있고예."

민규가 고개를 끄덕거렸다.

"근데 그날따라 요상하게…… 남산 쪽에서 오는 자동차만 검문하고 제가 맡은 퇴계로 방향에서 오는 차는 일체 검문하지 말라꼬 경호실의 지시를 받았거든예."

진혁은 당시의 상황을 떠올렸다.

그는 그날 국립극장 게이트에 배치되어 경비를 섰다. 폭염으로 찌는 듯한 날씨에 한숨을 푹푹 쉬고 있는데, 양복을 입은 경호실 요원이 그에게 다가왔다.

"자네 게이트 담당인가?"

"그런데예."

"여기는 막히니 검문할 필요 없어. 빨리빨리 통과시키라고."

"야?"

진혁이 의아한 듯 사내에게 되물었다.

"경호실 지시야. 알았나?"

"네!"

진혁이 거수경례를 붙이자 양복 사내는 고개를 끄덕이고 극장 안으로 들어갔다. 부동자세로 뻘쭘하게 서 있는데, 곧이어 포드 M-20이 속도를 줄이지 않고 그대로 그의 앞을 통과했다. 진혁은 멍하니 지나가는 승용차를 지켜보기만 했다.

"네? 문세광이 들어왔던 입구는 검문하지 말라는 지시를 받았다고요?"

민규가 놀라서 진혁에게 물었다.

"야. 근데, 그 씨벌눔이 조선호텔에서 출발하면 남산 쪽으로 오는 게 훨씬 빨랐을 낀데, 하필 퇴계로 방향으로 삥 돌아가 내가 맡은 구역으로 오는 바람에…… 니미!"

강진혁이 생각할수록 분하다는 듯 씩씩거렸다. 민규와 덕배가 어처구니없어하며 서로를 바라보는데, 강진혁이 빠끔히 고개를 들어 두 사람을 번갈아 보고는 말했다.

"근데예…… 지도…… 여 취직하면 안 됩니꺼?"

영진과 덕배가 다음으로 만난 사람은 당시 극장 입구를 지키던 경찰관이었다.

"대통령이 참석하는 식장은 지위 고하를 막론하고 검문하는

것이 상례입니다. 비표가 없으면 절대 출입이 불가능하죠. 그런
데…… 행사 전날 갑자기 경호 지침이 바뀐 겁니다. 검문검색을 일
절 하지 말라고……."

"그 지시를 내린 사람이 누구죠?"

민규가 상기된 얼굴로 묻자 경찰은 한숨을 내쉰 후 답했다.

"누군진 모르고, 경호실에서 직접 내려온 지침이라고……."

"경호실이요?"

민규는 충격을 받은 듯 벌어진 입을 다물지 못했다.

"행사가 시작되기 10분 전쯤에 문세광을 봤었슈."

당시 극장 입구에서 경비를 선 덕배의 진술이 이어졌다.

"문세광이 확실해? 사람들이 꽤 많았을 텐데?"

"그놈이 타고 온 차가 워낙 고급이라 지가 계속 보고 있었쥬."

덕배가 당시의 기억을 더듬었다.

흐르는 땀을 연신 훔치던 덕배는 최고급 승용차가 극장 앞에 정
차하자 눈이 휘둥그레져서 바라봤다. 차에서 내린 문세광은 기사
의 인사를 받고 천천히 극장 입구로 향했다. 그 모습을 지켜보던
덕배는 그의 상의에 비표가 없는 것을 발견했다.

덕배는 쭈뼛거리다가 문세광에게 다가갔다. 그러곤 출입문으로
막 들어가려는 그를 손으로 막았다.

"선상님, 비표 좀 보여주시쥬?"

사내가 날카로운 눈빛으로 힐끔 쳐다보는데, 그의 눈에서 살기가 느껴졌다.

"보쿠 니혼 다이시캉 가리기마시다(나는 일본 대사관에서 왔습니다)."

덕배는 갑작스런 일본말에 당황해서 어찌할 바를 몰랐다. 그때 양복 차림의 경호원이 그들에게 다가왔다.

"뭐해? 꾸물거리지 말고 통과시켜!"

덕배가 움찔하는 사이 문세광은 유유히 극장 안으로 들어갔다. 비표 없이 입장하는 문세광의 뒷모습을 뻘줌히 바라볼 수밖에 없었다.

"뭐? 또 경호원이라고?"

"야!"

민규는 덕배의 진술에 고개를 절레절레 내둘렀다.

민규와 사무장은 당시 국립극장 로비에 있었던 목격자와 마주 앉았다.

"전 그때 로비에 앉아서 담배를 피우고 있었어요. 그때 베이지색 중절모에 은테 안경을 쓴 남자가 극장 입구에서 누굴 기다리는 것처럼 얼쩡거리더니 제 앞에 앉아서 담배를 피웠어요. 그러고 있는데 양복 입은 사람이 이 남자한테 다가와선 둘이 유창한 일본어로 대화를 나눴어요."

"같이 얘기하던 사람의 인상착의는요?"

"글쎄요…… 그냥 머리는 하이칼라에 검정색 양복을 입었는데…… 꼭…….."

"꼭 뭐죠?"

"정부 쪽 사람이나 기관원처럼 보였습니다."

"네?"

민규가 어이없다는 듯 그를 바라봤다.

민규와 직원들이 전체회의를 시작하려는데, 회의실 밖에서 덕배가 누군가와 실랑이를 벌이는 소리가 시끌벅적하게 들려왔다.

"뭐혀? 빨랑 안 오구!"

"아, 씨…… 난 이런 일에 끼기 싫어요!"

무슨 일인가 다들 의아해하는데, 회의실 문이 벌컥 열리고 덕배가 한 사내의 목덜미를 붙잡고 들어왔다. 경찰복 차림의 사내는 덕배의 우악스러운 손에 목덜미가 잡힌 채 울상이 돼 있었다.

"누구?"

민규가 의아해하며 물었다.

"신 변호사님, 야가 지 경찰 후밴디유. 야도 경비를 섰는디 이놈만 안 짤렸슈!"

덕배가 씩씩거리며 사내의 목덜미를 세게 움켜쥐었다. 사내는 목덜미가 아픈 듯 "아야" 하면서 버둥거렸다.

"그걸 나더러 뭐 어쩌라고?"

민규가 심드렁한 표정으로 말했다.

"야 야그 한번 들어보세유. 야 말이 참말로 중요헌 거 같구먼유. 빨리 말씀드려!"

덕배가 사내의 옆구리를 툭 치자, 그가 곤란한 듯 어쩔 줄 몰라 했다.

"아…… 입 밖에 내면 그냥 안 둔다고 했단 말이에요!"

경찰관이 하소연하듯 덕배를 쳐다봤다. 덕배는 큰 눈을 부라리며 윽박지르듯 아랫입술을 질끈 깨물었다.

"괜찮습니다. 익명은 보장합니다. 편히 말씀해보세요."

사무장이 사내를 안심시키며 사람 좋은 미소로 말했다. 경찰관은 잠시 망설이다가 마지못해 당시 상황을 얘기하기 시작했다.

"전 당시 극장의 정면 쪽인 4번 출입구를 지켰어요."

모두의 시선이 그의 입술에 집중되었다.

"입장객을 모두 들여보내고 출입문을 닫은 후 손목시계를 보니 9시 50분이었어요. 그리고 한 30분쯤 지났을까. 행사가 시작돼서 문을 닫았는데……."

그때 중절모를 쓴 사내가 급히 입구로 들어서려고 했다. 경찰관은 일단 그를 저지한 뒤 비표가 없는 것을 확인하고는 고개를 가로 저었다.

"비표 없인 입장할 수 없습니다."

그러자 중절모의 사내가 손으로 누군가를 가리키며 서툰 한국어로 말했다.

"조⋯⋯ 사람이 들어가도 좋다고 했스므니다."

경찰관은 사내가 가리키는 사람을 쳐다봤다. 멀리서 그에게 고개를 끄덕이는 검은 양복 차림의 사내가 있었다. 하이칼라 머리에 눈매가 매섭고 입술이 얇은 사내의 얼굴이 뚜렷이 보였다.

"청와대 경호계장이었습니다."

그간의 증언 속에서 드러나지 않았던 사내의 정체가 드디어 베일을 벗는 순간이었다. 검은 양복 차림의 경호계장이 피식 웃으며 그에게 고개를 끄덕였다.

경찰관의 진술을 듣고 있던 모두가 경악했다.

"경호계장이요? 확실합니까?"

민규가 흥분하여 물었다.

"확실해요. 그래서 제가 아무 의심 없이 직접 문을 열어줬어요."

중절모를 쓴 사내가 극장 안으로 입장할 때 벽시계는 10시 13분을 가리키고 있었다.

"완전 만석이었는데⋯⋯ 그 자리가 어떻게 비어서 앉게 됐는지는 모르지만, 원래는 해외교포 학생들의 지정석이었어요. 우연히도⋯⋯."

"경호계장이 경호경비 지침을 바꾸고 문세광을 친절히 범행 장소까지 안내해?"

민규가 흥분하여 목소리를 높였다. 다들 충격에 빠졌는데 사무
장이 다급히 서류를 들고 와 민규에게 내밀었다.

"초청자 명단 확보했습니다."

민규가 명단을 훑어내리기 시작했다.

"그런데……."

"뭐죠?"

"초청자 명단에 문세광이나 요시이 유키오라는 이름은 없습니다!"

"네?"

민규가 대경실색했다.

보이지 않는 손

쾅!

민규가 목격자들의 증언 파일을 탁자 위에 강하게 내리쳤다.

"이 모든 상황이 우연으로 보입니까?"

민규가 상기된 얼굴로 소리쳤다. 모두가 긴장한 표정으로 그를 바라봤다.

"마치 보이지 않는 손들이 문세광의 거사를 도와주는 것 같지 않습니까?"

영진이 심각한 표정으로 고개를 끄덕였다.

"입국부터 국립극장까지는 중앙정보부가 길을 터주고! 국립극장에서는 경호실이 범행의 모든 행로를 열어주고 있습니다! 이걸 어떻게 해석해야 하지요?"

"참, 어처구니가 없네요."

사무장이 탄식하며 민규의 의견에 동조했다.

"경호과장이 경호경비 지침을 바꾸고, 경호계장이 문세광을 친절히 범행 장소까지 안내했다? 내 눈엔 이 사람들이 공범으로 보입니다!"

"개새끼들! 이 지랄을 했으니 전부 은폐하려고 그랬구먼!"

영진이 열을 받은 듯 큰 소리로 맞장구쳤다.

"우선, 전날 경호경비 지침을 바꾼 경호실에 명령을 최종 하달한 사람이 누군지 알아보고, 최종적으로 문세광을 식장으로 안내하고 애기를 나눈 사람을 찾아내야 합니다."

"경호실은 상대가 상대인 만큼 알아보기가……."

김지연이 힘겹다는 듯 고개를 절레절레 내저었다. 민규는 잠시 생각하다가 이내 결심한 듯 지연에게 말했다.

"그럼 내가 하지. 청와대 경호실 전화 연결해줘."

"네…… 네? 처, 청와대 경호실이요?"

지연이 아연실색하여 민규에게 되물었다.

"경호계장님 좀 부탁합니다."

"계장님이요? 지금 자리에 안 계십니다."

수화기 너머에서 들려오는 경호실 직원의 목소리는 국가비상사태와는 거리가 먼 듯 느긋하게 들렸다.

"어딜 가셨습니까?"

"거긴 어디시죠?"

사내의 거만함이 목소리로 전해졌다.

"문세광의 변호인, 신민규입니다."

순간, 비웃는 듯 피식 김빠지는 소리가 수화기 너머에서 들려왔다.

"계장님은 왜 찾으시는데요?"

"증인 신분으로 사건 경위 조사가 필요합니다."

"계장님은 자체 징계로 정직 중입니다."

"언제 나오시죠?"

"아무튼 지금은 안 계시니깐, 나중에 복귀하시면 전화하세요."

짜증난 듯 사내의 목소리가 점점 올라갔다.

"그럼 혹시 연락할 수 있는 전화번호가……?"

"이봐! 어딜 건방지게 전화번호를 달라는 거야! 여기 경호실이야! 청와대 경호실!"

사내가 수화기가 터져나갈 듯 고함을 질러댔다.

"그럼 내 말 하나도 빠짐없이 그대로 전해! 경호계장, 공개적으로 기사화해서 시끄럽게 만들기 전에 나한테 연락해! 아님 재판에서 증인으로 내 얼굴 보게 될 테니까!"

민규가 전화기를 부술 듯 탁 끊어버렸다. 직원들이 아연실색하여 그를 바라봤다. 이내 시선을 의식한 민규가 돌아봤다.

"왜…… 왜요?"

"너무 감정적으로 맞서지 마세요. 이제부터 진짜 시작일지 모릅니다."

사무장이 사람 좋은 웃음으로 민규를 진정시켰다.

"이제야 조금씩 실마리가 풀리는 것 같네요. 어느새 몸통 가까이 접근한 것 같습니다……. 하지만 상대가 누군지 아직 모르니 다들 몸조심하시기 바랍니다."

모두 긴장한 듯 마른침을 삼켰다.

"이상입니다!"

다들 회의실을 나가자 사무장이 민규에게 조용히 다가왔다.

"저…… 전에 부탁하신 차적 조회 말인데요……."

"아, 네. 그거 어떻게 됐죠?"

"그게…… 조회가 안 되는 걸 봐서…… 기관이나 군 차량 같다고 합니다."

민규의 표정이 굳었다. 사무장이 잠시 망설이다가 목소리를 낮춰 말했다.

"그리고…… 저희가 논의 중인 증인이나 증거가 꼭 한발 앞서서 사라지고 있습니다. 아무래도 정보가 새는 것 같은데……."

"무슨 말씀이세요? 그럼 우리 중에 스파이가 있다는 겁니까?"

"그건 아니겠지만…… 그래도……."

민규가 의아한 듯 사무장을 바라봤다.

가벼운 발걸음으로 필동 집에 도착한 영진은 바지 주머니에서 열쇠를 꺼냈다. 그런데 열쇠를 채 끼우기도 전에 문이 힘없이 열렸다.

"……!"

영진이 긴장한 표정으로 들어가 문틈 사이로 살펴보자, 불 켜진 방 안에서 어른거리는 사람이 보였다. 영진은 벽에 기대놓은 빗자루를 들고 소리 없이 입구로 다가섰다. 호흡을 고른 후 "야!" 하는 고함과 함께 문을 박차고 들어갔다.

"꺅!"

방바닥을 걸레질하던 은수가 비명을 지르며 뒤로 나자빠졌다.

"어? 너 여기서 뭐 하는 거야!"

영진이 큰 소리로 은수를 나무랐다.

"방이 하도 더러워서……."

방은 깔끔하게 청소가 돼 있고 밥상까지 차려져 있었다.

"누가 너한테 이런 거 하랬어!"

"죄송해요……."

은수가 겁을 먹은 듯 울먹였다.

"여긴 어떻게 들어온 거야?"

"다, 담치기……."

영진은 한숨을 내쉬며 빗자루를 밖으로 던져버렸다.

"누가 너더러 이런 일 하랬어!"

영진이 면박을 주자 은수가 기어들어가는 소리로 말했다.

"첫 월급 타서…… 아저씨 기쁘게 해주려고 온 건데……."

은수가 훌쩍이자 영진은 소리친 것이 내심 미안했다. 밥상 위에는 굴비구이와 서너 가지 반찬이 정갈하게 놓여 있었다.

"죄송해요……. 안녕히 계세요……."

은수가 훌쩍이며 꾸벅 인사하고 방을 나서려 했다.

"잠깐! 이거 네가 다 차린 거야?"

"네……."

"이리 와라. 어차피 차려놓은 밥상인데……."

영진이 밥상머리에 앉으며 말했다. 은수는 기다렸다는 듯 생긋
웃으며 맞은편에 쪼르르 가서 앉았다.

"어디 취직했어?"

영진이 밥을 한 숟갈 듬뿍 떠서 입으로 가져가며 물었다.

"가발공장이요."

은수가 손으로 굴비를 발라서 영진의 밥에 올려놓았다. 영진이
'뭐지?' 하는 눈빛으로 은수를 보다가 그대로 입에 넣고 우물거리
며 말했다.

"또 가발공장이냐? 넌 무슨 가발 전문가니?"

"헤헤, 배운 게 없어서……."

은수가 혀를 날름거리며 수줍은 듯 말했다.

"서울에서 괜한 고생하지 말고 고향 내려가라……. 나도 곧 내려
갈 생각이다."

"네? 그럼 형사는요?"

"그만뒀다!"

영진이 울화가 치미는 듯 굴비를 통째로 씹으며 말했다.

"그래요? 사실 아저씨는 형사가 안 어울려요. 너무 착하고 귀엽게 생겼거든요."

"풉!"

영진의 입에서 밥알이 튀어나왔다.

"그리고 이건…… 맨날 똑같은 옷만 입는 것 같아서……."

은수가 생글거리며 분홍색 반팔 셔츠를 내밀었다. 영진은 입에 밥풀을 붙인 채로 멍하니 은수를 쳐다봤다.

동대문의 숙소로 귀가하던 덕배는 아까부터 누군가 자신을 미행하는 듯한 느낌을 떨칠 수가 없었다. 걷다가 뒤를 돌아보면 검은 그림자는 순식간에 사라졌다. 덕배는 드디어 올 것이 왔다는 듯 어금니를 악물었다.

"쥐새끼들! 벌써부터 따라붙는겨?"

덕배는 경찰 교육생 시절에 배운 미행을 따돌리는 방법을 떠올렸다. 우선 빠질 수 있는 골목을 찾아야 한다. 그때 바로 앞에 두 갈래 골목길이 나타났다. 덕배는 천천히 걷다가 갈림길에 다다르자 달리기 시작했다. 이내 "잡아!" 하는 고함과 함께 그를 뒤쫓는 구둣발 소리가 둔탁하게 들렸다. 소리로 짐작건대 한두 명이 아닌 듯했다.

"헉헉……."

육중한 몸으로 달리던 덕배는 금세 숨이 턱까지 차올랐다. 그의 눈앞에 다시 세 갈래 길이 보였다. 괴한들의 시야에서 잠시 벗어났을 때 그중 하나를 택해 재빨리 샛길로 빠졌다. 그러나 골목에서 미리 잠복하고 있던 괴한들이 그를 덮쳤다.

"으악!"

출근한 민규는 직원들과 인사를 나누며 사무실로 들어섰다. 자신의 자리로 가는데 소파에 앉아 신문을 보고 있는 사내가 띄었다. 누군가 힐끔 봤지만, 신문으로 얼굴을 가리고 있어서 알아볼 수가 없었다. 자리에 앉으며 입 모양으로 '누구?' 하고 묻자 직원들이 키득거리기 시작했다. 궁금증을 못 참고 사내에게 다가가 신문을 젖히자 빡빡머리를 한 덕배가 울상을 짓고 있었다.

"너, 절에 취직했냐?"

사무실에 참았던 폭소가 터져 나왔다.

"머리 좀 자르라니깐. 개기다가 장발 단속에 걸린 거지 뭐!"

영진이 고소하다는 듯 한마디 거들었다.

"개자식들! 나 형사라니깐 뻥치지 말라면서 바리깡으로 막……."

덕배가 울상으로 볼멘소리를 했다.

"뻥친 거 맞네! 잘린 놈이 무슨 놈의 형사야!"

영진이 배꼽을 잡고 웃으며 말했다. 민규도 뒤늦게 폭소를 터뜨렸다.

"지는 맴이 엄청 아프구먼유. 고렇게 웃지들 마세유……."

사무실 사람들이 다시 한번 왁자하게 웃었다.

"시원해 보이고 좋네 뭐."

민규가 덕배의 머리를 툭 치고 지나치려는 순간, 분홍색 티셔츠를 입고 앉아 있는 영진의 모습이 눈에 들어왔다.

"그 셔츠는 또 뭐냐?"

"왜? 엄청 착하고 귀여워 보이지 않냐?"

영진의 태연한 모습에 민규가 어이없어 입맛을 다시자 직원들이 다시 큭큭 터져 나오는 웃음을 참느라 얼굴을 붉혔다.

"자, 자! 오늘부턴 극장 내 문세광의 동선에 집중합시다!"

"네!"

민규가 국립극장 도면을 챙겨 자리에서 일어났다.

"목욕탕 가시게요?"

사무장이 여전히 웃음기 가득한 얼굴로 물었다.

"이번에는 아닙니다."

민규가 피식 웃었다.

사건의 재구성

　국립극장 안은 며칠 전 처참했던 흔적은 간데없고 적막감이 감돌았다. 극장 안을 둘러보던 민규는 문세광의 좌석 B열 214번을 찾아 앉았다. 잠시 생각에 잠겼던 그는 좌석배치도를 펼쳐 문세광의 총격 지점이 표시된 곳을 살폈다. 배치도에 나와 있는 문세광의 동선을 따라 당시의 상황을 그대로 재연해보고 싶었다. 그는 의자에 앉은 채 낮게 중얼거렸다.

　"나는…… 이제부터 문세광이다……."

　그는 배치도에 표시된 문세광의 첫 격발 지점을 보며 큰 소리로 외쳤다.

　"제1탄! 문세광의 왼쪽 허벅지!"

　이내 그의 눈앞에 당시 상황이 재연되기 시작했다.

　'탕' 소리와 함께 문세광의 왼쪽 허벅지에서 검붉은 피가 튄다.

민규는 자리에서 일어나 B열과 C열 사이 통로로 걸어 나왔다. 서서히 걷다가 점점 속도를 내기 시작했다.

문세광은 다급히 B열과 C열 사이 통로로 뛰어나와 허벅지에 피를 흘리며 38구경을 든 채 연단을 향해 뛰기 시작한다.

"제2탄! 연단 우측!"

'탕' 소리와 함께 문세광의 총구가 불을 뿜자, 대통령의 연단에 '꽉' 하고 파편이 튀면서 탄흔이 생긴다. 장내는 비명과 고함으로 아수라장이 된다.

"제3탄! 불발!"

'철컥' 소리와 함께 대통령을 노린 총알이 발사되지 않자 문세광은 당황한다. 그를 본 대통령이 급히 연단 뒤로 몸을 숨기자 다시 총구를 틀어 영부인을 겨냥한다.

"제4탄! 영부인!"

'탕' 소리와 함께 총구가 불을 뿜자 영부인이 무너지듯 쓰러진다.

그때 합창단에 앉은 장봉화가 이를 목격하고 비명을 지른다.

"제5탄! 장봉화!"

순간, 문세광이 뒤돌아 합창단석 D열 86번에 앉아 있는 장봉화에게 총구를 겨눈다.

"장봉화가 5탄? 그럴 리가? 문세광은 후면으로 총을 겨눌 시간이 없었어!"

장봉화를 겨누던 문세광의 총구가 다시 연단 쪽을 향한다. 눈앞에선 박종규 경호실장이 총구를 겨누고 달려온다. 문세광의 총구가 경호실장을 향해 불을 뿜는다. '탕' 하는 총성과 함께 무대 뒤편의 태극기에 탄흔이 생긴다. 그와 동시에 뒤에서 영진이 달려들어 문세광의 뒷덜미를 잡아채서 제압한다. 관객들이 모두 고개를 숙이고 있는 가운데, 합창단석에 앉은 장봉화만이 고개를 꼿꼿이 세우고 어딘가를 바라보고 있다. 장봉화는 쓰러진 영부인을 보고 충격을 받은 상태다. 이때 다시 '탕' 소리와 함께 장봉화가 허공에 피를 뿌리며 쓰러진다. 합창단 여학생들의 찢어지는 듯한 비명이 울려 퍼진다.

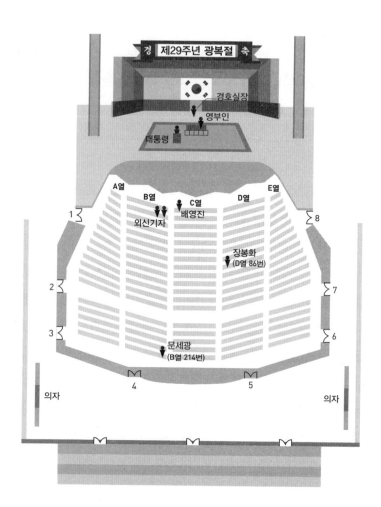

"헉!"

민규는 거친 숨을 토해내며 정신을 차렸다. 마치 현장을 목격한 듯 얼굴이 땀으로 흥건했다.

"문세광의 5탄은…… 장봉화가 아니라 경호실장을 겨누다 무대 상단 태극기를 맞힌 거다!"

충격을 받은 듯 민규의 동공이 흔들렸다. 그 순간, 극장 내부의 조명이 앞쪽부터 차례로 꺼지기 시작했다.

"헉!"

이내 모든 조명이 꺼지고 민규의 머리 위로 불빛 하나만이 그를 위협하듯 비추고 있었다. 공포에 휩싸인 민규는 서둘러 이곳을 나가야겠다는 생각에 출입문 쪽으로 달려갔다. 재빨리 문을 열려고 했으나 손잡이가 헛돌았다. 곧 마지막 조명마저 꺼지고 극장 안은 칠흑 같은 어둠에 잠겼다.

그때 객석 뒤쪽에서 그를 향해 다가오는 빠른 발소리가 들렸다. 그 소리는 점점 그를 향해 오고 있었다. 민규는 다급히 온 힘을 실어 어깨로 문을 밀었으나 꿈쩍도 하지 않았다. 더욱 가까워진 구둣발 소리에 민규는 극도의 공포에 휩싸였다.

"으악!"

민규가 비명을 지르는 순간, 덜컥 소리와 함께 문이 열렸다.

"무슨 일이유?"

극장 관리인이 땀범벅이 된 채 허옇게 질려 있는 민규를 보며 고개를 갸우뚱했다.

  민규는 얼굴이 잔뜩 상기된 채 사무실로 들어섰다. 모두가 그의 표정을 살피는데, 책상 위에 극장 도면을 툭 던지고는 직원들을 바라봤다.

  "장봉화는 문세광이 달려오는 방향에서 쏠 수 있는 각도나 위치에 있지 않았습니다!"

  "네?"

  모두 경악하자 영진이 거들었다.

  "그래! 맞지? 내가 문세광을 제압한 후에 총소리가 났고, 장봉화가 총에 맞았다고 현장검증에서도 말했는데, 그것들이 아니라고 하도 지랄들을 해서 나중엔 나도 헷갈리더라고! 그런데…… 그걸 어떻게 알았어?"

  영진이 경이로운 눈빛으로 민규를 바라봤다.

  "그것이 사실임을 증명한다면, 문세광의 총에 맞은 사람은…… 없을 수도 있습니다!"

  그의 놀라운 발언에 아무도 입을 열지 못했다.

  "그걸 어떻게 증명하지?"

  영진이 물었다.

  "영진아, 네가 직접 장봉화를 병원으로 옮겼다고 했지?"

  "그랬지!"

"아직 검찰 쪽에서 손을 쓰지 않았다면 장봉화의 보호인 자격으로 부검서를 받아올 수 있을 거야. 서둘러!"

"역시! 오케이!"

친구가 자랑스러운 듯 영진의 입가에 함박웃음이 폈다. 그때 전화벨 소리가 울리자 김지연이 전화를 받았다.

"신 변호사님……."

"왜요?"

"저……."

수화기를 든 김지연의 얼굴이 잔뜩 상기돼 있었다.

의뢰인

백열등이 날카롭게 어둠을 자르고 있었다. 일본어 통역원 옆 철제 테이블에 수갑을 찬 채 앉아 있는 사내는 문세광이었다. 그가 미동할 때마다 테이블과 수갑이 부딪치는 마찰음이 들렸다. 문세광은 마치 거사를 치른 영웅이나 되는 양 고개를 꼿꼿이 치켜들고 있었다. 그를 말없이 바라보던 민규가 담배를 권하자 고개를 가로저었다.

민규는 그의 두 눈을 유심히 보며 속마음을 알아내려 했지만 무표정한 얼굴에선 그 어떤 감정도 읽을 수가 없었다.

"난 당신의 변호를 맡은 국선변호인 신민규입니다."

옆에서 통역을 해주자 문세광은 고개를 끄덕이고는 굳게 다문 입을 열지 않았다. 한동안 침묵하던 민규가 다시 입을 열었다.

"당신의 부인과 아이를 만났습니다."

순간 문세광의 눈동자가 흔들렸다. 하지만 이내 냉정을 되찾고

무표정한 얼굴로 물었다.

"지금 밖에선 무슨 일이 벌어지고 있습니까?"

"영부인의 영결식이 열렸고, 국민들이 슬픔에 잠겨 있는 것 외에는…… 특별한 일은 없습니다."

순간, 예상 밖이라는 듯 당황하는 눈빛이 역력히 드러났다. 민규는 찰나에 흔들리는 눈빛을 봤다. 뭐지? 이 인간은 이 정도 상황을 예상 못 했다는 말인가? 단지 자기망상에 빠져 사건을 저지른 범죄자에 불과한 건가? 민규는 머릿속이 혼란스러웠다.

"그 외에는 사회적 변화가 없습니까?"

"……항일 규탄대회가 갈수록 격해지고 있습니다."

문세광의 표정이 당혹스러운 듯 경직되기 시작했다. 마치 자신으로 인해 세상이 뒤바뀌었을 거라고 착각하는 듯 보였다.

"그럼 혹시 북조선의 움직임은 없습니까?"

"그런 얘기는 들어본 적이 없습니다."

문세광은 이내 풀이 죽은 듯 고개를 떨어뜨렸다. 그 모습을 지켜보며 민규는 충격에 휩싸였다. 이 인간은 꼭두각시다! 아무것도 아는 것이 없다! 이럴 수가…….

문세광이 망연자실한 듯 기어드는 목소리로 물었다.

"선생님, 전 사형을 받게 됩니까?"

"지금 상황으로 봐서는……. 하지만 난 당신의 변호인입니다. 나를 믿고 진실을 말해준다면, 당신을 위해 최선을 다할 것입니다."

그러나 문세광은 체념한 듯 엷은 미소를 보이며 고개를 가로저었다.

"당신 아내가 남편을 살려달라고 저한테 애원했습니다."

순간 문세광의 눈빛이 크게 흔들렸다.

"사랑하는 가족의 품으로 돌아가고 싶지 않습니까?"

문세광의 눈시울이 붉어지는 듯했으나 곧 냉정을 찾았다.

"난 내 임무를 한 것뿐입니다. 후회는 없습니다!"

문세광은 더 이상 할 말이 없다는 듯 자리에서 일어났다. 민규가 목청을 높였다.

"임무? 누가 지시한 임무였습니까?"

문세광은 부질없다는 듯 고개를 저으며 등을 보였다.

"누구의 지시였어?"

그는 민규의 고함에도 대답 없이 그대로 교도관과 방을 나갔다. 민규는 망연자실 그 자리에 털썩 주저앉았다.

소파에 앉은 사내의 손끝에서 하얀 담배연기가 피어올랐다. 그 뒤로 양복 입은 사내들이 굳은 표정으로 민규와 문세광의 면담을 옆방에서 지켜보고 있었다.

"큭큭큭……."

음침한 웃음소리와 함께 사내가 뿜어낸 담배연기가 그의 얼굴을 뿌옇게 가렸다. 양복 입은 사내들이 잔뜩 긴장한 표정으로 눈치를 살폈다.

"천 과장⋯⋯."

사내가 가래 끓는 목소리로 부르자 40대 중반의 천 과장이 다가 왔다.

"네!"

앉아 있던 사내가 재떨이에 담배를 짓이겼다. 순간 사내가 손목에 찬, 봉황 문양이 새겨진 금장 롤렉스 시계가 드러났다.

"저 친구, 저래 나대게 둬도 되는 건가?"

가래 끓는 저음의 목소리가 상대를 움츠러들게 했다.

"죄송합니다. 확실히 처리하겠습니다!"

천 과장이 고개를 숙인 채 힘줘서 답했다.

"정신들 바짝 차려! 문제는 꼭 엉뚱한 데서 터진다고 안 했나?"

다들 곤욕스러운 듯 머리를 조아렸다. 사내는 못마땅한 듯 소파에서 벌떡 일어나 방을 나섰다. 양복 입은 사내들은 그가 나간 후에도 한동안 허리를 펴지 않았다. 잠시 후 고개를 든 천 과장이 매서운 눈빛으로 입술을 잘근잘근 씹었다.

죽음의 진실

　민규는 어깨가 축 처져서 사무실에 복귀했다. 영진이 기다렸다는 듯 다가가 그에게 서류봉투를 내밀었다.

　"뭐지?"

　"장봉화 부검서 받아왔어."

　민규가 황급히 봉투를 열어 내용을 살폈다.

　　왼쪽 목 밑에서부터 바른쪽 옆구리를 관통한 총상.

　민규의 눈이 휘둥그레지자 영진이 그의 생각에 동의한다는 듯 고개를 끄덕였다.

　"이 새끼들! 김 검사 좀 연결해줘!"

　민규의 눈빛에 분노가 이글거렸다.

"전화 받았습니다."

김 검사가 의자 등받이에 허리를 기댄 채 수화기를 들었다.

"넌 알고 있었지?"

수화기에서 민규의 격앙된 목소리가 찌를 듯 터져 나왔다. 김 검사의 미간이 좁혀졌다.

"신 선배님? 무슨…… 말씀이신지?"

"장봉화는 문세광의 총에 죽지 않았어! 장봉화를 쏠 수 있는 위치에 있지 않았다고!"

김 검사는 신음을 토해내며 엄지와 검지로 미간을 주물렀다.

"깊이 들어오셨네요. 선배님, 저희도 그것 때문에 골치가 아프지만…… 그 사실이 알려져서 좋을 게 없지 않습니까?"

"죄 없는 여고생의 죽음은 아무것도 아니라는 거냐!"

수화기 너머에서 민규가 버럭 소리를 질렀다. 김 검사는 짜증이 난다는 듯 이맛살을 잔뜩 찌푸렸다.

"선배님, 그건 단순 사고였습니다! 문세광은 전 국민이 보는 데서 영부인을 죽인 현행범입니다. 문세광이 장봉화를 안 죽였다고 해도 그놈한테 선고될 형은 단 하나밖에 없습니다!"

"그래서? 어차피 사형선고 받을 놈이니깐 뒤집어씌우자는 거야?"

김 검사가 아랫입술을 질끈 깨물었다.

"저는 선배님이 걱정됩니다. 여기저기 들쑤시고 다니는 걸 중정이 주시하고 있다고요."

"내 걱정은 말고! 문세광의 살인 혐의 중에서 장봉화 건은 기소 철회하고, 유족과 국민들에게 정확한 사인이나 밝혀!"

"선배님! 도대체 왜 이러십니까? 선배님이 이런다고 바뀌는 게 뭐가 있겠습니까?"

"검찰이 하는 일이 뭐냐? 거긴 사실을 명명백백히 밝혀서 법을 엄정히 집행하는 자리지, 권력이 원하는 대로 사실을 왜곡하고 은폐하는 자리가 아니야!"

"선배님!"

김 검사가 버럭 고함을 질렀다.

"내 분명히 말한다. 너희가 먼저 사실을 밝히지 않으면, 내가 이 사실을 공론화할 거니깐 그리 알아. 그리고, 어디 싸가지없게 선배한테 고함질이야 새끼야!"

민규가 부술 듯 전화를 끊어버렸다.

"이런 씨팔!"

김 검사가 들고 있던 전화기를 그대로 던져 박살을 내버렸다. 핏발 선 눈으로 거친 숨을 몰아쉬며 그가 분을 토해냈다.

"어디 해보자는 거지!"

사무실 직원들이 아연실색해서 민규를 바라봤다.

"좋습니다! 이걸로 장봉화 양 살인 혐의는 벗어날 수 있을 것 같네요. 이제 제일 중요한 단서가 남았습니다."

민규는 가방에 서류를 챙겨 서둘러 사무실을 나갔다.

서울대병원 신경외과 진료실 복도에서 기다리던 민규는 멀리서 차트를 보며 다가오는 의사가 심보성 박사임을 쉽게 알아볼 수 있었다.

"심보성 박사님?"

심 박사가 고개를 숙이고 안경테 위로 민규를 넘어다봤다.

"뉘쇼?"

"전 문세광의 변호를 맡고 있는 신민규입니다."

심 박사의 표정이 이내 냉랭하게 변했다.

"무슨 일로?"

"박사님께서 영부인의 수술을 집도하셨다고 들었습니다. 영부인의 정확한 사인을 확인하러 왔습니다."

심 박사는 다시 걸음을 옮기며 건성으로 답했다.

"발표 못 봤소? 사인은 좌측 두부 관통 총상이오."

"당시의 소견서를 볼 수 있겠습니까?"

"정식으로 요청서를 제출하면 보여주리다. 그럼 이만……"

민규가 심 박사의 앞을 막아섰다.

"지금 뭐하는 거요!"

심 박사가 버럭 언성을 높였다.

"사건 당시 문세광은 영부인의 좌측에 있었습니다. 그런데 어떻게 좌측에서 총을 맞은 사람이 같은 방향으로 쓰러질 수가 있는 거죠? 그건 물리적으로 불가능하지 않습니까?"

심 박사가 안경 너머로 민규의 눈을 직시하며 말했다.

"궁금한 게 그거요?"

"네, 그렇습니다."

"물리적으로는 불가능할지 몰라도, 사람은 물체가 아니오. 척추뼈는 용수철처럼 탄력적이어서 충격에 따라 유동적일 수 있소. 즉, 충격이 가해질 때 척추의 반동으로 얼마든지 몸이 반대쪽으로 쓰러질 수도 있단 말이오. 이제 됐소?"

민규는 온몸에 맥이 빠진 듯 멍하니 서서 아무 말도 하지 못했다. 심 박사는 이내 그를 지나쳐 걸음을 옮기기 시작했다.

민규는 심호흡을 한 후 뒤돌아 심 박사에게 큰 소리로 외쳤다.

"의사의 양심에 묻고 싶습니다! 진짜 좌측 두부 관통 총상입니까?"

심 박사가 걸음을 멈추고 뒤돌아봤다.

"젊은 친구가 의심이 많구려. 그것이 당신이 생각한 결정적인 의구심이라면 방향을 바꿔야 할 것 같소. 영부인은 분명 좌측 이마에 총알이 관통했소이다. 의사의 양심으로 그것은 확실히 말할 수 있소!"

민규는 멀어지는 심 박사의 뒷모습을 망연자실한 표정으로 바라봤다.

아직 이른 새벽이라 목욕탕은 텅텅 비어 있었다. 민규는 탕에 몸을 담근 채로 눈을 감고 생각에 잠겼다.

문세광이 진범이 맞단 말인가? 그럼 왜 모든 것을 숨기려 하는 것인가? 중정과 경호실은 왜 범행의 길을 열어준 걸까? 두 곳을 모두 움직일 수 있는 힘이라면…… 설마……?

몸서리치며 물 밖으로 어깨를 드러낸 그는 멍하니 앞을 바라봤다. 뜨거운 김이 피어올라 앞이 잘 보이지 않았다. 마치 그가 맡은 사건처럼 한 치 앞도 보이지 않는 안개 속에 갇힌 느낌이었다.

민규는 막힌 숨을 한번에 토해내듯 한숨을 내쉬며 탕 밖으로 나왔다. 그 순간 갑자기 형광등이 깜빡깜빡했다. 무슨 일인가 천장을 바라보는데, 이내 강한 스파크가 일어나더니 '팍!' 소리와 함께 형광등이 터졌다. 본능적으로 몸을 움츠리자 '지지직' 하는 소리와 함께 전선이 욕탕에 떨어져 요동치기 시작했다.

민규는 끊어진 전선이 인위적으로 날카롭게 잘려나간 것을 발견했다. 그는 충격을 받아 하얗게 질린 얼굴로 한동안 전선에서 시선을 떼지 못했다.

배후세력

　심각한 표정의 민규 주위로 영진, 사무장, 덕배, 지연이 침울하게 앉아 있었다. 맥 빠진 듯 고개를 숙이고 있던 민규가 입을 열었다.

　"전문지식 없이 단순한 물리적 추론으로 상황을 파악했던 제 불찰입니다."

　"너무 실망하지 마세요. 문세광이 진범이라 하더라도 검찰 발표처럼 단독범행은 아니질 않습니까? 배후세력에 대한 조사에 초점을 맞추면 뭔가 나오지 않겠습니까?"

　사무장이 풀 죽은 민규를 위로했다.

　"그런데 문세광이 진범이라면 왜 자꾸 은폐하려는 거야? 그냥 다 밝히게 놔두지?"

　영진이 이해가 안 된다는 듯 민규에게 따져 물었다.

　"글쎄다……."

　민규는 머릿속이 복잡한 듯 신경질적으로 뒷머리를 긁적였다.

"신 변호사님, 전에 말씀하셨던 외신기자들 말인데요…… 찾았습니다."

지연이 그의 눈치를 보며 말을 꺼냈다.

"문세광이 진범인 게 거의 확실한데 만날 필요 있을까?"

민규는 관심 없다는 듯 의자에 몸을 기댔다.

"그 사람들, LA타임스와 CBS 뉴스에 이번 사건이 한국 정부의 자작극일 가능성이 높다는 기사를 냈다는데요?"

순간 민규가 상체를 벌떡 일으켰다.

"그래? 무슨 근거로?"

"그래서 한번 만나보심이……."

낮이라 그런지 커피숍은 한산했다. 블랙커피를 마시던 LA타임스 사무엘 제임슨 기자는 신문을 보고 있는 몇몇 손님이 신경 쓰이는 듯 힐끔거리며 주변을 둘러봤다. 그의 행동을 유심히 살피던 민규가 조심스레 물었다.

"혹시…… 감시를 당하십니까?"

사무엘 기자가 심각한 표정으로 무겁게 입을 열었다.

"기사를 내보낸 후로 사람이 붙은 것 같습니다."

"이번 사건이 한국 정부의 자작극이라는 기사를 내셨다고……?"

"네. 맞습니다!"

사무엘 기자가 커피잔을 내려놓으며 단호히 답했다.

"그렇게 판단하신 근거가 뭡니까?"

콧수염을 만지던 사무엘 기자가 잠시 생각을 정리하곤 말을 꺼냈다.

"일단, 박 대통령의 경호팀은 그리 허술하지 않습니다. 그런데 군사교육도 받지 않은 스물세 살짜리 풋내기가 그런 경호팀을 뚫고 암살에 성공했다는 것 자체가 난센스 아니겠습니까?"

사무엘 기자는 말이 안 된다는 듯 웃음을 머금고 말했다.

"글쎄요⋯⋯. 그것만 가지고 자작극으로 보는 건 무리가 아닐까요?"

"사건 후에도 제가 예상했던 정황이 모두 현실로 이어지더군요."

"어떤⋯⋯?"

그는 다시 주변을 훑어보곤 민규 쪽으로 바싹 다가앉았다.

"미스터 신은 이번 사건으로 누가 가장 큰 이득을 봤다고 생각하십니까?"

"이득이라뇨?"

민규가 의아한 표정으로 되물었다.

"영부인 암살사건이 발생하게 된 시발점은 바로 김대중 납치사건이었습니다."

"김대중 납치사건이라고요?"

민규가 사무엘 기자의 얼굴을 빤히 쳐다봤다.

"네. 그 사건도 한국 정부는 북한의 소행이라고 발표했지만, 김대중 납치사건은 분명 박정희 대통령의 지시에 의한 것입니다. 그 후에 해외 여론은 한국 정부를 맹비난하기 시작했고, 한국 내에서는 유신 반대 시위가 일어났습니다. 그리고 전 국민의 비난이 쏟아지는 가운데 일본과 국교가 단절될 위기에 몰렸습니다. 뿐만 아니라 닉슨 독트린 발표에 따라 주한미군 철수를 우려한 박정희 대통령이 비밀리에 핵 개발을 추진한 사실까지 미 정보부에 들통나면서 미국과의 관계마저 악화일로를 걷게 됐습니다. 대한민국은, 아니 박정희 정부는 최악의 위기에 내몰렸지요. 왜 그런 시기에 북한이 남한 정부를 도와줄 일을 꾸미겠습니까? 한국에 쏟아지던 비난의 화살이 고스란히 자신들을 향할 텐데요?"

"남한 정부를 도와주다니요?"

사무엘 기자는 눈을 반짝이며 말을 이었다.

"북한에서 보낸 문세광이 영부인을 암살했다는 보도가 나가자 어떻게 됐습니까? 김대중 납치사건으로 한국 정부를 맹비난하던 세계 여론이 동정론으로 뒤바뀌고, 유신 반대를 외치던 국민들은 다시 반공으로 똘똘 뭉쳤으며, 단절의 위기까지 치닫던 일본과의 국교 문제는 한국 언론이 국민들의 반일감정을 부추겨서 국교를 정상화할 좋은 명분을 만들어가고 있지 않습니까? 수세에 몰린 한국이 이보다 확실히 전세를 역전할 방법이 있을까요?"

"음……."

민규는 신음을 흘리며 생각에 잠겼다.

"그러니까 한국 정부가 궁지에서 벗어나기 위해서 퍼스트레이디를 희생시켰다…… 그겁니까?"

"가장 큰 이익을 얻는 쪽이 누구냐 생각해야 합니다. 이익은 언제나 가장 큰 동기니까요."

"네. 일리는 있습니다만, 한국적인 정서를 고려하지 않고 정황만으로 너무 극단적인 결론을 내린 건 아닌지……?"

사무엘 기자는 의자에 등을 기대며 다리를 꼬았다.

"후후후…… 미스터 신, 당신은 나를 질책하러 이곳에 온 건 아니시죠?"

"아! 물론 아닙니다. 전 단지 변호에 필요한 증거를 확보하려는 것뿐입니다. 심증이나 정황은 법정에서 효력을 발휘하지 못하기 때문입니다."

"정황뿐만이 아니라 문세광이 저격범이 아니라는 결정적인 증거가 나에게 있습니다."

"혹시…… 영부인이 쓰러진 방향을 두고 하시는 말씀인가요?"

순간, 사무엘 기자가 놀란 눈으로 민규를 쳐다봤다.

"그, 그걸 어떻게……?"

"역시 그랬군요……."

민규가 실망한 듯 깊은 한숨을 쉬고 말을 이어갔다.

"그것이 결정적인 근거라면 방향을 바꿔야 할 겁니다. 사실 저도 그 점이 의문이었는데, 당시 수술 집도의를 통해 영부인의 총상은 좌측 두부 관통상이란 걸 확인했습니다. 지금으로선 문세광이 진범이라고 말할 수밖에 없습니다."

"그럴 리가……."

사무엘 기자가 당혹스러운 표정을 감추지 못했다.

"충격에 의한 척추의 반동으로 몸이 반대로 젖혀진 것뿐이라고 집도의가 증언했습니다."

"아!"

신음에 가까운 탄식을 내뱉은 사무엘 기자는 할 말을 잊은 듯 멍하니 민규를 바라봤다.

"물리적인 부분만 생각했던 저도 아주 당혹스러웠습니다."

"그랬군요. ……저희도 다시 한번 분석을 해봐야겠습니다."

사무엘 기자는 못내 의문이 가시지 않는 표정이었다.

"혹, 새로운 사실을 알게 되면 연락 주십시오. 그럼……."

민규가 자리에서 일어나며 말했다.

"네, 알겠습니다."

민규와 사무엘 기자가 악수를 나눴다. 저만치서 신문을 보며 두 사람을 흘끔거리던 사내의 눈빛이 번뜩였다.

경고

민규는 맥 빠진 모습으로 사무실에 들어왔다. 책상에 서류를 내려놓으며 앉으려는데 사무실에 평소와 다른 기운이 감돌았다. 주위를 둘러보니 모두 긴장한 모습으로 쥐 죽은 듯 조용했다.

"무슨 일 있어?"

민규가 묻자 지연이 잰걸음으로 다가왔다.

"회의실에서 경호계장이 기다리고 있어요. 청와대……."

"왔군!"

"무서웠어요. 변호사님을 찾으면서 얼마나 난리를 치던지……."

민규는 피식 웃으며 자리에서 일어났다.

"드디어 미끼를 물었어."

퐁!

듀퐁 라이터의 경쾌한 금속음과 함께 담배에 불이 붙었다. 담배를 쥔 두툼한 손가락, 불룩한 배, 튀는 색깔 넥타이, 늘어진 턱살, 얇고 매정해 보이는 입술을 민규는 찬찬히 훑어봤다. 하이칼라 머리를 한 사내가 거만한 표정으로 민규를 노려봤다.

"계장님은 징계를 받으신 분 같지 않군요."

경호계장이 같잖다는 듯 피식 웃었다.

"날 찾은 이유가 뭔가? 경호 문제?"

민규의 눈이 흔들림 없이 그를 직시했다.

"혹시 '경호 64'라는 말 들어보셨나, 변호사 양반?"

민규는 말없이 그의 눈을 쳐다봤다.

"알 리가 없겠지……. 민간인이 60퍼센트, 경호를 맡는 요원들이 40퍼센트라는 얘기지. 즉, 60퍼센트의 방어벽은 바로 민간인들이야. 인간방패…… 광복절 경축식장에서도 철저하게 '64'가 지켜졌기 때문에 각하께서 당하지 않은 거야! 알기나 해?"

경호계장은 마치 아이를 훈계하는 듯한 말투였다.

"그렇습니까? 참 장하시군요."

민규가 빈정거리자 경호계장은 입가에서 미소를 거두며 얇은 입술을 질근거렸다.

"계장님이 행사 전날 경호경비 지침을 싹 바꾸셨더군요. 덕분에 초대받지 않은 불청객이 비표도 없이 총을 들고 모든 관문을 통과할 수 있었습니다."

"이봐!"

계장이 버럭 소리를 질렀다.

"대체 누굽니까?"

"너 죽고 싶어!"

"누구의 지시였습니까?"

"그건 각하의 지시였어!"

순간, 민규의 동공이 커졌다. 얼굴이 벌겋게 달아오른 경호계장이 흥분을 가라앉히려는 듯 거친 숨을 내쉬고는 말을 이었다.

"지난달 말에 세종문화회관에서 '성웅 이순신' 공연이 있었어. 각 나라의 대사관 가족들을 초청했는데 우리 직원이 대사 부인들의 핸드백까지 뒤져서 항의하는 사건이 있었지. 각하께선 노발대발하셨고, 그 일로 경호과장님이 외국인에 대해 과잉경비를 하지 말라는 지침을 내렸던 거야!"

민규가 피식 웃음을 삼켰다.

"그 일로 지침을 바꿨다……. 그런데 참 기막힌 우연이군요. 문세광은 마치 바뀐 지침을 미리 알았다는 듯 아무 제재 없이 사건을 저지를 수 있었으니 말입니다."

당장 폭발할 듯 계장의 눈가에 경련이 일었다.

"그럼 경호실에서 탄두 수거 지시를 내린 이유는 뭡니까? 그것도 각하가 시킨 겁니까? 이 사건은 시경 관할로 알고 있는데 도대체 뭘 감추고 싶었던 겁니까!"

민규가 살기 가득한 눈으로 경호계장의 코앞에 바짝 얼굴을 들이댔다.

"너 이 새끼 빨갱이야? 국선변호인 주제에 시건방지게 누구한테 나불거려!"

"당신들 생각에 반대하면 무조건 다 빨갱입니까?"

민규는 한 치도 물러서지 않았다.

"뭐 임마! 문세광이 변호하는 시늉만 하면 네 임무는 끝이야! 주제를 알아야지, 어디라고 건방지게 나불거려! 다치고 싶어?"

계장이 벌떡 일어나 고함을 질러댔다. 그에 질세라 민규도 일어나 독기 오른 눈으로 그를 노려보았다.

"청와대에 있으면 사람이 다 우스워 보이나? 당신과 문세광이 얘기를 나누고 그를 범행 장소까지 직접 안내하는 걸 목격한 증인들이 있어! 그날은 모든 좌석이 만석이었지. 그런데 비어 있던 B열 214번, 문세광이 앉았던 좌석은 원래 누구 자리였지? 그것도 외국인을 위한 배려였나?"

순간 경호계장이 흠칫했다.

"이…… 이봐!"

"당신을 증인으로 신청해서 살인 방조, 직무유기를 밝혀낼 테니 법정에서 봅시다!"

경호계장은 당황한 표정이 역력했지만 이내 비릿한 웃음을 흘렸다.

"야, 지금 네가 하는 일이 애국이라고 생각하나? 아니야…… 때론 물 흐르듯 내버려두는 것이 국민의 안전과 사회질서에 도움이 될 수 있는 거야."

민규가 피식 웃으며 대꾸했다.

"안전과 질서? 아마도 당신들의 권력을 안전하게 유지해주는 거겠지, 국민이 아니라!"

"뭐야? 너 이 새끼! 정말 다치고 싶어?"

"내가 하는 짓이 당신들이 말하는 그 애국이 아닌지는 몰라도! 국민은 진실을 알아야 할 권리가 있어!"

민규는 더 들을 말이 없다는 듯 단호히 일어나 등을 돌렸다. 등 뒤에서 계장이 살기가 도는 웃음을 입속으로 흘렸다.

"이봐! 다친다는 건 너만이 아닐 수도 있어."

섬뜩한 경고에 멈칫하던 민규는 그대로 회의실을 나와버렸다. 그러곤 눈에 띄는 서류철을 집어 들어 책상을 후려쳤다. 직원들이 기겁하며 민규를 바라봤다. 그는 분노를 이기지 못한 채 책상을 붙잡고 고함을 질렀다.

"개새끼들!"

음모의 실체

TV에서 9시 뉴스 앵커의 목소리가 흘러나왔다.

"고 장봉화 양의 사인이 수사당국의 추가조사 결과, 경호원의 오발에 의한 총격으로 사망했음이 밝혀졌습니다. 다음…….'"

영진과 사무장이 어처구니없어하며 헛웃음을 터뜨렸다.

"참 자세히도 보도한다. 씨불눔들…… 장봉화가 땅에 묻힌 지 벌써 2주가 넘었는데 이제야 사인이 밝혀졌다고?"

영진이 화를 감추지 않고 분개하자 옆에 있던 사무장이 한숨을 내쉬었다.

"저것도 신 변호사님 아니었으면 그냥 넘어갔을 사람들입니다."

뉴스가 이어졌다.

"한편, 이번 사고의 책임을 물어 박종규 경호실장이 해임되고 차지철 의원이 후임 경호실장에 임명되었습니다. 차지철 경호실장은 이번 사건을 조속히 마무리…….'"

"허허······ 결과적으로 어린 여고생의 죽음이 나는 새도 떨어뜨린다는 경호실장까지 갈아치운 셈이 됐군요."

사무장의 말에 TV 화면을 유심히 보던 영진이 한마디를 보탰다.

"근데 저 양반······ 인상이 별로 좋아 보이지가 않네요."

차지철 경호실장의 다부진 모습이 화면에 잡히고 있었다.

"자네가 이번 사건을 맡게 된 게 진짜 빽빽이었다고 생각하나?"

윤 대표가 민규를 불러 앉혀놓고 굳은 표정으로 물었다.

"아닐 거라고 예상은 했습니다."

"우리 법률사무소에서 자네만큼 전패한 변호사가 있었나?"

"무슨 말씀을 하시려는 겁니까?"

"난 자네에게 기회를 주고 싶었던 거야! 그래서 변협에 자네를 적극 추천한 거라고."

"그랬군요. 감사합니다······."

"근데 왜 사람을 난처하게 만드나?"

"네? 난처하게 만들다니요?"

윤 대표가 미간을 좁히며 단도직입적으로 말했다.

"자넨 내가 무슨 소리를 하는지 잘 알 걸세. 더 이상 말 돌리지 않겠네. 일이 더 커지기 전에, 처음 계획대로 양심선언하고 손을 떼."

"죄송합니다만, 그렇게 못 하겠습니다."

윤 대표는 뜻밖의 대답에 흠칫했다.

"뭐? 그렇게 못 해?"

"말씀대로 처음엔 사심을 갖고 시작했지만, 이젠 사건에 최선을 다하려고 마음먹었습니다."

"정신 차려! 문세광이는 현행범이야! 이 사건은 문세광의 단독 범행이고, 단순한 경호 실패란 말이야!"

"법조계에 계신 분이 어떻게 그리 속단을 하시죠?"

"뭐…… 뭐? 소…… 속단?"

윤 대표는 민규의 당돌함에 말문이 막혔다.

"그런 쓸데없는 호기는 자네 앞날을 막아."

"제 앞날보다는 주변 사람들, 그리고 아이의 앞날을 생각하기로 했습니다. 검찰도, 나라도 안 하니까 저라도 한번 해보렵니다."

윤 대표가 답답한 듯 깊은 한숨을 내쉬고는 민규를 노려봤다.

"이봐, 이미 벌어진 결과를 두고 국익을 위해 정부가 유리하게 이용하려는 측면은 있어. 하지만 국민들은 지금 국모를 잃고 슬퍼하고 있다고. 더 이상 영부인의 죽음을 모욕하지 말란 말이야."

"고인의 죽음을 헛되지 않게 하기 위해서라도 그분을 죽음으로 내몬 배후를 밝히려는 겁니다. 무엇이 잘못됐단 말입니까?"

"정신 차려! 그건 자네가 나설 일이 아니라 검사가 할 일이야! 자넨 피의자의 국선변호인이야!"

"검찰이 왜곡된 수사로 진실을 덮을 땐 변호인이라도 밝혀야 하지 않겠습니까?"

"정 맘대로 하고 싶으면 피해 주지 말고 혼자 나가서 해!"

윤 대표가 격앙되어 고함을 질렀다.

"좋습니다! 그렇게 하겠습니다!"

민규는 망설임 없이 자리에서 벌떡 일어났다. 윤 대표는 한 치도 물러서지 않는 민규의 태도에 당혹스러움이 역력했다.

"이 사람아, 이 나라에서 누가 그런 음모를 꾸밀 수 있다고 생각하나? 자네 지금 각하를 의심하나?"

윤 대표가 하소연하듯 태도를 누그러뜨렸다.

"저도 그렇게 생각하고 싶지 않습니다. 하지만 히틀러가 유럽을 지배할 때 했던 말이 뭔지 아십니까?"

"……?"

"대중은 큰 거짓말일수록 더 잘 속는다……. 어설픈 거짓말보다 상상할 수 없는 엄청난 거짓말일수록, 사람들은 설마 하는 생각에 더욱 믿는다는 말입니다."

"이 친구가 정말!"

윤 대표가 버럭 고함을 질렀다.

"지금 거짓이 진실이 되고, 진실이 거짓으로 탈바꿈하는 이 세상에 대체 뭘 믿고, 뭘 믿지 말아야 한다는 겁니까!"

윤 대표는 끝내 말문이 막혔다.

"저 역시 그분이 아니기를 누구보다 바랍니다. 하지만! 저는 제 바람이 아닌 진실을 알아야 하기에 여기서 멈출 수 없다는 겁니다."

윤 대표는 넋이 나간 듯 눈을 끔벅이며 민규를 바라봤다.

"그간 지도편달 감사했습니다. 그럼 전 이만⋯⋯."

민규가 뒤돌아 나가려는데 윤 대표가 나직이 말했다.

"자네가 하는 일이 어떤 결과를 초래할지 몰라서 그래? 미래를 이렇게 날려버릴 텐가?"

"그래서⋯⋯ 저희 아이의 미래가 바뀔 수 있다면, 손해 보는 장사는 아니죠."

민규는 고개 숙여 인사하고 윤 대표의 방을 나섰다. 안타까운 눈빛으로 그가 나간 문을 한동안 바라보던 윤 대표가 허탈한 웃음을 토해냈다.

사무장 이하 직원들이 울상이 돼 민규를 바라봤다. 민규는 책상 서랍 속에 넣어둔 서류들을 정리했고, 영진과 덕배가 그 옆에서 물품 정리를 도왔다. 보다 못한 사무장이 입을 열었다.

"꼭 이렇게까지 하셔야 합니까?"

"고생들 하셨는데⋯⋯ 제 능력이 여기까지밖에 안 되네요."

직원들은 한숨만 쉴 뿐이었다. 이윽고 정리를 마친 민규가 사무장에게 악수를 청했다.

"그간 정말 고마웠습니다."

"하직 인사하는 분 같네요. 도움이 필요하시면 언제든 말씀하세요. 신 변호사님 일이라면 항상 준비가 돼 있습니다."

사무장이 애써 미소를 지었다. 그때 김지연이 다가와 책을 한 권 내밀었다.

"뭐지?"

"저…… 윤 변호사님이 갖다 드리라고……."

받아보니 존 F. 케네디 암살사건을 다룬 책이었다.

"참고가 되실 거랍니다."

윤 대표의 속 깊은 배려에 민규는 잠시 숙연해졌다.

"신 변호사님, 파이팅!"

이어 김지연이 주먹을 불끈 쥐고 파이팅을 보내자 민규가 피식 미소 지었다.

"너희들한테 피해가 갈지도 모르는데……."

영진과 덕배를 바라보며 민규가 안타까운 듯 말꼬리를 흐렸다.

"피해? 형사질도 잘렸는데 여기서 뭘 더 피해를 봐?"

영진이 다 내려놓은 듯한 표정으로 맞받아쳤다.

"그렇지만……."

"나중에 일 다 끝나면 덕배 이놈은 네가 거둬줘라. 그래야 나 고향 가는 길이 편해진다."

그 소리를 들은 덕배가 벌떡 일어났다.

"아니어유! 지도 배 형사님 따라갈 거구먼유."

"왜? 너도 농사짓게?"

영진이 어이없어하며 피식 웃었다.

"머, 감자 농사는 나름대로 자신 있는디……."

"감자 안 키워 임마!"

덕배가 무안한 기색 없이 눈을 끔벅이며 영진을 바라봤다.

"그래. 사무실이 없으면 어때, 집에서 하면 되지. 넌 나와 우리 부모님의 한을 풀어드릴 의무가 있다고!"

영진이 힘을 실어주듯 민규의 어깨를 두드렸다.

"그래, 고맙다. 이판사판 어디 한번 해보자."

민규가 미소로 답했다. 두 사람을 흐뭇하게 바라보고 있는 덕배를 향해 영진이 냅다 고함을 질렀다.

"임마 뭐 하냐, 짐 안 싸고!"

"아, 알았슈."

덕배가 이내 허둥거리며 짐을 싸기 시작했다. 민규는 가슴이 뭉클해서 말없이 그들을 바라봤다.

영진이 마지막 박스를 들어 올리는데, 펜을 담았던 통이 떨어지면서 볼펜 몇 개가 소파 밑으로 굴러 들어갔다. 박스를 내려놓고 허리를 굽혀 소파 밑을 더듬자, 전선이 연결된 작은 물체가 손에 잡혔다.

"어? 이게 뭐지?"

조심스레 금속 물체를 떼어내 살펴보던 영진이 화들짝 놀랐다.

"뭐야! 이거 도청장치 아니냐?"

영진이 경악하며 민규에게 도청장치를 건넸다.

"이런 쥐새끼들! 이러니 우리의 움직임이 다 읽혔지!"

민규는 피가 거꾸로 솟는 듯 도청기에 대고 고함을 질렀다.

"그래, 어디 한번 해보자, 이 개자식들아!"

민규가 도청기를 바닥에 내팽개치고 구둣발로 짓이겼다.

"워매, 멋진 거!"

덕배가 경이로운 표정으로 그 모습을 바라봤다.

이윽고 민규는 뭔가 결심한 듯 윗도리를 걸치고는 사무실을 나섰다.

"영진아, 나머지 정리 부탁해. 난 윤 박사 좀 만나볼게."

영진이 의아한 표정으로 민규의 뒷모습을 바라봤다.

패닉

"다…… 다시…… 한번 우리가 원하는 평화통일의 기본 원칙
을……."

화면에 박 대통령의 연설 장면이 반복적으로 재생되었다.

"명백히 천명하고자 합니다……. 평화통일을 위한 기본 원칙
은……."

민규의 오랜 친구인 정신과 전문의 윤호영 박사가 비디오 화면
을 유심히 관찰했다. 화면을 응시하던 윤 박사가 팔을 뻗어 일시
멈춤을 누르고는 무겁게 입을 열었다.

"지금 대통령은 정상적인 상태가 아니야. 카랑카랑하던 목소리
가 사건 직후에 한 톤 낮아지고, 떨리면서 더듬기 시작해."

민규는 한 손으로 턱을 괴고 이해가 된다는 듯 고개를 끄덕였다.
윤 박사가 다시 한번 화면을 재생했다.

"다…… 다시…… 한번 우리가……."

그가 화면을 멈추고 검지로 대통령의 입 주변을 가리켰다.

"그리고 이 부분, 대통령이 자꾸 입술이 타는 듯 입가에 침을 바르고 있어."

민규가 가까이 다가가 화면을 유심히 관찰했다.

"그뿐만이 아니야."

다시 화면이 재생됐다.

"다시…… 한번 우리가 원하는 평화통일의 기본 원칙을……."

윤 박사가 일시 멈춤을 누른 후 대통령의 눈에서부터 뺨 전체를 가리키며 분석을 계속했다.

"특히 이 부분을 보면, 무엇보다도 안면근육이 경직돼서 떨리고 있어."

"무슨 의미지?"

민규가 화면에서 눈을 떼지 않고 물었다.

"한마디로 패닉 상태지……."

"패닉?"

"너무 놀라서 정신적 공황상태라는 말이야."

민규는 비로소 긴장을 풀고 한숨을 내쉬었다. 말없이 그를 바라보던 윤 박사가 무거운 목소리로 말을 꺼냈다.

"민규야…… 네가 뭘 알아내려고 이러는지 짐작은 가는데…… 변호도 좋지만, 난 네가 많이 걱정된다. 너무 앞서가진 마라."

윤 박사가 안타까운 눈빛으로 민규를 쳐다봤다.

"다행이야……."

민규가 고개를 끄덕이며 나직이 중얼거렸다.

"그래, 다행이지. 내가 해줄 수 있는 말은, 대통령은 전혀 모르는 상황에서 사건이 벌어진 것만은 확실한 것 같다."

화면에는 대통령의 연설 장면이 정지 상태로 멈춰 있었다.

그렇다면 과연 어디란 말인가? 중정과 경호실, 양쪽을 다 움직일 수 있는 또 다른 힘이 존재한다는 말인가?

민규는 정지된 화면을 바라보며 머릿속이 더욱 혼란스러웠다.

사건의 열쇠

"새끼들! 이제야 꼬랑지를 내리는군."

민규의 집 거실에서 TV를 보던 영진이 툭 내뱉듯이 말했다. 책상 대용으로 쓰는 응접실 탁자에서 공판 서류를 정리하던 민규가 TV를 힐끔 쳐다봤다. 주요 뉴스를 내보내고 있는 중이었다.

"한편, 미국 정부의 적극적인 중재로 일본과의 국교가 다시 정상화되었습니다. 일본 외무차관이 영부인 피살사건에 유감을 표명하는 사과문을 발표했으며, 한국에 경제원조를 약조했습니다……."

민규는 충격을 받은 듯 멍하니 화면을 바라봤다. 영진이 그 모습을 힐끔 보며 물었다.

"왜 그래?"

"말한 대로 돼가고 있어."

"누구?"

"사무엘 제임슨……."

"외신기자?"

TV 화면에선 사과 성명을 마친 일본 외무차관이 허리 숙여 인사하고 있었다.

영부인 암살사건으로 한국이 가져갈 반사이익! 과연 모든 게 얼마 전 사무엘 기자가 말한 대로 돼가고 있다. 그의 말대로 사건 이후 하루가 멀다 하고 계속되던 유신 반대 시위가 자취를 감췄고, 한국 정부를 맹비난하던 해외 여론은 동정론으로 바뀌었다. 그리고 오늘, 일본 외무차관이 사과 성명을 발표하고 국교 정상화와 경제원조까지 약속했다. 그렇다면 사건 이후 가장 큰 반사이익은 박정희 정권이 가져가는 것일까? 영부인 피격사건은 결과적으로 한국 정부의 자작극이란 말인가? 박정희 대통령도 모르는?

그리고 문세광은 일본인도 아닌 한국 국적의 재일동포. 비자역시 한국영사관에서 내준 것이고 일본의 개입이 전혀 없는 사건임에도 일본 외무차관이 사과하고 경제원조까지 해주는 이유가 무엇일까? 단지 미국의 적극적인 중재 때문에?

꼬리를 물고 이어지는 의문에 민규는 머리가 지끈지끈 아팠다.

"전화 왔어요."

선옥이 한 손으로 수화기를 막고 민규를 불렀다.

"누…… 누구?"

"민철규라고, 당신 친구라는데……."

"뭐? 철규? 지금 민철규라고 했어?"

민규가 화들짝 놀라서 되물었다.

"민철규가 살아 있었단 말이야?"

그 옆에서 영진도 눈이 휘둥그레져서 민규를 쳐다봤다.

"뭐해? 빨리 전화 안 받고?"

영진이 재촉하자 민규가 얼른 수화기를 건네받았다.

"민철규? 철규니?"

사무엘 기자는 창문의 블라인드를 한 손으로 살짝 벌려 아래를 내려다보았다. 밖에는 아직도 양복 차림의 사내들이 그가 일하는 빌딩 위쪽을 힐끔거리며 얘기를 나누고 있었다.

"끄응……."

그의 입에서 신음이 터져 나왔다. 순전히 기자의 감으로 한국에 날아와서 광복절 기념식을 취재한 덕분에 그와 브루스는 각각 특종을 터트리는 행운을 거머쥐었다. 그러자 한국 정부는 '정부의 자작극'이라는 보도 내용을 문제 삼아 그들에게 거세게 항의하며 노골적으로 출국을 압박했다. 하지만 사무엘과 브루스는 뭔가 더 캐내겠다는 생각에 차일피일 출국을 미뤘다. 언제부턴가 그들은 일거수일투족을 감시당하기 시작했고, 시간이 갈수록 감시자들의 숫자는 점점 늘어나 그들을 옥죄었다. 이제는 저녁시간 이후에는 숙소를 벗어나는 것조차 두려울 정도였다.

"그자들 아직 철수 안 했어? 통금시간이 다 됐는데?"

턱을 괴고 앉아 자신이 촬영한 기념식 영상을 편집기로 모니터링하던 브루스가 물었다.

"아직 안 갔네. 날밤을 새려나……."

"우린 추방되겠지?"

"그러기 전에 뭔가 찾아내야 하는데……."

브루스는 아무 대답 없이 모니터에 시선을 고정하고 있었다.

"뭐 새로운 거 없어?"

사무엘이 다가가며 물었다.

"아무것도."

브루스가 지루한 듯 의자에 몸을 기대며 하품했다. 화면에는 사건 직전 대통령의 연설 장면과 총격 장면이 반복해서 나오고 있었다. 사무엘이 화면을 주시하며 다시 한번 물었다.

"사건이 일어나기 직전에 경호원이라든지 주변 인물들도 특이한 움직임이 없어?"

"몇 날 며칠 백 번도 넘게 봤지만 특이한 움직임은 전혀 없어."

피곤이 쌓인 듯 브루스가 안경을 벗고 두 손으로 눈 주변을 마사지했다. 사무엘이 안쓰러운 표정으로 그의 어깨를 토닥였다.

"커피 한잔 갖다 주지."

사무엘이 커피를 가져오려고 탕비실로 향했다.

브루스는 졸음이 몰려와 두 다리를 테이블 위에 포개고 등받이에 깊숙이 기댄 채 피로한 눈을 지그시 감았다. 또다시 사건 장면에 도달한 듯 총성이 터져 나왔다.

탕! 탕! 탕!

순간 브루스가 눈을 번쩍 떴다. 그는 자세를 바로 하고 급히 테이프를 되감은 후 마지막 총소리 부분만 천천히 돌렸다.

탕! 탕! 타—앙!

브루스는 온몸에 전율이 흐르는 것을 느꼈다. 다시 떨리는 손으로 마지막 총성을 한 프레임씩 천천히 돌렸다.

탕! 탕!

마지막 총성이 두 개로 분리된다!

"헉!"

브루스는 벌어진 입을 다물지 못하고 사무엘을 소리쳐 불렀다.

"이, 이봐! 쌤! 쌤!"

동작동 국립묘지 영부인의 무덤 앞엔 국화가 무더기로 쌓여 있었다. 거대한 향로에서 연기가 길게 피어올랐다. 두 남자가 무덤 앞으로 다가가 국화를 한 단씩 올려놓고 고개를 숙였다.

그늘로 자리를 옮긴 민규가 영부인의 묘지를 아련하게 바라보며 말을 꺼냈다.

"수배되고 나서 행방불명이라기에 죽은 줄만 알았다."

"내가 중정에 들어간 게 의외지?"

"민주투사와 중앙정보부 요원, 갭이 너무 크지 않나?"

철규가 피식 쓴웃음을 지었다.

민규와 철규 그리고 영진은 어린 시절 한동네에서 나고 고등학교까지 함께 다닌 막역한 친구 사이였다. 홀어머니와 살던 철규는 어릴 적부터 의협심이 남달라서 불의를 보면 참지 못하는 불같은 성격 때문에 다툼이 잦았고, 주먹다짐은 항상 영진의 몫으로 돌아가기 일쑤였다. 비상한 머리 덕에 고려대학교 사회학과에 진학한 철규는 의협심이 발동하여 학생운동에 열을 올렸고, 이내 민주투사가 되어 군사정권 타도를 외치며 대학생 데모를 주동하기 시작했다. 서울대 법대를 다니던 민규도 그와 뜻을 같이하여 데모에 동참하려 했으나 사전에 발각되어 미수로 그치고 말았다.

철규는 1964년 3월 24일 일어난 한일회담 반대 시위의 주모자로 지목되어 수배령이 떨어졌고, 전국을 떠돌아다니며 숨어 지내다 그해 말 부산에서 체포됐다는 소식을 마지막으로 소식이 끊겼다. 이후 그가 중앙정보부에 끌려가 맞아 죽었다는 둥 흉흉한 소문이 나돌았다. 그랬던 그가 무려 10년 만에 중앙정보부 요원이 되어 민규 앞에 나타난 것이다.

"……회유나 협박이었냐?"

"어머니를 혼자 남겨두고 싶지 않았다."

철규의 눈가에 얼핏 먹먹함이 비쳤다. 민규는 이해한다는 듯 고개를 끄덕였다.

"하지만 지금 상황을 보면…… 꼭 타의라곤 할 순 없겠지."

철규가 쓴웃음을 지으며 나직이 말했다.

"네가 우리 회사에 대해 의혹이 많은 것 같더구나."

"그러게…… 문세광이한테 협조를 많이 했더구나."

철규가 피식 웃었다.

"이유가 뭔지…… 누구의 지시였는지 정말 궁금했다. 혹시 나한
테 중정의 입장을 항변하러 온 거냐?"

철규가 잠시 생각에 잠기더니 뭔가 결심한 듯 민규의 눈을 똑바
로 쳐다봤다.

"민규야, 난 목숨을 걸고 너에게 온 거야. 이게 벼랑 끝에 몰린 내
친구를 도울 유일한 방법이라 생각했다."

민규는 말문이 막혀버렸다.

"그래, 네 추측대로 우린 오래전부터 문세광의 존재를 알고 있었
다. 일본 민단계에서 과격분자로 분류된 요주의 인물이었지."

철규가 머뭇거리다가 다시 입을 열었다.

"작년부터 그놈의 움직임이 심상치 않아 조사하고 있었는데, 갑
자기 문세광에 대해 손을 떼고 일절 거론하지 말라는 함구령이 떨
어진 거야. 그런데 그 명령을 내린 건 우리 회사의 상부가 아니었
어. 분명 위에서 명령이 하달됐는데 주체가 중정이 아니었던 거지."

"뭐? 그럴 리가……?"

"맞아. 사실이야. 결과적으로 우린 문세광에 대해 아무것도 못

하고 손을 놓을 수밖에 없었다."

철규가 숨을 크게 들이마시고 무겁게 입을 열었다.

"그리고…… 얼마 안 가서 그 사건이 터진 거야. 그런데……."

철규는 긴장한 듯 주위를 둘러보고는 민규의 눈을 똑바로 쳐다봤다.

지푸라기

"네? 사무장님, 뭐라고요?"

전화를 받는 민규의 목소리가 격앙됐다. 부지런히 사건 차트를 만들던 영진이 하던 일을 멈추고 민규를 바라봤다. 수화기를 내려놓은 민규가 무너지듯 소파에 주저앉았다.

"무슨 일인데?"

"청와대 경호과장이랑 계장, 둘 다 행방불명이란다. 해외로 도피한 것 같아."

"뭐?"

민규가 신경질적으로 증인 명단이 적힌 종이를 내던졌다.

"최종 공판이 낼모레인데…… 문세광이 갑자기 입을 열 리도 만무하고 증인도 없고…… 뭘로 싸우냐?"

민규가 신음에 가까운 한숨을 토해내며 고개를 떨궜다.

"만약에…… 증인을 못 찾으면 어떻게 되는 거지?"

영진이 조심스럽게 물었다

"완전히 뒤집을 수 있는 확실한 증거가 없으면 문세광에게 떨어질 형량은 하나밖에 없어."

"항소해서 시간을 벌 수 있잖아?"

"소용없을 거야…… 이렇게 공판을 서두르는 걸 보면 받아줄 리 없어. 빨리 사형을 집행해서 사건을 묻어버리려는 속셈이겠지."

"기다려봐. 덕배가 그 포드 렌터카를 몰았던 기사를 수배하러 갔으니깐…… 혹시 알아, 뭔가 알아낼지?"

"제발 그랬으면 좋겠다. 지푸라기라도 잡고 싶은 심정이니……."

민규가 기도하듯 두 손을 포갠 후 얼굴을 얹었다. 불안감을 떨치고자 크게 심호흡을 하며 소파에 기대는데, 문득 책장에 꽂힌 책 한 권이 눈에 들어왔다. 윤 대표가 준 존 F. 케네디 암살사건을 다룬 책이었다.

"지푸라기……."

중계동 야산 전체에 일명 하꼬방이라 불리는 판잣집들이 마치 성냥갑 안의 성냥개비들처럼 촘촘히 붙어 있었다. 길은 모두 언덕으로 이어져서 야산 위쪽에 붙은 집으로 가려면 마치 산을 오르듯 힘겨웠다.

판자촌을 찾은 덕배는 가뜩이나 육중한 몸을 이끌고 헐떡거리며 언덕을 기다시피 올라갔다. 주소가 적힌 쪽지를 보며 근방을 기웃거리던 그의 시선이 쓰러질 듯 보이는 작은 판잣집에 가 머물렀다. 덕배는 판자에 하얀 페인트로 대충 써 갈긴 주소를 손에 든 쪽지와 다시 한번 비교한 후 반쯤 열린 문을 조심스레 두드렸다. 이내 열린 문틈으로 머리숱이 없고 깡마른 사내가 얼굴을 내밀었다.

"누구쇼?"

사내가 덕배를 위아래로 훑으며 물었다.

"황수동 씨예유?"

"그…… 그런데요?"

"변호사 사무실에서 왔는디유, 뭣 좀 물어볼라는디……"

사내는 이내 경계하는 눈빛으로 변했다.

"뭘……요?"

"저번 광복절에 조선호텔서 문세광이 태웠지유?"

"그…… 그 일이라면 더 할 말 없수다!"

사내가 안색이 차갑게 변하며 문을 닫으려 하자 덕배가 우악스러운 손으로 문을 움켜잡았다.

"에이, 왜 이러세유. 우린 아저씨 강제로 소환할 수도 있어유. 좋게 좋게 협조하는 게 날 턴디……"

황 기사는 이내 얼굴이 노랗게 변하며 호소하듯 말했다.

"미치겠네……. 뭘 더 알고 싶은 거요? 다 얘기했구먼!"

"음마! 우리하곤 아직 시작도 안 했는디?"

"아, 정말 미치겠네!"

황 기사는 불안한 눈빛으로 어쩔 줄 몰라 했다.

"이거 정말로 비슷하군……."
소파에 누워 책을 읽던 민규가 혼잣말로 중얼거렸다.
"리 하비 오스왈드라……. 완전 미국판 문세광이군."
책장을 넘기던 민규의 눈에 한 대목이 확 들어왔다.

오스왈드는 다른 교도소로 호송되던 중 잭 루비라는 인물이
쏜 총에 맞아 숨졌다. 이로 인해 모든 단서가 사라지고 사건
은 미궁에 빠졌다.

민규는 뭔가 생각난 듯 벌떡 일어나 테이블 아래 쌓아둔 책과 서류들을 정신없이 뒤지기 시작했다. 그리고 마침내 커피로 얼룩진 국립극장 좌석배치도를 찾아내 급히 펼쳐보았다. 문세광이 제압된 지점에서 장봉화의 좌석 D열 86번까지 선이 쭉 그어져 있었다. 선을 긋다가 커피를 쏟는 바람에 중단한 일이었다. 민규는 자와 펜을 들고 떨리는 손으로 다시 장봉화의 좌석에서 문세광이 제압된 지점 쪽으로 선을 긋기 시작했다. 놀랍게도 선은 문세광이 체포된 지점을 지나 무대 좌측으로 쭉 이어졌다.
"헉!"
그의 입에서 숨이 막히는 듯한 탄성이 터져 나왔다.

덕배와 함께 집 근처 공터로 자리를 옮긴 황 기사는 불안한 듯 쉴 새 없이 주변을 두리번거렸다. 그의 불안한 심기를 읽은 덕배는 황 기사가 사건의 배후와 직접적인 관련이 있을 거라는 확신이 들었다.

"그래서유?"

덕배의 압박에 못 이겨 황 기사가 마지못해 말문을 열었다.

"그때가…… 아침 8시 40분쯤이었는데, 렌터카에 손님을 모시고 조선호텔 정문에 내려줬어요. 마침 도어맨이 잠시 기다리라고 해서 기다렸죠. 그때 그놈의 문세광이가 나왔고, 도어맨이 그자를 국립극장까지 모셔다드리라는 거예요. 마침 예약 손님도 없고 해서 국립극장으로 출발했지요. 차 안에서 그놈이 5,000원짜리 두 장을 주면서 하는 말이, 극장 입구에서 하차할 때 문을 열어주고 인사를 해달라는 거예요. 나야 돈을 준다니 놈이 시킨 대로 했죠. 그게 다예요. 그런데 아, 그놈이 우리 국모를 죽인 암살범일 줄이야 누가 알았겠습니까? 세상에 그런 쳐죽일 놈! 에잇!"

황 기사는 자기가 몹시 분노한다는 사실을 온몸으로 표현했다. 덕배는 유난스러운 그의 모습을 미심쩍은 눈으로 바라봤다.

"그럼 말이유…… 혹시 조선호텔에 처음 내려준 사람하고 문세광이 아는 사이 같진 않았슈?"

"예? 그…… 그럴 리가요."

황 기사의 얼굴에 당황한 기색이 역력했다.

"근디 요상한 건, 마침 그때 조선호텔엔 렌터카가 없었다네유.

그리고 기사님이 딱 고 시간에 조선호텔로 갔구유. 만약 그 시간에 조선호텔에 가질 않았다면 문세광인 영부인을 암살할 수 없었다는 얘기지유. 국립극장에 갈 차가 없어서⋯⋯. 그쥬?"

"허허⋯⋯. 뭐 그게 그렇게 됐네요. 참 내, 우연이란⋯⋯."

황 기사가 어색하게 웃으며 이마에 흐르는 땀을 손으로 연신 훔쳐냈다.

"근데유, 정말 희한한 우연이 또 있더라구유. 그때 아저씨는 정식 기사도 아닌 스페어 기사였잖아유. 왜 그날 정식 기사도 아닌 아저씨가 하필 운전을 하게 됐냐 이거지유."

"그, 그건⋯⋯ 공휴일이라 아무도 안 나와서 그랬죠."

"맞아유. 저도 그렇게 생각했는디, 그렇지 않더라구유. 그날 정식 기사들이 대부분 출근을 했더라구유. 근디 워째서 질루 고급 차를 스페어 기사인 아저씨헌티 맡겼을까유?"

"그, 그건⋯⋯."

진땀을 훔치던 황 기사는 더 이상 말을 잇지 못했다. 덕배는 드디어 걸려들었다 싶어 속으로 쾌재를 불렀다.

"아저씨, 그때 아들내미가 뺑소니를 당해서 병원에 오랫동안 입원했쥬? 을매나 고심이 많았것슈⋯⋯ 에구⋯⋯."

황 기사의 얼굴이 이내 흙빛으로 변했다.

"근디, 그 후에 병원비를 한 방에 지불하고 퇴원을 했더라구유."

황 기사가 경악한 표정을 감추지 못했다.

"돈이 솔찬히 들었을 텐디…… 복권이라도 당첨되셨나 봐유?"

황 기사가 안절부절못하자 덕배는 더 이상 할 말이 없다는 듯 벌떡 일어나 엉덩이에 묻은 먼지를 툭툭 털었다.

"머, 지한티 말하고 싶지 않은가 본디…… 법정으로 부를 테니까 그때 가서 깔끔히 얘기하셔유."

덕배가 자리를 뜨려 하자 황 기사가 그의 팔을 잡고 울먹였다.

"선생님, 제발 절 좀 내버려두세요. 그분이 입 밖에 내면 쥐도 새도 모르게 사라질 수 있다고 했어요!"

"그러니께 그게 누구냔 말여유? 알아야 보호해주든 말든 할 것 아니예유?"

"그, 그게……."

황 기사가 울먹이며 입을 열기 시작했다.

"안녕~ 내일 봐!"

수업을 마치고 나온 영재가 친구들에게 손을 흔들었다. 그러고는 뒤돌아 집으로 향하려는데, 어두운 그림자가 영재의 앞을 막아섰다.

"네가 신영재니?"

목소리를 따라 위를 올려다보았지만, 햇빛이 눈부셔 남자의 얼굴이 잘 보이지 않았다.

"네……."

영재는 눈을 찌푸리며 수줍게 답했다.

평일의 놀이공원은 텅 빈 듯 한산했다. 모든 놀이기구가 멈춰 선 가운데 유일하게 돌아가는 회전마차의 불쾌한 쇳소리와 늘어진 카세트테이프에서 흘러나오는 음악 소리가 불길한 화음을 만들어 내고 있었다. 영재는 아랑곳하지 않고 신나는 표정으로 마차에 올라타서 손을 흔들었다. 멀리서 영재를 지켜보던 사내 중 하나가 손을 흔들어 화답했다. 날카로운 눈매의 사내, 얇고 매정한 천 과장의 입가에 비릿한 미소가 감돌았다.

탁! 탁! 탁!

덕배의 낡은 운동화가 언덕길을 전속력으로 내달렸다. 눈빛은 분노로 이글거리고 어금니가 부서질 듯 이를 악물었다.

"이 개새끼들! 느그들은 딱 걸렸쓰!"

언덕 아래 공중전화를 발견한 그는 허겁지겁 전화기 앞으로 달려갔다. 거친 숨을 몰아쉬며 주머니에서 동전을 꺼내려는데, 마음이 급한 나머지 동전을 흘리고 말았다.

"니미!"

덕배가 동전을 주우려고 허리를 숙이는 순간, 멀리 언덕 위에 주차된 트럭이 서서히 그가 있는 쪽으로 움직이기 시작했다. 그는 동전을 넣고 다급하게 다이얼을 돌렸다. 그때, 언덕 아래로 내려오던 트럭이 갑자기 속력을 내기 시작했다.

"여보세요? 배 형사님? 저 덕뱁디유!"

요란한 엔진의 괴성에 고개를 돌리는 순간, 피할 새도 없이 트럭이 그대로 밀고 들어왔다.

"으악!"

덕배의 외마디 비명과 동시에 트럭이 '쾅!' 소리를 내며 공중전화를 박살 내버렸다.

전화기 옆에 바짝 붙어선 민규는 연신 줄담배를 피웠다. 선옥은 벽에 기댄 채 넋이 나간 듯 흐느끼고 있었다. 보다 못한 민규가 아내가 다가갔다.

"경찰에 연락해놨으니 괜찮을 거야."

어깨를 감싸주려 하자 선옥이 그의 손을 강하게 뿌리쳤다.

"이 모든 게 당신 탓이에요!"

분노와 원망이 뒤섞인 아내의 눈빛에 민규는 뭐라 대꾸할 말을 찾지 못했다.

그때 초인종 소리가 울렸고, 민규와 선옥이 반사적으로 튀어나갔다. 문을 열자 영재가 해맑게 웃으며 서 있었다.

"영재야!"

선옥이 울음을 터트리며 영재를 끌어안았다. 아이의 손에 장난감과 과자가 잔뜩 들려 있었다. 그때 민규의 머리에 번뜩 스치는 것이 있었다. 그는 급히 창가로 달려가 밖을 내다봤다. 눈에 익은 검은 승용차가 골목을 유유히 빠져나가고 있었다.

"이 새끼들!"

민규는 아랫입술을 질끈 깨물었다.

영재는 엄마가 우는 까닭을 모르겠다는 듯 의아하게 바라보다가 금세 싱글벙글하며 장난감을 내보였다.

"엄마, 이거 봐라. 아빠 친구들이 맛있는 것도 사주고 놀이공원에도 갔다 왔어."

"이놈 자식! 누가 모르는 사람 따라다니래!"

감정이 북받친 선옥이 영재의 엉덩이를 찰싹찰싹 때렸다. 영문을 모르는 영재가 울음을 터뜨렸다. 민규가 다가가 안아주려 하자, 선옥이 그의 손을 밀어내고는 경멸의 눈초리로 노려봤다.

"애한테서 손 떼요! 우리 가족이 당신 때문에 손가락질당하고 위협받는 거 상관이나 해요? 난 더 이상 당신하고 못 살아요!"

"여보……."

선옥은 말을 더 들으려 하지 않고 영재의 팔을 잡고 일어났다.

"어서 옷 갈아입고 외할머니댁으로 가자!"

"엄마……."

영재는 엄마의 눈치만 보고 있었다.

"싸우려면 당신 혼자 싸워요! 더 이상 가족에게 피해 주지 말고!"

민규는 입 한번 벙긋하지 못하고 멍하니 서 있었다. 선옥은 아빠를 부르며 우는 영재를 잡아끌고 안방으로 들어가버렸다.

민규는 맥이 빠져 무너지듯 소파에 주저앉았다. 그때 전화벨이 요란하게 울렸다. 영재 일로 파출소에 찾아간 영진일 거라 생각하며 수화기를 들었다.

"응, 영진아. 영재는 무사히…… 뭐?"

수화기를 잡은 민규의 손이 파르르 떨렸다.

민규는 창백한 얼굴로 영안실 문을 열었다. 하얀 천으로 가려진 덕배의 시신 앞에서 영진이 넋 나간 사람처럼 주저앉아 흐느끼고 있었다.

"덕배야…… 덕배야…… 이놈아!"

영진은 민규를 보자마자 끌어안고 더욱 큰 소리로 울부짖었다.

"민규야, 저 새끼 불쌍해서 어떡하냐? 어떡하냐고오?"

민규가 앞으로 다가가자 영안실 직원이 흰 천을 젖혔다. 덕배의 얼굴은 형체를 알아볼 수 없을 정도로 짓이겨져 있었다.

"악!"

민규는 외마디 비명을 지르며 그 자리에 주저앉았다.

넋이 빠진 듯 비틀거리며 영안실을 나서려는데 뒤에서 영진이 울부짖었다.

"민규야…… 저놈 어떡하냐, 응? 흑흑…….."

말없이 벽에 기댄 민규가 흐느끼기 시작했다.

"누구야, 이 개새끼들! 뭘 숨기려고 사람까지 죽이는 거야!"

영진은 정신을 놓은 사람처럼 분을 참지 못하고 벽에다 주먹을 내질렀다.

그들의 비통함을 아는지 하늘에서 비가 내렸다. 두 사람은 고개를 숙인 채 힘없이 빗속을 걸었다. 비틀거리며 걷다가 이내 무너지듯 쓰러져 하늘을 향해 울부짖었다.

"으…… 아아아!"

그들의 절규에 답하듯 분노한 하늘이 천둥, 번개와 함께 요동치기 시작했다.

백기 투항

변호사협회 사무실에서 긴급 기자회견이 열렸다. 민규가 그간 영부인 암살사건에 대한 의문점을 언론을 통해 몇 차례 제기한 바 있었기에 이를 기대하고 온 기자들로 자리가 가득 메워졌다.

민규가 회견장에 입장하자 곳곳에서 카메라 플래시가 터졌다. 허리 숙여 인사한 후 고개를 드는데 얼굴이 병자처럼 초췌했다. 잠시 넋이 나간 듯 멍하니 서 있던 그가 미리 준비한 기자회견문을 읽기 시작했다.

"저 신민규는, 문세광의 변호인이기 이전에 대한민국 국민의 한 사람으로서 영부인을 절명에 이르게 만든 죄인 문세광을 증오하는 사람 중 하나임을 이 자리를 빌려 분명히 말씀드리고 싶습니다."

이때 뒤늦게 기자회견장에 도착한 사무엘 제임슨 기자가 황급히 기자들 사이를 비집고 들어와 앉을 자리를 찾아 두리번거렸다.

"그간 미궁에 빠진 사건 운운했던 저의 발언은 단지 피고인 문세광의 변호인으로서 역할을 충실히 이행하고자, 그의 모든 행적을 철저히 조사하는 과정에서 비롯된 오해일 뿐, 결코 사실이 아님을 알려드립니다."

의자에 앉으려던 사무엘 기자가 깜짝 놀라서 민규를 쳐다봤다. 회견장을 둘러보자 기자 외에 정부 요원으로 보이는 사내들이 군데군데 배치되어 있었다. 잠시 고민하던 사무엘은 가방에서 메모지를 꺼내 급히 뭔가를 쓰기 시작했다.

"다만 본인은 피고인의 형량을 줄이고자 하는 변호인의 기본적인 의무는 충실히 이행할 것임을 말씀드립니다. 그간 본의 아니게 사건의 본질을 흐리는 의문점을 여러 차례 제기하여 물의를 빚은 점, 거듭 사과드립니다. 이상입니다."

민규는 회견문을 접어 양복 안주머니에 넣고 기자들 사이로 천천히 걸어 나왔다. 사방에서 터지는 카메라 플래시와 기자들의 수많은 질문이 마치 멀리서 들려오는 메아리처럼 아득했다. 다리에 힘이 풀려 후들거렸지만 서둘러 회견장을 빠져나가고 싶은 마음뿐이었다.

이제 모든 것을 놓고 싶었다. 아니, 한마디로 졌다고 외치고 싶은 심정이었다. 이제야 비로소 그들에게 자신의 완패를 인정했다는 생각이 들었다. 그간 얼마나 많은 경고를 받았던가. 김 검사의 입을 통해서, 그리고 항상 집 앞에서 자신을 감시하던 자들을 통해서. 또한 경호계장의 말대로, 다치는 것은 자신만이 아닐 수 있다는 말이 단순한 경고가 아님을 그들은 여실히 보여줬다.

국가원수의 아내를 암살하는 상상도 할 수 없는 존재들에겐 자신과 같은 하찮은 인간에게 위해를 가하는 것이 일도 아닐 것이다. 그들의 경고를 무시하고 호기롭게 달려든 자신이 참으로 한심하고 초라하게 느껴졌다. 덕배의 죽음도 결국 돈키호테와 같은 자신의 무모함이 초래한 결과가 아니던가. 자신을 믿고 따르던 덕배를 죽음에 이르게 했다는 죄책감이 그를 괴롭혔다.

어쩌면 이것은 시작에 불과한 것인지도 모른다. 그들에게 맞서려 할수록 더 끔찍한 희생이 따를 것이다. 아무것도 모르는 순진한 아이를 데려갔다가 집으로 데려다준 것은, 다음 희생양이 영재가 될 수 있다는 소름 끼치는 경고일 것이다.

지난밤 민규는 오한과 고열에 시달리며 뜬눈으로 밤을 새웠다. 걸음을 옮기기 힘들 정도로 몸이 무거웠지만, 당장 백기 투항을 선언하지 않을 경우 또 다른 희생이 뒤따를 것이기에 잠시도 지체할 수가 없었다.

이제…… 다 끝난 것일까?

민규의 마음속에 허탈한 외침이 들려오는 순간, 세상이 핑 도는 느낌과 함께 몸이 방향을 잃고 무너지듯 쓰러졌다. 사람들이 자신을 부르는 소리가 먼 메아리같이 들렸고, 걱정스레 내려다보는 사무엘 기자가 어렴풋이 보였다.

"미스터 신, 괜찮아요?"

민규는 자신을 부축하려는 사람이 사무엘 기자임을 알아보고는 그대로 정신을 잃었다.

"아이고! 우리 불쌍한 애기 어떡혀!"

시골에서 급히 상경한 덕배의 노모가 아들의 시신을 부둥켜안고 통곡하다가 이내 혼절해버리고 말았다. 영안실은 그야말로 눈물바다로 변했다.

눈시울이 붉어진 영진은 도망치듯 복도로 뛰쳐나와 들고 있던 소주를 병째 들이켰다. 그때 복도에 비치된 TV에서 뉴스가 흘러나왔다. 뭔가 하고 다가가니 민규의 기자회견 장면을 보여주고 있었다.

"본의 아니게 사건의 본질을 흐리는 의문점을 여러 차례 제기하여 물의를 빚은 점, 거듭 사과드립니다……."

영진의 눈에 불꽃이 튀었다.

"저 새끼가 미쳤나!"

영진은 잔뜩 상기된 얼굴로 민규가 입원한 병실 앞에 다다랐다. 대기석 곳곳에 양복 차림의 사내들이 앉아 있었다. 사내들은 영진이 나타나자 이내 경계의 눈빛으로 변하더니 무전기로 수군거리기 시작했다. 영진은 그들의 시선을 의식하며 민규의 병실로 들어갔다.

"야, 신민규! 너 지금 뭐하는 거야!"

링거를 맞으며 누워 있는 민규에게 영진이 고함을 질렀다. 민규는 그를 흘깃 쳐다보더니 고개를 돌린 채 무겁게 입을 열었다.

"……미안하다. 이제 자신 없다."

"그렇게 두렵냐?"

영진이 버럭 소리를 질렀다.

"그래, 두렵다. 상대가 누군지 모르니 더 두렵다."

"덕배가 왜 죽었는데! 이제 와서 꼬리를 내려?"

흥분한 영진의 언성이 높아졌다.

"그래. 더 이상 주변 사람들 희생시키고 싶지 않아. 원래 이렇게 양심선언하고 끝낼 일이었어."

"야! 신민규! 너 미쳤어?"

"그래, 내가 그동안 미쳤던가 보다. 난 변호사지 검사가 아니야. 내가 주제넘은 짓을 해서 이런 사건이 터진 거야."

한동안 무거운 침묵이 흘렀다. 이윽고 영진이 결심한 듯 입을 열었다.

"좋아! 네가 원하든 원치 않든 법정에 서야겠어. 내가 본 것을 말할 기회를 줘."

"소용없어. 어차피 끝난 얘기야……. 너도 포기해."

"덕배…… 우리 덕배는 어떡할 거야? 걘 그냥 개죽음으로 끝난 거야? 해보지도 않고?"

영진이 분한 듯 울먹이자 민규는 말없이 벽 쪽으로 돌아누웠다. 이내 영진의 눈에 핏발이 섰다.

"이런 병신새끼를 믿고! 일어나 이 새끼야!"

그가 민규의 멱살을 잡아 올리려는 순간, 민규가 손가락을 입에 갖다 댔다. 그러곤 말없이 테이블 위에 놓인 꽃병을 가리켰다. 영진이 조용히 다가가 꽃병을 들어보자 바닥에 작은 도청장치가 보였다. 영진이 경악한 표정을 지었다. 민규가 고개를 끄덕이며 영진에게 가까이 오라는 손짓을 했다. 영진이 다가가자 그의 귓가에 조용히 속삭이기 시작했다. 영진의 눈이 점점 커졌다.

탈출

창문을 때리는 세찬 빗소리에 침대에서 일어난 민규는 우울한 눈으로 창밖을 바라보았다. 내일 열릴 재판에 대한 초조함으로 두근대는 가슴을 진정시킬 수가 없었다. 영진을 굳게 믿고 있지만 감시를 받으며 병원에 입원해 있을 처지가 아니라는 생각이 들었다.

불안한 듯 병실을 서성거리던 그의 시선이 테이블에 놓인 작은 공책으로 향했다. 낮에 장봉화의 모친이 찾아와 봉화의 물건들을 정리하다가 나온 것이라며 건네준 일기장이었다. 민규는 창가 옆 보조의자에 앉아 장봉화의 일기장을 펼쳤다. 첫 장을 넘기자 제목이 눈에 들어왔다.

꿈을 키우기엔 가난이 슬픈 소녀

가슴이 아려왔다. 안타까움을 삼키며 일기를 넘기자 하루하루

사소한 학교생활, 가난 때문에 펼치기 힘든 자신의 꿈, 친구들 이야기, 영부인을 만난다는 설렘 등 꿈 많고 순수한 소녀의 내면이 그 안에 고스란히 담겨 있었다. 이 착하고 순수한 소녀가 무슨 이유로 희생돼야 했을까…… 이내 민규의 눈가가 촉촉이 젖어갔다.

어느덧 마지막 장을 읽는데 한 구절이 가슴에 비수처럼 꽂혔다.

비겁자는 천 번 죽고 용자는 한 번 죽는다.

민규는 충격을 받았다. 소녀는 자신에게 닥칠 일을 예견했던 것일까? 소녀의 글귀는 마치 자신의 억울한 죽음의 진실을 밝혀달라고 외치는 절규 같았다.

꽈르릉!

섬광이 밤하늘을 날카롭게 갈랐다. 우산을 받쳐 쓰고 귀가하던 영진은 다음 날 열릴 최종 공판에 대한 기대감에 흥분을 감출 수가 없었다.

집 앞에 도착한 영진이 열쇠를 꺼내려는데 문이 조금 열려 있었다. 은수가 또 담치기를 한 건가? 그녀가 담을 넘어가는 상상을 하자 자신도 모르게 피식 웃음이 새어 나왔다. 열쇠를 하나 더 복사해서 담을 넘는 수고를 덜어줘야겠다고 생각하며 문을 밀고 한 걸음 내디뎠다.

"은수니?"

그때였다. 안에서 괴한들이 튀어나와 영진을 덮쳤다.

"악!"

영진의 입에서 괴성이 터져 나왔다. 그는 달려드는 괴한들에게 닥치는 대로 주먹을 휘둘렀다. 수적으로 우세한 그들이지만 영진의 무지막지한 주먹질에 차례대로 나가떨어졌다.

사내들은 급기야 각목을 들고 영진을 공격했다. 수없이 날아드는 각목에 영진의 얼굴이 피로 물들기 시작했다.

"뭐해 새끼들아! 빨리 잡아!"

뒤에서 지켜보던 천 과장이 사내들을 향해 고함을 질러댔다.

영진이 달려드는 사내의 얼굴을 가격한 후 각목을 빼앗아 정신없이 휘둘렀다. 사내들이 잠시 주춤하는 틈을 타 공간을 확보한 영진은 이내 언덕을 향해 내달렸다. 언덕 꼭대기에 다다른 그는 높은 벼랑 끝에 몰렸다. 그러나 영진은 찰나의 망설임도 없이 괴성을 지르며 벼랑 아래로 몸을 날렸다.

"이야아아!"

영진을 쫓던 사내들이 주춤하자 천 과장이 소리쳤다.

"이 병신 같은 새끼들! 잡아!"

영진은 흙탕물과 뒤엉키며 아래로 굴렀다. 그러곤 몸을 일으켜 절뚝거리며 다시 도주하기 시작했다. 천 과장의 눈에 살기가 번뜩이더니 그가 총을 꺼내 들었다. 이내 그의 총구가 불을 뿜었다.

탕! 탕! 탕!

천 과장의 눈가에 경련이 일었다.

꽈르르르릉!

세상을 깨부술 듯 요란한 천둥소리에 놀라서 깬 은수는 다시 잠을 이룰 수가 없었다. 싱숭생숭한 마음에 알 수 없는 불안감이 엄습했다. 이유 없이 두근대는 가슴을 진정하고자 이불 안에서 나와 창가로 다가갔다.

하늘이 노한 듯 천둥, 번개가 천지를 뒤흔들었다. 창밖을 멍하니 바라보던 은수는 누군가 비를 흠뻑 맞으며 비틀비틀 걸어오는 것을 보았다. 그의 바지는 피로 얼룩져 있었다.

"헉!"

은수는 소스라치게 놀라 얼른 몸을 숙였다. 놀란 가슴을 진정하며 안절부절못하다가 그래도 누군지 확인해봐야겠다는 생각에 창문을 열고 조심스레 고개를 내밀었다. 이윽고 사내의 정체를 확인한 그녀의 입에서 날카로운 비명이 터져 나왔다.

"아저씨!"

은수의 부축을 받아 집 안으로 들어온 영진은 간신히 벽에 몸을 기대고 앉았다. 여자 혼자 기거하는 사글셋방이라 두 명이 들어서자 방이 꽉 찬 느낌이었다.

"아저씨, 이게 무슨 일이에요……. 어떡해……."

은수가 영진의 바지에 번진 핏자국과 상처투성이 얼굴을 번갈아 보며 흐느꼈다.

"이게 뭐야……. 어쩌다 이렇게 됐어요?"

영진이 뭐라 대답하지 못하고 머뭇거리자 은수는 서둘러 수건을 꺼내 비에 흠뻑 젖은 영진의 얼굴을 닦아주고는 상자를 뒤져서 작은 약통을 꺼내왔다. 피범벅이 된 영진의 바지를 걷어 올리자 다친 부위가 드러났다. 상처가 깊고 출혈이 심했다.

"이게 무슨 상처예요? 칼에 찔린 거예요?"

"별거 아니야, 싸우다가……."

은수는 흐느끼면서도 빨간약과 붕대를 꺼내 다친 부위를 응급처치하기 시작했다. 영진은 말없이 그녀의 모습을 지켜보았다.

"형사 그만둔다고 하고선……."

은수가 상처에 빨간약을 바르며 울먹였다.

"괜찮아, 총알이 살짝 스친 거야……. 윽!"

붕대로 상처 부위를 압박하자 하체에 엄청난 통증이 느껴졌다.

"움직이지 마세요!"

은수는 총상 부위에 붕대를 칭칭 감았다.

"도대체 무슨 일이 있었던 거예요? 누구한테 쫓겼어요, 네?"

"그게……."

영진이 대답을 못 하고 우물거리다가 방 안을 둘러봤다.

"지금 몇 시쯤 됐지?"

"11시 다 돼가요."

영진이 다리를 움직이자 살을 파고드는 듯한 통증이 밀려왔다.

"욱!"

그는 자신도 모르게 신음을 토하며 다리를 움켜잡았다.

"같이 병원 가요!"

"안 돼, 아직은……."

이미 통금시간인 데다 다친 몸으로 당장 나갈 수도 없었다. 마침
내 자신에게까지 들이닥친 검은 그림자의 존재를 확인하자 영진
은 마음이 조급해졌다. 최종 공판이 내일이니 이른 아침에 움직이
는 게 낫겠다는 판단이 들었다. 어느새 은수가 이부자리를 손보고
있었다.

창문이 희부옇게 밝아오자 영진은 조심스레 일어났다. 조용히
신을 신고 집을 나서려는 순간, 뒤에서 속삭이듯 나직한 은수의 음
성이 들렸다.

"아저씨, 가지 마세요……."

영진이 놀라서 고개를 돌리자 벽 쪽으로 돌아누운 그녀의 어깨
가 잔잔히 흔들렸다.

"은, 은수야……."

은수가 몸을 일으켜 그를 바라봤다. 밤새 울었는지 눈이 퉁퉁 부
어 있었다. 은수는 영진에게 조용히 다가와 허리를 감싸 안고 그의

등에 얼굴을 기댔다.

"나, 아저씨 사랑해요……."

영진은 순간 얼어버린 듯 아무 말도 할 수 없었다.

"아저씬 나 사랑 안 해도 돼요. 근데…… 나 아저씨 많이 사랑해요. 가지 마세요……."

은수는 그의 허리를 부둥켜안은 채 흐느끼기 시작했다. 영진의 눈에 비친 그녀의 눈물이 보석처럼 빛났다.

4428번

1974년 10월 19일, 서울형사지방법원.

법원 앞에 캘빈 소총으로 무장한 경찰 460명이 삼엄한 경계를 펼치고 있었다. 재판정은 몰려든 국내외 기자들과 선발된 방청객 200여 명이 들어서서 발 디딜 틈이 없었다. 그중에는 윤선봉 대표 변호사도 자리를 잡고 재판을 기다리고 있었다.

민규는 사무장과 함께 변호인석에서 재판 자료를 정리했다. 역시 검사석에서 공판 자료를 정리하던 김 검사가 민규와 눈이 마주치자 시선을 외면했다. 김 검사는 조소 섞인 웃음을 지으며 서류 정리에 몰두했다.

잠시 후 포승줄에 묶인 문세광이 경찰에 이끌려 법정에 나왔다. 파란 죄수복 가슴에 수인번호 '4428'이라는 숫자가 선명했다. 술렁이던 재판정이 일순간 찬물을 끼얹은 듯 고요했다. 이어서 두 명의 판사가 입장하자 법정 경위가 큰 소리로 외쳤다.

"전원 기립!"

이윽고 재판장이 착석하자 기립했던 사람들이 모두 자리에 앉았다. 보이지 않는 팽팽한 긴장감 속에 문세광의 재판이 시작됐다.

선옥은 근심 가득한 눈빛으로 창가에 앉아 하늘을 보았다. 가을 하늘은 구름 한 점 없이 파랗고 평화로웠다. 그녀는 손에 든 신문을 접었다 폈다를 반복하다 땅이 꺼지듯 한숨을 내쉬었다.

"엄마……."

아톰 인형을 손에 쥔 영재가 엄마를 물끄러미 바라보았다. 이내 선옥의 눈시울이 붉어졌다. 영재는 엄마의 마음을 안다는 듯 말없이 다가와 그녀의 품에 쏙 안겼다. 선옥이 영재의 머리를 쓰다듬으며 조용히 물었다.

"영재야…… 아빠 보고 싶니?"

영재는 엄마의 눈을 빤히 쳐다보다가 말없이 고개를 끄덕였다. 선옥은 심호흡을 하고는 결심한 듯 신문을 펼쳤다. 신문에는 문세광의 최종 공판 기사가 대서특필돼 있었다.

김 검사가 피고인석에 앉아 있는 문세광을 노려보며 공소사실 요지를 진술하기 시작했다.

"피고인 문세광은 1974년 8월 15일, 국립극장에서 5연발 38구경 리볼버 권총으로 육영수 여사를 살해하였습니다. 본 검사는 다음과 같은 사실로 볼 때 피고인이 영부인을 저격한 범인이 명백함을 주장하는 바입니다. 첫째, 피고인은 현행범이라는 점. 둘째, 현장에서 영부인을 살해한 5연발 리볼버를 손에 쥐고 있었다는 점. 셋째, 홍콩에서 한 달간 병원에 위장 입원하여 사격 및 정신교육을 받았다는 자백이 바로 그것입니다."

민규는 계속되는 김 검사의 논고를 열심히 메모했다. 잠시 후 논고가 끝나자 그가 자리에서 일어나 차분하게 변호인 진술을 시작했다.

"존경하는 재판장님, 저는 피고인의 변호를 맡게 되면서 많은 고민을 하였습니다. 3,000만 대한민국 국민이 보는 가운데 대한민국의 국모에게…… 극악무도하게 총질을 해댄 피고인을 과연 제가 어떻게 변호해야 할지 막막했던 것입니다. 주위에선 피고인의 죄가 너무나 명명백백하기에 변론할 것이 별로 없을 거라는 얘기도 하더군요. 저도 공감했습니다……. 저는 변호인으로서, 이런 천인공노할 죄인을 변호해야 한다는 사실에 수치심마저 들었습니다."

민규의 발언을 듣던 검사들이 피식 웃음을 터뜨렸다. 방청석에서도 비웃는 소리가 나며 웅성거리기 시작했다.

"정숙하시오!"

판사가 의사봉을 두드려 술렁이는 방청객들을 진정시켰다. 방청석은 이내 쥐 죽은 듯 조용해졌다.

"뭡니까 변호인? 그래서 피고인의 죄가 명백하니 변호를 거부하겠다는 겁니까?"

판사가 근엄한 목소리로 질책에 가까운 질문을 했다.

"존경하는 재판장님, 그런데…… 제가 이 대역죄인의 행적을 조사하다 보니 우연히도 검찰의 발표와는 다른 의문점이 많다는 걸 발견하게 됐습니다. 또한 그 의문점들을 추적하는 과정에서…… 조직적으로 피고인에게 범행의 길을 열어준 배후세력이 존재했다는 사실을 알게 됐습니다."

순간, 검사들이 웃음기를 싹 거두고 놀란 눈으로 민규를 노려봤다. 방청석이 또다시 술렁거렸다. 민규는 판사를 쳐다보며 변론을 이어갔다.

"본 변호인은 그 의문점들을 이 자리에서 하나하나 밝히고자 합니다!"

김 검사의 얼굴이 사색으로 변했다. 방청석에서 지켜보던 윤 대표가 예상했다는 듯 엷은 미소를 머금었다.

CBS방송 한국 지부는 종로구 내자동에 위치해 있었다.

절뚝거리며 민규가 알려준 주소지를 찾아가던 영진이 걸음을 멈췄다. 종아리의 총상 부위가 다시 욱신거리며 아팠다. 잠시 숨을 고르고 주변을 돌아보니 그의 시선에 12층짜리 대형 빌딩이 들어왔다. 영진은 혹시나 미행자가 있는지 주변을 살펴보고는 서둘러 건물 안으로 들어갔다.

사무엘 기자와 브루스 특파원은 통역관과 함께 초조한 듯 시계를 보고 있었다. 이때 들려오는 노크 소리에 사무엘이 벌떡 일어나 문을 열어주자 영진이 절뚝거리며 들어왔다. 사무엘 기자는 미소를 띠며 영진에게 손을 내밀었다.

"어서 오십시오! 기다리고 있었습니다!"

영진이 어색한 미소를 지으며 두 사람과 악수했다.

"죄송합니다. 저희가 강제 출국 명령이 떨어져서 나갈 수가 없는 상황이라 이렇게 오시라고 한 겁니다."

영진이 긴장한 눈빛으로 고개를 끄덕였다.

대반격

민규의 목소리에 점점 힘이 실리기 시작했다.

"피고인의 사건 전후 행적에 따라, 이미 발표된 검찰의 주장과는 상반된 사건 전체의 개요를 다시 말씀드리겠습니다. 피고인은 작년 10월부터 김대중 납치사건에 항거하여 박정희 대통령을 암살하겠다고 공공연하게 떠들고 다녔던 인물입니다. 뿐만 아니라, 한국총영사관을 폭파하겠다는 협박전화까지 하여 영사관이 즉시 일본 경시청에 수사를 요청하였고, 경시청은 피고인을 요주의 인물로 지목하여 항시 감시해왔습니다.

그런데 불과 몇 달 후, 피고인은 지인의 여권을 훔쳐 자신의 사진을 붙이고 한국 비자를 받습니다. 바로 자신이 폭파하겠다고 협박했던 그 총영사관에서 말입니다! 오사카 주재 한국총영사관은 대부분 중앙정보부 요원들이 근무하는 것으로 알려져 있습니다. 중앙정보부가 그런 요주의 인물을 몰라보고! 사진을 어설프게 바꿔치기한 위조 여권에 한국 비자를 내준 것입니다!"

다시 재판정이 술렁였고, 김 검사가 움켜잡은 펜대가 부르르 떨렸다.

"또한, 피고인이 일본에서 전과가 있다는 것은 사실이 아닙니다. 피고인은 총영사관에 협박전화를 한 것 외에는 어떤 범죄에도 연루된 적이 없는 인물입니다. 이번 사건이 발생하기 불과 몇 달 전, 한국총영사관에 대놓고 협박전화를 한 것은 앞으로 벌어질 범행에 대비하여 원래 그런 불순분자라는 단서를 남기기 위함이 아니었을까요? 게다가 피고인이 만경봉호에 승선하여 사상교육을 받고 사격연습을 했다는 것은 검찰 측에서 피고인에게 받았다는 자백 진술서 외에는 아무 근거가 없습니다."

예상치 못한 민규의 반격에 당황한 검사들이 입을 가린 채 수군거렸다.

"피고인은 오사카 서남고진 파출소에서 총기를 훔쳐 범행에 사용했다고 말했습니다. 일본 경시청의 첫 발표에 따르면, 파출소에서는 총기 두 자루가 없어졌으며, 한국총영사관의 제보에 따라 피고인을 수사한 결과, 범인의 발자국과 피고인의 발자국이 일치하지 않았고, 그의 집안에서 아무런 증거물을 발견하지 못한 점을 들어 그가 범인이 아니라고 밝혔습니다. 그런 바로 다음 날!"

민규가 김 검사를 노려보며 변론을 이어갔다.

"한국 중앙정보부의 강력한 재수사 요청에 따라 가택을 다시 한

번 수색했고, 전날에는 없었던 총기 한 자루가 그의 집 안에서 발견되었습니다. 첫 조사 때 없었던 총이 같은 장소에서 불현듯 나온 것입니다!"

검사들이 반론할 근거를 찾느라 분주히 자료를 뒤적였다.

"검찰은 피고인이 북의 지령으로 국가원수를 살해하려고 왔다는 자백을 받았다고 했습니다만…… 북한이 무슨 동네 불량배 조직도 아니고, 국가원수를 암살하라는 막중한 임무를 하달하면서 총 한 자루도 없이 동네 파출소를 털라는 지령을 내리겠습니까? 총도 한 자루 없는데, 만경봉호에서는 과연 무엇을 가지고 사격연습을 했을지 정말 궁금합니다. 또 하필이면! 그런 막중한 임무를 수행할 암살자를 지목하면서 안경을 벗으면 30센티미터 앞도 분간 못하는 피고인 같은 심한 근시를 뽑았을까요?"

보다 못한 김 검사가 자리를 박차고 일어났다.

"이의 있습니다! 재판장님, 변호인은 증명도 안 된 주장으로 본 재판정을 혼란스럽게 하고 있습니다. 즉각 중단시켜주십시오!"

"인정합니다. 변호인, 증거가 있는 부분만 변론하시오."

재판장이 엄한 목소리로 주의를 주었다.

"알겠습니다. 지금부터는 확인된 사실만 말씀드리겠습니다. 여하튼 피고인의 허술한 위조 여권은 일본과 한국 양국의 공항에서 묵인됐으며, 피고인이 소니 트랜지스터라디오에 숨겨온 쇳덩어리 38구경 권총은 공항 검색대에서 지폐의 철분 성분까지도 감지한다는 최첨단 탐지기를 무사히 통과합니다. 그런 후에……."

민규가 문세광에게 시선을 돌렸다.

"한국이 초행길이었던 피고인은 하필 운도 없게! 그 많은 호텔 중에 중앙정보부의 아지트로서 모든 방의 도청이 가능한 조선호텔에 묵게 됩니다. 또한, 한국에 전혀 연고가 없다는 그가 커피숍과 음식점에서 누군가를 만나 이야기를 나누는 것이 여러 사람에게 목격됐습니다. 심지어 룸에서 피고인을 대신해 전화까지 받은 사람이 있으며, 2인분의 식사가 피고인의 룸에 올라갔습니다."

문세광의 눈가가 움찔했다.

"이건 목격자들의 증언을 모은 자료입니다!"

민규가 두꺼운 증언 자료를 서기에게 내밀었다. 서기가 그것을 건네받아 재판장에게 전달했다. 재판장은 서류를 받아 훑어보기 시작했다.

"사건 당일, 마침 렌터카가 없었던 조선호텔에, 다른 호텔에서 출발한 스페어 기사 황수동이 위조된 번호판을 단 최고급 세단을 몰고 왔고, 정확한 시각에 맞춰 피고인을 범행 장소까지 안전하게 데려다주었습니다."

민규는 김 검사를 바라보며 말을 이었다.

"그 최고급 렌터카인 포드 M-20, 서울 2바 1091은 위장번호였으며, 그런 위장번호를 사용하는 곳은 중앙정보부, 경호실 그리고 보안사 요원들밖에 없습니다!"

검사들의 표정에 당황한 기색이 역력했다. 김 검사는 치밀어 오르는 분노를 감추지 못하고 눈가가 파르르 떨렸다.

"사건 발생 전날, 청와대 경호과장의 주도하에 전례 없이 경호지침이 변경됐고, 경호계장의 지시에 따라 경비 인력이 재배치됐습니다. 피고인은 마치 그 사실을 미리 알았다는 듯이, 그가 탄 렌터카는 물론이고 초청 비표도 없이 1, 2차 관문, 즉 게이트와 극장 정문을 아무 제지 없이 통과했습니다. 뿐만 아니라 입구에서 경호계장과 잠시 얘기를 나눈 피고인은 관객 입장이 모두 완료된 9시 50분에서 23분이나 경과한 뒤에 출입구 담당 경찰의 친절한 안내를 받으며 입장해 좌석까지 가게 됩니다!"

민규는 분노한 눈빛으로 검사들을 노려봤다.

"당시 피고인에게 과잉 친절을 베푸신 두 분! 경호과장과 계장을 오늘 이 자리에 소환하려 했으나 두 사람은 이미 행방불명 상태입니다!"

전혀 예상하지 못한 민규의 폭탄발언에 방청석은 쥐 죽은 듯 조용했다.

"사건이 터진 직후, 피고인은 30시간 이상 묵비권을 행사했다고 검찰이 발표했습니다. 그런데…… 중앙정보부는 하늘의 계시라도 받은 걸까요?"

민규의 목소리가 다시 높아지기 시작했다.

"피고인이 영부인을 저격한 직후인 10시 30분, 즉 문세광이 사건을 저지른 지 채 5분도 되지 않은 시각에! 중앙정보부 요원들이 그의 숙소인 조선호텔 1030호를 급습하여 모든 증거를 수거해갑니다. 그리고 다섯 시간 만인 오후 3시 30분, 피고인의 행적과 신상에 대한 1차 수사 발표가 있었으며, 다음 날인 16일자 조간신문에 그의 죄상이 낱낱이 보도됩니다. 묵비권을 행사하던 피고인이 입을 연 16일 오후 5시경 그의 자백과 수사 발표가 토씨 하나 안 틀리고 정확히 일치합니다! 이것이 과연 가능한 일입니까?"

민규가 분노한 음성으로 소리쳤다. 얼굴이 붉으락푸르락하던 김 검사가 자리를 박차고 일어났다.

"이의 있습니다, 재판장님! 변호인은 지금 피고인을 변호하려는 것인지, 아니면 대한민국 검찰을 모욕하려는 것인지 모르겠습니다! 즉각 중단시켜주십시오!"

"재판장님, 저는 변호인으로서 아무리 대한민국 검찰의 수사 발표라도 사실이 아니라면 진상을 밝힐 권리가 있습니다!"

재판장은 곤혹스러운 듯 손수건으로 이마의 땀을 훔쳐내며 말했다.

"변호인, 간단명료하게 변론해주시오."

"감사합니다, 재판장님. 사건 이후, 서울시경이 아닌 청와대 경호실 주도로 현장에서 탄두가 모두 수거되었고, 이로 인해 수사에 필요한 결정적인 증거를 잃어버렸습니다! 또한 범인이 총을 쏜 위치와 방향 등 과학수사의 기초가 될 수 있는 자료들에 대한 접근이 근본적으로 차단되고 말았습니다! 검찰은 피고인의 단독범행이며 북의 사주에 의한 것으로 결론짓고 최종 발표했지만……."

민규는 철규와 나눴던 대화를 상기하며 발언을 이어나갔다.

"중앙정보부는 얼마 전, 귀순한 북한 공작원 김용규를 통해, 영부인이 암살되기 바로 전날 북한으로부터 송출된 지령의 암호문을 해독했습니다. 그 암호문은 '8월 15일 행사장을 폭파하여 박정희와 그의 잔당을 날려버릴 예정이니, 서울에 남파된 북한 공작원들은 중앙청 주변에 접근하지 말고 8월 14일 0시부터 48시간 무휴 상태로 다음 지시를 기다릴 것'이라는 지령이었습니다!"

거침없이 쏟아지는 변호인의 말에 검찰 측 관계자들이 벌어진 입을 다물지 못했다.

"북한은 사건 당일인 8월 15일, 지하철 1호선 개통식 후 경복궁 경회루에서 열릴 각하와 요인들의 연회에 폭탄 테러를 계획하고 있었던 겁니다! 이미 사건 발생 15일 전에 북한 침투조가 한강 루트를 통해 80킬로그램에 육박하는 엄청난 양의 다이너마이트를 경회루 교각 밑에 매설한 사실을 알게 된 것입니다. 피고인의 범행과 동떨어진 시간과 장소에서 말입니다……."

문세광의 눈빛이 달라졌고 검사들이 당황하여 수군거렸다.

"북이 그런 엄청난 테러를 치밀하게 준비하는 상황에, 총 한 자루를 훔치러 동네 파출소를 털었다는 피고인은 과연 누가 보낸 인물입니까?"

순간, 문세광의 눈빛이 크게 흔들렸다.

"생각하고 싶지도 않지만, 만약 북이 경회루에서 준비한 테러가 성공했다면 대한민국의 역사는 한순간에 바뀌었을 것입니다. 아이러니하게도 피고인의 범행으로 인해 더 큰 참극을 막는 결과가 되었습니다."

객석의 술렁임이 점점 커지자 김 검사가 자리를 박차고 일어났다.

"이의 있습니다! 그래서 변호인은 피고인에게 표창장이라도 주라는 말씀입니까? 재판장님! 지금 변호인은 근거도 없는 사실을 발설하여 신성한 법정을 우롱하고 있습니다!"

"존경하는 재판장님! 저는 피고인의 배후세력, 즉 공범의 근거를 제시하기 위해 정황을 말씀드리는 것입니다!"

"이의 인정합니다. 변호인, 증거를 제시하지 못할 변론은 삼가주시오!"

판사는 준엄한 표정으로 민규를 노려봤다.

"알겠습니다. 그럼, 지금부터 본 사건의 핵심인 국립극장 현장으로 가보겠습니다. 사무장님!"

사무장이 국립극장 내부 도면을 걸개에 걸었다. 그때 재판정 뒷문으로 민철규가 중정 요원들과 눈인사를 하며 조용히 입장했다. 민규와 시선이 마주치자 보일 듯 말 듯 한쪽 눈을 찡긋했다.

숨겨진 총탄

　화면에 국립극장 총격 장면이 재생되었다. 총성이 멎자 브루스 더닝 기자가 편집기 화면을 일시정지 상태로 멈췄다.

　"미스터 배, 모두 몇 발이죠?"

　브루스가 영진에게 질문을 던졌다. 옆에 있던 통역관이 그 말을 옮겼다.

　"모두 여섯 발 들었습니다."

　사무엘이 웃으며 말했다.

　"그렇게 들리지요. 저희도 그렇게 들었습니다. 하지만 문세광의 총소리만 다시 들어보시죠."

　브루스가 다시 화면을 돌렸다. 문세광의 총구에서 불꽃이 튀며 총성이 울렸다.

　탕!

　"원!" 브루스가 외쳤다.

탕! 탕! 탕!

"투! 쓰리! 포!"

브루스가 영진의 눈을 보며 말했다.

"그러나 여기에 또 다른 총성이 섞여 있습니다. 포에서 바로 따라오는 또 한 발의 총성. 다시 들어보시죠."

브루스가 영상을 천천히 재생했다.

탕! 탕! 타―탕!

"헉!"

영진이 아연실색하자 사무엘이 껄껄 웃었다.

"허허허, 이제야 들었군요. 두 총성의 간격이 0.13초에 불과해 사람의 청각으로는 식별이 불가능했던 겁니다."

"혹시 반사음 아닌가요?"

"유독 한 발의 총성만 반사될 수 있겠습니까? 더구나 마지막 총성은 소리가 다릅니다. 좀 더 강한 소리로 인해 앞선 소리가 묻히는 사운드 마스킹 효과가 있었습니다. 즉 네 발째 총성은 더 강한 다섯 발째 총성에 묻혀버리는 현상이지요."

"더 강한 총소리? 그럼 문세광의 38구경 말고 더 큰 총이란 말인가요?"

사무엘이 고개를 끄덕였다.

"38구경보다 더 큰 소리를 내는 권총은…… 매그넘 357이나 44구경입니다. 하지만 저 정도로 앞선 소리를 가려버리는 총성이라면 저격용 라이플에 가깝습니다."

영진이 놀라서 벌어진 입을 다물지 못했다.

편집실에 앉아서 대화하는 외신기자들과 영진의 모습을 멀찍이서 주시하는 누군가가 있었다. 그가 책상 위에 놓인 전화기로 손을 뻗었다. 그의 왼손에는 영진의 증명사진이 들려 있었다.

민규의 거침없는 변론에 검찰 수뇌부는 사색이 되어가고 있었다. 그가 도면에서 문세광이 앉았던 B열 214번 좌석에 표시된 붉은 점을 가리키며 목소리를 높였다.

"제1탄! 당시 목격자의 증언에 따르면, 철제의자가 넘어지는 소리 같은 '텅' 하는 소리를 들었다고 합니다."

민규의 변론과 함께 긴박했던 사건 당시의 현장이 생생하게 재연되었다.

문세광의 총에서 발사된 총탄이 '탕' 하는 소리와 함께 그의 허벅지를 스친 뒤 바닥에 꽂힌다.

"그토록 만반의 준비를 한 문세광이 총을 꺼내다가 실수로 자신의 허벅지를 쐈다? 하지만, 사건 이후 그가 총상을 입은 흔적은 찾아볼 수 없었습니다. 혹시…… 그 총성은 범행의 시작을 알리는 신호탄이 아니었을까요?"

'텅' 하는 첫 총성에 누군가의 눈동자가 빠르게 움직인다.

민규의 손가락이 B열과 C열 사이 통로에 표시된 붉은 점을 가리켰다.

"제2탄! 문세광은 연단 쪽으로 달려오면서 제2탄을 쐈았고, 그 총알은 대통령이 서 있던 방탄 연단을 맞혔습니다."

문세광이 총을 겨눈 채로 고함을 지르며 연단을 향해 달려 나온다.

"쥐도 새도 모르게 접근해도 성공할까 말까 한 테러를, 나 보란 듯 고함을 지르며 달려나왔다? 이는 모두의 시선을 자신에게 집중시키려는 의도가 아닐까요?"

고함을 지르며 달려오는 문세광에게 모두의 시선이 집중되고, '탕' 소리와 함께 그의 총구가 불을 뿜자 연단에 탄흔이 생긴다.

민규가 통로 거의 끝에 위치한 연단까지 표시된 선을 가리켰다.

"제3탄! 검찰은 3탄이 불발탄이라고 했습니다. 즉, 문세광이 급한 마음에 2탄 발사 후 바로 방아쇠를 당겼는데 발사되지 않고 4탄으로 넘어갔다고 발표했습니다. 하지만! 리볼버란 권총은 방아쇠를 당기면 약실이 돌아간 후, 장전된 탄환의 뇌관을 공이가 때려서 총알이 발사되는 구조입니다. 검지로 방아쇠를 끝까지 당기지 않으면 약실 자체가 돌아가지 않습니다. 탄환이 불량이라 뇌관을 때렸는데 발사가 안 되는 경우는 있어도, 멀쩡한 총알이 3탄에서 4탄으로 넘어갈 수가 없습니다. 즉! 검찰이 발표한 대로 약실이 돌아가서 불발되고 넘어갔다는 불발탄은 존재할 수 없습니다! 만약에, 그대로 2탄에 이어 3탄이 발사됐다면, 피고인은 이미 연단을 눈앞에 둔 상황이므로 대통령은 아마도 유명을 달리했을 것입니다!"

문세광이 연단 바로 앞에서 방아쇠가 원위치되기도 전에 다시 당기자, 권총의 약실이 움찔하다가 그대로 멈춘다. 그때 문세광을 발견한 대통령이 급히 연단 밑으로 숨는다.

"2탄 발사 후 무대에 있던 박종규 경호실장이 총을 꺼내며 문세광을 향해 뛰쳐나옵니다. 피스톨박이라는 별명을 가진 그였으나 즉각 응사할 수 없었습니다. 그 이유는, 무대를 비추는 강한 조명 때문이었습니다. 박종규 실장은 시야를 확보하지 못한 상황에서 응사할 경우, 객석에 앉은 무고한 시민들이 희생될 수 있음을 알았기에 쏘지 못한 것입니다. 바로 그때, 위협을 느낀 피고인이 박 실장을 향해 제4탄이 아닌 제3탄을 발사합니다. 그 총탄이 무대 중앙의 태극기를 맞힙니다."

박종규 경호실장이 무대 앞으로 튀어나와 총을 쏘려 하지만 강한 무대 조명에 움찔한다. 순간 '탕' 소리와 함께 문세광의 총구가 불을 뿜으며 총탄이 태극기를 맞힌다!

민규가 도면의 연단 중앙에 표시된 점을 가리켰다.

"제4탄! 그렇다면 이 총탄이 영부인을 저격했다는 말인데…… 아무튼, 피고인의 총이 불을 뿜은 것과 동시에 영부인은 좌측 두부 관통 총상을 입었고, 척추의 반동에 의해 반대편으로 쓰러졌다는 것이 검찰의 주장입니다. 하지만 여기에 또 하나의 진실이 숨어 있습니다! 그것은 추후 소상히 말씀드리겠습니다."

검사들이 당황하여 어수선한 가운데 김 검사가 이를 질끈 악물었다.

"피고인은 제4탄을 쏜 직후, 객석에 앉아 있던 중부경찰서 경찰관 배영진에 의해 뒤에서 제압됩니다. 그 충격으로 피고인이 손에서 놓친 38구경 총이 날아가서 합창단원 중 한 사람의 얼굴을 가격해 상처를 입힙니다. 그리고 다음 날, 피고인의 다리를 걸어 넘어뜨렸다는 김영수라는 영웅이 탄생합니다. 피고인이 이미 연단 앞까지 달려와 총을 난사하는데, 그가 언제 피고인의 다리를 걸었다는 것인지 모르겠습니다."

민규의 손끝이 이번에는 D열 86번, 장봉화의 좌석을 가리켰다.

"제5탄! 문세광이 완전히 제압되고 약 10초 후에 또 한 발의 총성이 들립니다. 그리고 합창단석에 있던 장봉화라는 여학생이 희생됩니다……."

합창단원들이 모두 몸을 숙이고 있는 가운데, 장봉화만이 상체를 꼿꼿이 세운 채 어딘가를 바라보고 있다. 친구 현희가 엎드리라며 봉화의 옷을 잡아당긴다. 그 순간 '탕' 하는 총성과 함께 그녀가 무너지듯 쓰러지며 현희의 얼굴에 피가 튄다. 그 모습을 본 현희가 비명을 지른다.

민규가 다시 무대 좌측 구석에 표시된 점을 가리켰다.
"제6탄! 혼란스러운 상황에 무대 위의 경호원이 천장을 향해 총을 쏩니다. 아마도 관객을 진정시키려고 했던 것 같습니다."

아수라장이 된 극장 안, 경호원이 천장을 향해 방아쇠를 당기자 천장에 탄흔이 생긴다. 혼란스럽던 장내가 이내 찬물을 끼얹은 듯 조용해진다.

"여기까지, 총탄에 대한 의문점을 말씀드렸습니다."
김 검사가 감정을 숨기지 않고 자리에서 벌떡 일어났다.
"이의 있습니다, 재판장님! 지금 변호인은 자신이 피고인을 변호하는 신분인지, 아니면 피고인의 범행을 분석하는 검사인지 헷갈리고 있습니다! 피고인에 대한 변론만 해줄 것을 요청해주십시오!"

"이의 인정합니다. 변호인은 피고인에 대한 변론만 하시오!"

민규는 어처구니없다는 표정으로 바로 반박했다.

"존경하는 재판장님! 이 모든 정황으로 볼 때, 이 사건은 피고인의 단독범행이 아니라 배후에 막강한 힘이 존재한다는 사실을 말씀드리고자 하는 것입니다. 그리고 지금! 피고인 문세광은 이 거대한 음모를 혼자 다 뒤집어쓰려고 하는 것이 명백하다는 것을 이 자리에서 밝히고자 함입니다!"

이에 질세라 김 검사가 자리에서 일어났다.

"이의 있습니다, 재판장님! 변호인은 또다시 어떠한 물증도 없이, 있지도 않은 음모 운운하며 사건의 본질을 흐리고 있습니다! 즉각 중지시켜주십시오!"

재판장이 골치가 아픈 듯 이마에 손을 얹자, 또 다른 판사가 입을 가리고 속삭였다. 재판장이 다시 입을 열었다.

"변호인, 이러한 변론을 입증할 증거가 있습니까?"

사무장이 서기에게 자료와 녹음된 릴 테이프를 전달했다.

"물론입니다, 재판장님. 본 자료는 사건과 직간접적으로 연관된 사람들의 증언을 녹음, 녹취한 것입니다. 본 자료를 증거로 신청합니다."

"이의 있습니다! 주관적인 해석이 담긴 증언은 증거로서 가치가 없습니다. 차라리 소설책을 가지고 와서 증거로 제출하는 게 낫다고 생각합니다. 명확한 물증이 없다면 증언은 증거로서 아무 효력이 없습니다!"

판사가 검사의 말에 동의한다는 듯 고개를 끄덕였다.

"이의 인정합니다. 변호인은 증언 외에 변론을 입증할 만한 확실한 물증이 있습니까?"

사람들의 이목이 민규에게 집중됐다.

"변호인?"

판사가 민규를 다그쳤다.

"네. 물론 있습니다!"

잠시 승기를 잡는가 싶었던 검사들의 표정이 굳어가고 방청석이 술렁이기 시작했다. 민규는 재판장을 우러러보며 쐐기를 박았다.

"존경하는 재판장님! 본 변호인은 새로이 제시할 물증을 통해 영부인의 암살범이 피고인 문세광이 아님을 밝히고자 합니다!"

검사들의 얼굴이 하얗게 질려갔다.

"그 물증은, 검사 측 변론을 들은 이후에 공개하겠습니다!"

법정이 크게 술렁이자 판사가 의사봉을 탕탕 내려쳤다.

"조용! 조용!"

방청석에서 지켜보던 윤 대표가 흐뭇한 미소를 지었고, 철규는 표정을 숨기며 희미하게 웃었다.

"그럼 혹시 경호실장의 총 아닙니까?"

영진이 브루스 기자에게 물었다.

"보다시피 문세광의 총구에 선명한 불빛이 번쩍하는 동안, 경호실장의 총구에선 섬광이 전혀 보이질 않아요. 한마디로 총을 쐈다고 보기는 어렵습니다."

브루스가 화면 속 문세광의 총구와 경호실장의 총구를 비교하며 설명했다.

"그럼 다른 경호원의 총소리란 말입니까?"

"경호원들은 그 순간 문세광에게 응사하지 못했습니다. 그러니까 경호원의 총소리는 분명 아닙니다. 그런데…… 다시 한번 보십시오."

브루스가 영부인이 쓰러지는 장면을 재생했다.

"이 순간에 영부인이 총탄에 맞아 쓰러집니다."

뒤에 있던 사무엘이 한마디 보탰다.

"결국, 겹쳐서 들리는 이 두 발 중 하나가 영부인의 머리를 관통했다는 얘긴데…… 문제는 다른 곳에 있습니다."

브루스가 영상을 되감은 후 영부인이 총탄을 맞기 직전 장면에서 화면을 멈추고 한 콤마씩 프레임을 이동시키며 설명했다.

"자…… 보시죠. 영부인이 손에 들고 있던 핸드백이 갑자기 올라가지 않습니까? 피격에 따른 리액션입니다. 즉, 이 순간 총탄이 영부인의 머리를 관통한 것입니다."

단상 앞까지 접근한 문세광의 뒷모습이 보이는 순간, 브루스가 다시 화면을 멈추고 문세광의 총구를 가리켰다.

"여기, 이 부분…… 문세광의 네 번째 총격이고, 총구에 화염이 치솟는 게 확연히 보입니다."

그의 말대로 문세광의 총구에서 섬광이 번쩍였다.

"이 화염이 보인 후 필름의 3프레임, 즉 0.1초 후에 총성이 따라갑니다."

다시 한 콤마씩 프레임을 넘기자 세 번째 콤마에서 '탕!' 하는 총소리와 함께 사운드 피크가 움직였다.

"보다시피 총이 발사된 후에 총성이 따라갑니다. 리볼버 38구경의 탄환은 초속 390미터로서 음속인 초속 340미터보다 빠릅니다. 총탄이 발사되어 과녁을 맞힌 이후에나 총성을 들을 수 있는 겁니다."

영진이 마른침을 꿀꺽 삼켰다.

"보이는 것처럼 문세광은 불과 5미터 거리 내에서 영부인을 저격했습니다. 그렇다면, 영부인은 총성 이전에 리액션이 나와야 합니다. 하지만 보시는 바와 같이, 문세광의 총구에서 네 발째 화염이 보인 후 3프레임, 즉 0.1초간 영부인은 전혀 미동이 없습니다. 다시 말해 영부인은 문세광의 네 발째 총탄에 맞았다고 볼 수 없습니다. 총격에 의한 리액션이 포착되는 시점은 4프레임 후인 0.13초에 보입니다. 그렇다면 리액션을 일으킨 총성은 그 이후에 따라와야 합니다."

브루스가 영진의 눈을 보며 목소리를 낮췄다.

"그리고…… 2프레임 뒤인 0.2초 후에 또 다른 총성이 울립니다. 그 총성은…… 영부인의 리액션을 일으킨, 화염이 보이지 않는 문제의 다섯 번째 총성입니다!"

브루스가 다시 화면을 플레이하자 '탕!' 하는 마지막 총성이 울림과 동시에 영부인의 머리 뼛조각이 허공에 튀어 오르며 몸이 반대편으로 넘어갔다.

"이…… 이럴 수가!"

영진이 경악하여 입을 다물지 못했다. 사무엘이 심각하게 다시 입을 열었다.

"결론적으로 영부인은 문세광의 총이 아닌 다른 누군가의 총격에 당했을 가능성이 매우 높습니다."

"다른 누군가라뇨?"

"저희는 문세광 외에 다른 저격범이 있었다고 봅니다. 사실 추측에 더 무게를 두자면, 저격범은 처음부터 대통령의 목숨을 노린 것이 아니라 영부인을 노린 것으로 보입니다. 문세광이 달려오면서 단 한 발에 영부인의 머리를 명중시킬 수 있는 명사수라면, 그의 정면에 있던 대통령이 과연 무사했을까요?"

"아!"

영진의 입에서 신음과 같은 탄식이 터져 나왔다.

결정적인 증거

은수는 큰 가방을 품에 안고 서울역 광장에서 가슴을 졸였다. 영진은 증거자료만 급히 전해주면 된다고 했지만, 총상까지 입은 상황에 그것이 말처럼 간단한 일이 아님을 직감했다. 다행히 관통상은 아니지만 그래도 병원에 가봐야 하는 건 아닌지 불안감을 떨칠 수 없었다.

은수는 아침 일찍 가발공장에 사표를 냈다. 영진과 함께 그의 고향으로 내려가기 위해 모든 것을 정리하고 나선 길이었다. 무뚝뚝하지만 정 많고 순수한 사람이라는 생각이 든 순간부터 그를 바라보는 은수의 마음이 설레기 시작했다. 자기보다 한참 나이 많은 아저씨뻘이지만 그깟 나이가 무슨 상관이랴. 적어도 그와 함께라면 무슨 일이 있어도 자신을 지켜주고 아껴줄 거라는 확신이 들었다.

어느 날 그가 고향으로 내려가겠다는 말을 입버릇처럼 내뱉던 순간부터 자기도 데려가달라 말하고 싶었지만, 어린아이 투정으로 받아들일 것 같아서 차마 입이 떨어지지 않았다. 그러던 차에 마침내 영진과 함께할 수 있는 기회가 왔다. 고향에서 땅만 보고 산 그녀였기에 농사라면 누구보다 자신 있었다. 영진의 고향에서 그와 함께하는 단란한 미래를 상상하자 자신도 모르게 귓불이 빨 갛게 달아올랐다.

은수가 시계를 보려고 손목을 들자, 묵직한 금속 시계가 가녀린 팔뚝에서 주르륵 흘러내렸다. 영진은 자신의 시계를 풀어 은수에 게 채워주며 늦어도 2시까지는 오겠다고 약속했다.

볼품없이 투박하고 흠집투성이인 시계였다. 은수는 시계가 꼭 아저씨를 닮았다고 생각하며 피식 웃었다. 자신을 시골에서 갓 상 경한 촌뜨기로 알았는지 몇몇 사내들이 주변을 맴돌았다.

두렵다. 아저씨가 있으면 혼내줄 텐데…….

김 검사가 투명한 비닐에 담긴 탄두 하나와 서류를 검사 측 증거 물로 내놓았다.

"이것이 뭔지 아십니까? 이것은 영부인의 좌측 두부에 관통상을 입힌 바로 그 탄두입니다!"

재판정 여기저기서 탄식이 흘러나왔다. 울컥해서 흐느끼는 여 성 방청객들도 있었다.

"이의 있습니다! 저것이 범행에 쓰인 총탄인지 아닌지 알 수 없 습니다!"

김 검사가 자신의 말을 끊은 민규를 노려보며 입을 열었다.

"이 총알은! 영부인의 수술을 집도한 서울대병원 심보성 박사로부터 직접 확보한 증거물입니다!"

"이의 기각합니다. 검사는 계속하세요."

김 검사는 한 장의 영문 서류를 보이며 변론을 이어갔다.

"또한 이 문서는! 피고인의 38구경 스미스앤웨슨 권총의 강선과 탄두가 일치한다는 미국 과학수사 감식 결과 보고서입니다. 더 이상 무슨 증거가 필요하겠습니까? 이상입니다!"

민규가 이를 악물며 초조한 듯 손목시계를 봤다.

영진은 브루스에게 받은 유매틱 테이프가 든 봉투를 옆구리에 끼고 엘리베이터를 기다렸다. 그걸 증거물로 제시해 재판을 완전히 뒤집을 수 있으리라는 기대감에 흥분을 가라앉힐 수 없었다.

승강기의 문이 열렸다. 점심시간이라 그런지 안에는 이미 여러 사람이 타고 있었다. 11…… 10…… 9…… 층수를 알리는 숫자가 점점 줄어들었다. 영진은 서둘러 증거물을 전달하고 은수와 함께 이 지긋지긋한 서울을 빨리 뜨고 싶은 마음뿐이었다. 은수와 제2의 인생을 시작할 생각을 하자 입가에 흐뭇한 미소가 감돌았다. 마음은 이미 은수가 기다리는 서울역에 가 있었다.

단꿈에 젖어 있던 순간도 잠시, 승강기가 7층에서 멈추고 문이 열리자 양복 차림의 건장한 사내들 여럿이 사람들을 비집고 들어왔다. 영진의 눈빛이 불안하게 흔들렸다.

　점심 휴정시간에 대기실로 향하던 민규는 복도 반대편에서 걸어오는 철규와 중정 요원들을 보았다. 요원들이 경계의 눈빛으로 그를 노려보는데, 철규가 허리춤에서 남몰래 엄지손가락을 치켜세웠다. 민규가 피식 웃자 중정 요원들이 '저 새끼 뭐야?'라는 표정으로 노려봤다.

　변호인 대기실로 들어간 민규는 테이블에 서류를 늘어놓고 다음 변론을 준비했다.

　"선배님, 지금 뭐하시는 겁니까?"

　격앙된 목소리에 뒤돌아보자 김 검사가 상기된 얼굴로 서 있었다. 민규는 아무 일 없는 듯 다시 서류에 눈길을 주었다.

　"뭐하시는 거냐고요!"

　김 검사가 언성을 높였다.

　"뭐하는지 보면 몰라?"

　"왜 말도 안 되는 소설 같은 변론을 하십니까?"

　민규가 그의 눈을 똑바로 보며 말했다.

　"소설? 증인은 행방불명에, 물증은 사라졌고, 사건을 조사하던 형사는 죽음을 당했는데, 네 눈엔 이게 소설로 보이나?"

　"문세광은 진범입니다! 《자칼의 날》이란 소설을 읽고 모방범죄를 했다고 제게 자백을 했단 말입니다!"

민규는 헛웃음을 지으며 들고 있던 서류를 내려놨다.

"그런 영웅 심리로 모방범죄나 꿈꾸던 또라이를 북에서 지원하고 교육까지 시켜 보내? 그리고 단독범행이라고?"

"국민들은 이 끔찍한 사건을 잊고 싶어 합니다. 나라를 위해서도 사건을 빨리 종결해야 외교 문제도 정리된다는 거 아시잖습니까?"

"그래서! 저런 젖비린내 나는 하수인한테 뒤집어씌워서 서둘러 종료시키는 게 네 임무냐?"

"나라의 안녕을 위해서라면……."

"네가 말하는 그 나라가 대체 뭐냐? 권력이냐, 아니면 국민이냐? 넌 진실을 밝혀야 하는 검사야! 언제까지 권력의 개가 될래?"

김 검사가 어이없다는 듯 피식 웃었다.

"허, 아직도 정신을 못 차리시나 본데…… 선배님이 이런다고 세상이 달라질 거라 보십니까?"

"뭐? 아직도? 아직도 정신을 못 차린다고?"

민규는 김 검사의 멱살을 잡아 벽에 밀어붙였다.

"너 이 새끼! 넌 알고 있지? 덕배를 그 꼴로 만든 놈들이 누구야?"

김 검사의 입가에 비릿한 미소가 번졌다.

"알아서도 안 되고, 알려고 해서도 안 됩니다!"

"이 새끼가!"

민규의 주먹이 그의 턱을 그대로 갈겼다. 무방비 상태로 있던 김 검사가 나가떨어졌다.

민규가 그를 향해 고함을 질렀다.

"이 세상에! 알아서 안 되는 진실은 없어!"

민규는 분노에 치를 떨며 거친 숨을 몰아쉬었다. 바닥에 주저앉은 김 검사가 피식 쓴웃음을 지었다. 그러곤 입가의 핏물을 훔치고 떨어진 안경을 주워 쓰며 일어났다.

"대체 그 물증이 뭡니까?"

"왜 내가 그걸 너한테 말해야 하지?"

"지금! 선배님이 건드리는 게 수류탄의 뇌관인지 핵폭탄 뇌관인지는 몰라도, 나라와 국민을 위해서라면 건들지 말아야 합니다!"

"네가 입에 달고 사는 나라와 국민을 위해 난 자폭하더라도 건드려야겠다!"

"그게 선배의 삶과 바꿀 만큼 중요합니까?"

민규는 더 대꾸할 가치도 없다는 듯 서류를 주섬주섬 챙겼다. 그의 답을 기다리던 김 검사가 더 이상 설득할 수 없다고 판단했는지 옷매무새를 만지며 돌아섰다. 그의 뒤통수에 대고 민규가 낮은 목소리로 말했다.

"현재의 진실이 이렇게 묻히고 사라지는데 어떻게 미래를 말할 수 있겠냐? 넌 이 권력이 영원할 것 같으냐? 내일 일은 아무도 모르는 거야."

김 검사가 힐끗 돌아보며 비웃음을 날렸다.

"미친 새끼!"

사라진 진실

　사람들로 꽉 찬 승강기 안에서 영진은 양복 입은 건장한 사내들에게 에워싸여 있었다. 그의 이마에서 식은땀이 흘러내렸다. 그는 테이프가 든 봉투를 움켜잡은 채 탈출할 기회를 엿보았다. 승강기가 4층에서 멈추자 기다리던 사람들이 무리하게 비집고 들어왔다. 그를 에워싸고 있던 무리가 뒤로 밀리자, 영진은 그 찰나를 놓치지 않고 그대로 튀어 나갔다.

　"잡아!"

　사내들이 소리치며 사람들을 밀쳐내고 그를 쫓기 시작했다. 영진은 비상계단으로 뛰어 내려갔다. 쫓아오던 사내 중 하나가 계단 난간을 뛰어넘어 그의 목덜미를 덮쳤다. 영진은 사내의 팔을 잡아 계단 아래로 메다꽂았다. 이어서 또 다른 사내가 주먹을 휘두르자 슬쩍 피한 뒤 바위 같은 주먹으로 정확히 사내의 눈두덩을 가격했다.

　"악!"

사내는 외마디 비명과 함께 그 자리에서 뒹굴었다.

영진은 재빨리 난간을 잡고 아래층으로 뛰어 내려갔다. 그러나 이미 밑에서 대기하던 사내들이 "저기다!" 외치며 우르르 달려왔다. 다급해진 영진은 방향을 바꿔 비상문을 열고 3층으로 빠져나왔다. 그의 동선을 예상한 듯 그곳에는 사내들과 천 과장이 기다리고 있었다. 뒤돌아가려 하자 비상구에서 올라온 사내들이 뒤에서 벽을 쌓듯 에워싸고 있었다. 진퇴양난!

천 과장이 비릿한 웃음을 흘리며 말했다.

"질긴 새끼! 심장에 구멍을 내줬어야 하는데……. 괜히 힘 빼지 말고 그거 이리 내!"

천 과장이 한 손을 내밀며 영진에게 다가왔다. 주위를 두리번거리던 영진의 시야에 넓은 유리창이 들어왔다. 순간, 그의 의도를 눈치챈 사내들이 달려들자 눈을 질끈 감고 그대로 유리창으로 돌진했다.

"으아아악!"

"예? 출발했다고요? 언제쯤이죠? 네, 알겠습니다."

사무엘과 통화를 마친 민규가 초조한 듯 손목시계를 확인했다.

12시 45분.

이제 15분 후면 재판이 속개될 텐데 시간 안에 오기로 한 영진은 기약이 없었다. 알 수 없는 불길한 느낌이 스멀스멀 피어올랐다. 민규는 애타는 심정으로 중얼거렸다.

"영진아…… 제발!"

와장창!

3층 유리창이 폭발하듯 박살 나며 비처럼 쏟아지는 유리 파편과 함께 영진이 길바닥에 굴렀다. 그동안 익혀둔 낙법을 썼으나 시멘트 바닥에 떨어진 충격으로 쉽게 몸을 일으키지 못했다. 총상을 입은 다리 때문에 몸을 제대로 움츠리지 못하고 뛰어내려서인지 뼈가 부서지는 듯한 통증이 밀려왔다.

곧 그들이 올 것이다! 잠시라도 지체하면 모든 것이 허사로 돌아간다!

고통을 느끼고 있을 시간이 없었다. 영진은 부들부들 떨리는 두 팔에 힘을 줘 간신히 몸을 일으켰다. 테이프가 든 봉투를 품에 안고 다시 걸음을 내딛기 시작했다. 얼굴은 유리 조각에 찔려 상처투성이가 되었고, 총상을 입은 다리에 다시 출혈이 시작되는지 바짓단이 피로 물들어갔다.

영진은 자신을 기다리고 있을 두 사람의 얼굴을 떠올리며 이를 악물고 뛰었다. 이윽고 사내들이 쫓아오는 소리가 들렸다. 그들의 뒤에서 천 과장이 고래고래 고함을 질렀다.

"저 빨갱이 새끼! 빨리 잡아!"

어느새 영진의 얼굴은 고통으로 일그러지고 다리에 힘이 빠져

몸이 휘청거렸다. 그사이 그를 추격하는 사내들은 열 명 이상으로 불어나 있었다.

"빨갱이 잡아라!"

사내들이 소리쳤다. '빨갱이'란 외침을 들은 시민들이 합세하듯 영진에게 달려들었다. 영진은 그들을 뿌리치며 소리 질렀다.

"아니야! 나 빨갱이 아니야! 저리 비켜!"

포승줄에 묶인 문세광이 법정 경위의 손에 이끌려 피고인석에 착석했다.

"변호인, 오전에 얘기한 물증은 어떻게 됐지요?"

판사가 엄한 어조로 물었다. 검사들이 긴장한 표정으로 민규의 입을 주시했다.

"변호인?"

판사가 다시 한번 물었다. 검사들의 시선을 느끼며 민규가 당혹스러운 표정으로 입을 열었다.

"죄송합니다, 재판장님. 사정이 좀 생긴 것 같습니다. 잠시만 기다려주십시오."

김 검사가 긴장을 풀고 피식 웃었다.

"변호인, 증거 조사가 끝날 때까지 물증을 제시하지 않을 시는 증거로 인정할 수 없습니다. 검사는 피고인 신문해주세요."

민규는 애타는 표정을 감추며 고개를 떨궜다. 방청석에서 지켜

보던 윤 대표가 걱정스러운 눈빛을 보냈고, 철규는 숨을 크게 들이
마셨다.

　김 검사가 표정을 관리하며 기세등등하게 일어났다.

　"헉…… 헉…… 헉……."

　거친 숨소리가 영진의 입에서 연신 터져 나왔다. 얼굴은 창백하
고 당장이라도 쓰러질 것처럼 탈진한 모습이었다. 그가 걸음을 옮
길 때마다 바닥에 피가 흩뿌려졌다.

　조금만…… 조금만 더 가면 증거물을 민규에게 전해줄 수 있다.
그러고 나면 서울역에서 기다리는 은수와 함께 이 지긋지긋한 서
울을 벗어날 것이다.

　영진은 젖 먹던 힘까지 쥐어짜 앞으로 달렸다. 그러나 다리 힘이
풀리다 못해 점점 감각이 둔해졌다. 다리를 끌다시피 아슬아슬하
게 장애물을 헤치고 가던 그의 눈앞에 또 다른 무리가 기다리고 있
었다.

　영진은 주변을 둘러보고는 도로 한가운데로 뛰어들었다. 달리
는 차들 사이를 곡예하듯 아슬아슬하게 빠져나가던 영진이 갑자
기 균형을 잃고 쓰러졌다. 그를 피하려던 차들이 '쾅! 쾅!' 소리와
함께 연쇄 추돌을 일으켰다.

　그때 반대 차선에서 달려오던 버스가 추돌한 차들을 피하려다
차선을 이탈하여 영진에게 달려들었다. 피할 틈도 없이 돌진해오

는 버스를 멍하니 바라보던 영진이 '픽!' 하는 소리와 함께 공중으로 튀어 올랐다.

영진은 도로 한복판에 하늘을 보며 누워 있었다. 그가 쿨럭하자 입에서 붉은 피가 솟구쳤다. 운전자와 행인들이 구경이 난 듯 그의 주변을 에워싸기 시작했다. 뒤이어 도착한 양복 차림의 사내가 사람들 사이를 비집고 들어와 바닥에 떨어진 테이프를 주워 천 과장의 손에 건넸다.

천 과장은 피를 토하는 영진을 힐끗 보고는 피식 웃으며 사내들과 현장을 빠져나갔다.

"헉!"

은수는 순간 가슴에 철근이 내려앉는 듯한 압박감을 느꼈다. 심장이 터질 듯 요동쳤다. 가슴을 움켜쥐었지만 두근거림은 좀처럼 진정되지 않았다.

뭐지? 무슨 일이지? 은수는 주변을 두리번거렸다. 그러나 영진의 모습은 보이지 않았다. 그에게 무슨 일이 생긴 것은 아닐까 하는 불길함이 엄습했다. 은수는 영진이 준 시계를 보며 울먹이기 시작했다.

"아저씨…… 왜 안 와?"

"마지막으로 하고 싶은 말 없습니까?"

김 검사의 질문에 문세광은 말없이 눈을 감았다.

"그렇겠지요. 입이 열 개라도 무슨 할 말이 있겠습니까."

방청석에서 남편 문세광의 초췌한 모습을 보며 눈물을 흘리던 강성숙이 보다 못해 벌떡 일어났다.

"여보! 어서 말해요! 이건 음모라고!"

재판정에 있는 모두의 시선이 일제히 강성숙에게 쏠렸다.

"선생님, 우리 남편은 바퀴벌레도 못 죽이는 사람이에요. 이건 음모입니다!"

그녀가 일본어로 외치자 법정에 욕설이 오가며 사람들이 웅성거렸다. 문세광은 고개를 떨궜다.

"정숙하세요!"

판사가 의사봉을 내려쳤다. 잠시 당황했던 김 검사가 이내 목청을 높였다.

"재판장님, 저 여인은 지금 신성한 법정을 모독하고 있습니다. 즉시 퇴정을 요청합니다!"

"퇴정시켜요!"

판사는 진노한 표정으로 법정 경위에게 명령했다.

"여보, 어서 진실을 말해요!"

강성숙이 울부짖으며 법정 경위에게 끌려나가는 동안 문세광은 눈을 감고 아랫입술을 바르르 떨었다. 민규는 참담한 심정으로 고개를 돌렸다.

영진의 머리에서 흘러나온 피가 길바닥을 흥건히 적셨다. 그의 귓가에 자신을 에워싸고 있는 행인들의 수군거림이 아득히 들려왔다.

"빨갱이래……."

"간첩인가 봐."

"113에 신고해."

영진은 끊어질 듯 숨을 몰아쉬며 하늘을 봤다. 아무 일도 없다는 듯 솜털 같은 흰 구름이 떠가는, 아름답고 평화로운 하늘이었다. 영진의 눈가에 눈물이 맺히더니 입가에 엷은 미소가 번졌다. 이어서 눈물 한 방울이 볼을 타고 흘러내렸다. 힘에 겨운 듯 입술을 파르르 떨면서 그가 희미하게 웅얼거렸다.

"은수야…… 아…… 아저씨가 미…… 미안해……."

멀리서 구급차가 요란하게 달려오는 가운데 영진의 눈이 서서히 감겼다.

최종 논고

    김 검사가 울분에 찬 목소리로 변론을 이어나갔다.

    "따라서 저는 우리 국모의 생명을 앗아간 국민의 원수, 피고인 문세광에게 더 이상 신문할 의사가 없습니다. 본 검사는 아내를 먼저 떠나보낸 한 남자의 일기로 최종 논고를 대신하고자 합니다."

    김 검사가 종이를 들고 방청객을 향해 읽어내려갔다.

    당신이 이곳에 와서 고이 잠든 지 41일째.

    어머니도 불편하신 몸을 무릅쓰고 같이 오셨는데

    어찌 왔느냐 하는 말 한마디 없소.

    잘 있었느냐는 인사 한마디 없소.

    아니야, 당신도 무척 반가와서 인사를 했겠지.

    다만 우리가 당신 목소리를 듣지 못했을 뿐이야.

    (……)

당신도 잘 있었소. 홀로 얼마나 외로웠겠소.

그러나 우리는 언제나 당신이 옆에 있다고 믿고 있어요.

언제까지나. 언제까지나.

법정이 숙연해졌다. 여성 방청객들이 흐느끼는 소리가 간간이 들렸다. 김 검사는 감정을 추스르듯 잠시 눈을 감았다가 분노한 눈빛으로 변론을 마무리했다.

"본 검사는 대한민국의 국모를 암살한 천인공노할 살인범 문세광에게 법정 최고형인 사형을 구형하는 바입니다! 이상입니다!"

그는 문세광을 잠시 노려본 후 자리에 앉았다. 민규는 초조하게 시계를 들여다봤다. 그때 사무장이 참담한 표정으로 다가와 말을 꺼내지 못하고 머뭇거렸다.

"무슨 일이죠?"

"저…… 배영진 형사가…….."

사무장이 나직이 귓속말로 전했다. 순간, 민규의 얼굴이 하얗게 질렸다.

민규는 넋을 잃은 사람처럼 먹먹하게 문세광을 바라보고 서 있었다.

"변호인, 어서 최후 변론하시오."

판사의 목소리가 아득히 들려왔다. 민규는 충격에 말을 잃고 한

동안 입을 열지 못했다.

"저……."

머리에 아무 단어도 떠오르지 않았다. 머릿속이 백지처럼 느껴졌다. 사람들의 냉랭한 시선이 그를 향하고 있었다.

넋 놓고 서 있는 그에게 판사가 질책의 목소리를 높였다.

"변호인!"

"아…… 네…… 저……."

정신을 차리고자 애쓰던 그는 주섬주섬 주머니에서 메모지를 꺼낸 후, 떨리는 목소리로 읽어내려가기 시작했다.

"피…… 피고인 문세광은…… 어린 시절…… 일본 사회에서 재일교포이기에 감당할 수밖에 없었던 사회적 차별과 소외로 인해 정서적으로 불안정한 성장 과정을 보내야만 했습니다. 이렇듯 불행한 유년기를 겪은 피고인은…… 항상 사회에 대해 부정적이고 왜곡된 사고방식을 갖게 된 것입니다. 따라서 피고인 문세광은……."

잠시 말을 멈추고 문세광을 쳐다보던 민규는 이건 아니라는 듯 고개를 숙였다. 다시 방청객들이 웅성거렸다. 멍하니 방청객들을 바라보는데 방청석 뒤편에 서 있는 아내와 영재가 눈에 들어왔다. 선옥은 남편을 애처롭게 바라보며 소리 없이 흐느끼고 있었다. 아빠와 눈이 마주친 영재가 기다렸다는 듯 주먹을 가슴에 대고 소리 없이 입을 오물거리며 "아빠, 정의를 위해!"라고 말했다.

민규는 순간 감정이 울컥 복받쳐 올랐다. 잠시 눈을 감고 감정을 추스른 후 종이를 구겨버렸다. 그러곤 문세광의 눈을 똑바로 보며 천천히 최후 변론을 시작했다.

"피고인…… 나는 당신을 변호하고자 이 자리에 서 있습니다. 하지만…… 피고인은 나에게 변호할 기회를 주지 않았습니다. 피고인이 법정에서도 끝까지 묵비권을 행사하는 것은 본인의 자유입니다. 그래서 지금 법정에서 최고형을 선고받아도! 이 세상에서 피고인에게 동정심을 가질 사람은 거의 없을 것입니다."

김 검사는 승소를 확신한 듯 여유롭게 지켜보고 있었다.

"존경하는 재판장님, 그리고 방청객 여러분…… 우리는 일제강점기와 한국전쟁을 겪으며 어려운 시기를 보냈습니다. 하지만 우리 민족은 밟으면 또 일어서는 잡초와 같은 근성으로 지금의 대한민국을 건설했습니다. 이는! 국민 모두가 이 나라를 사랑하고, 국민 개개인이 주인의식을 가졌기에 가능한 일이었습니다. 그러나 저는 본 사건의 변호를 맡으면서, 수단과 방법을 가리지 않고 진실을 베일 뒤에 감추고 왜곡하여 이 나라의 주인인 국민을 속이고! 기만하려는 세력이 있다는 것을 알게 되었습니다. 때문에 저는, 변호인이라는 직분을 떠나! 이 나라 국민의 한 사람으로서 그들의 행동을 결코 묵과할 수 없었습니다!"

김 검사가 안색이 싸늘하게 변하며 벌떡 일어났다.

"이의 있습니다, 재판장님! 또다시 변호인은 어떠한 물증도 제시하지 못하고, 다시 음모 운운하며 사건의 본질을 흐리고 있습니다! 제지하여주십시오!"

"변호인은 증거를 제시하지 못하는 발언은 삼가주시오!"

재판장이 준엄하게 꾸짖자 민규는 고개를 숙이고 다시 말을 이었다.

"제가 가장 안타까운 것은 피고인에게 법정 최고형이 내려지는 것이 아니라, 진실이 이대로 묻힐 수도 있다는 사실입니다. 피고인에게는 이곳이 마지막 법정이 될 수 있는데, 무엇이 당신을 이토록 대업을 수행한 사람인 양 당당하게 만드는지 모르겠습니다. 피고인! 약속받은 임무의 대가가 무엇입니까?"

문세광이 눈을 번뜩이며 민규를 쏘아봤다.

"그렇게 꼭두각시 노릇을 하면 부귀영화를 보장해준다고 하던가요?"

"……."

"재판장님!"

김 검사가 고함에 가까운 소리를 질렀다.

"변호인!"

재판장도 참을 수 없다는 듯 언성을 높였다. 하지만 민규는 아랑곳하지 않고 문세광을 향해 소리쳤다.

"당신은 속았습니다! 피고인은 현장에서 죽었어야 하는 인물입니다!"

문세광의 눈가에 경련이 일었다.

"국립극장에서 발사된 5탄째 총탄은 장봉화 양을 겨눈 게 아니었습니다! 피고인이 이미 사람들에게 제압당한 이후에 피고인을 향해 발사된 총탄이었습니다! 피고인이 그 총탄에 맞아 현장에서 사망했다면, 그 어떤 단서도 남기지 않고 모든 것이 깨끗이 사라졌을 것입니다. 그것을 죄 없는 여고생이 대신한 것입니다. 그것이 피고인이 모르는 제2의 시나리오입니다!"

문세광이 충격을 받은 듯 손을 파르르 떨었다.

"재판장님!"

"변호인! 발언 중지하시오!"

판사가 의사봉을 내려치며 고함을 질렀다.

방청객들은 숨죽인 채 민규를 바라보고 있었다. 민규는 방청객들 사이에서 가슴에 주먹을 댄 채 울먹이고 있는 영재와 눈이 마주쳤다. 순간적으로 울컥했지만 냉정하게 목소리를 높여갔다.

"피고인의 죽음을 대신한 여고생 장봉화 양의 일기장에 이런 말이 있었습니다. 비겁자는 천 번 죽고 용자는 한 번 죽는다……. 피고인이 바로 오늘! 진실이 왜곡된 이 역사의 현장에서 용자가 되어 진실을 밝히지 않는다면! 피고는 죽어서도 영원히 용서받지 못할 것입니다!"

방청객들이 다시 웅성거렸고, 판사는 연신 의사봉을 두드리며 정숙하라고 외쳤다. 민규는 문세광에게서 분노의 눈빛을 거두지 않았다.

"피고인, 당신이 죽였습니까?"

순간, 문세광의 눈빛이 크게 흔들렸다.

"다시 묻겠습니다. 누가 시켰습니까?"

문세광의 입술이 바르르 떨렸다.

"다시 한번 묻겠습니다! 누구의 지시였습니까?"

민규가 고함을 쳤다.

"재판장님! 변호인은 지금 허위 사실로 피고인에게 압력을 행사하고 있습니다! 즉각 중지시켜주십시오!"

김 검사가 자리를 박차고 일어나 항의하자 민규가 그를 보고 소리쳤다.

"그리고 단언컨대!"

이글거리는 그의 눈빛에 김 검사가 움찔했다.

"이 대한민국이 계속 존재하는 한! 국민을 속이고 기만하는 권력은 언젠가 민중의 철퇴를 맞을 것입니다!"

그의 발언에 방청석에서 거친 욕설이 터져 나왔다.

"저 새끼 빨갱이야?"

"저 미친놈! 당장 끌어내!"

망치로 뒤통수를 얻어맞은 듯 멍하니 서 있던 김 검사가 재판장에게 호소했다.

"재판장님! 변호인은 이제 대한민국 검찰과 법정까지 모독하고 있습니다!"

판사는 얼굴이 벌겋게 달아올라 경위들에게 소리쳤다.

"퇴정시켜!"

이내 법정 경위들이 민규를 양쪽에서 붙잡고 밖으로 끌었다. 선옥은 보다 못해 흐느끼고, 영재는 그 모습에 충격을 받은 듯 "아빠, 아빠" 외치며 울음을 터뜨렸다. 민규는 끌려나가는 와중에도 문세광을 향해 고함을 질렀다.

"말해! 진실을 밝혀! 늦지 않았어! 당신은 꼭두각시에 불과하다고 왜 말을 못 하는 거야! 왜!"

그 순간 법정 경위들이 민규의 입을 틀어막으며 팔다리를 붙잡고 질질 끌었다. 방청석은 순식간에 변호인을 비난하는 욕설과 고함으로 아수라장이 되었다. 윤 대표는 참담한 듯 눈을 감았고, 철규는 조용히 고개를 숙였다.

얼마 후 소란했던 법정이 진정되자 재판장이 최종 판결문을 읽었다.

"판결합니다. 검찰이 제시한 사건 현장 물증과 사건 경위를 볼 때, 피고인 문세광이 현행범이라는 사실이 명백하고, 피고인의 무죄를 입증할 만한 그 어떤 증거도 부재하다. 따라서 본 법정은 문세광에게 내란 목적의 살인, 국가보안법 위반, 여권법 위반, 총포화약류 단속법 위반 등을 적용하여 사형을 선고한다."

탕! 탕! 탕!

판사가 의사봉을 내려치자 방청석에서 환호와 박수가 터져 나왔다. 문세광은 미동도 없이 눈을 감고 있었다. 김 검사는 만면에 화색을 띠고 검찰 수뇌부와 악수하느라 여념이 없었다.

사람들로 붐비던 서울역 광장에 행인들의 발길이 점점 뜸해졌다. 바쁘게 기차를 타러 가는 사람들, 기차에서 내려 반갑게 가족을 만난 사람들이 저마다 집으로 돌아갔을 그 시각. 은수는 가방을 껴안고 돌아올 기약 없는 영진을 기다리고 있었다. 은수의 눈에 또다시 눈물이 핑 고였다.

"아저씨, 지금 어디야? 나 어떡해……?"

은수는 두 손으로 얼굴을 감싼 채 서럽게 울기 시작했다. 애처로운 은수의 모습 위로 서서히 어둠이 깔렸다.

가장 큰 이득

"내가 다 죽였어! 내가 다 죽인 거야……!"

영안실을 뛰쳐나오며 민규가 절규했다. 뒤따라온 철규가 그의 어깨를 토닥이며 위로했다.

"너무 자책하지 마. 너도 어쩔 수 없었어……."

"영진이 위험에 빠질 수 있단 사실을 알면서도 그 일을 부탁한 거야. 내가 죽인 거야!"

"너에겐 유일한 방법이었고 넌 최선을 다했어. 하지만…… 그들은 네가 싸울 수 있는 상대가 아니야."

민규가 눈빛을 번뜩이며 철규의 멱살을 움켜쥐었다.

"그들? 너 뭔가 알고 있지! 그들이 누구야?"

"나도 심증만 있을 뿐이야. 설령 물증이 있다고 해도 상대할 수도 없고."

"누구냐고 그놈들이?"

"일단 이거 놓고 얘기해."

민규가 그제야 감정을 가라앉히고 멱살을 풀었다. 철규는 숨을 크게 들이마시고는 잠시 뜸을 들였다.

"민규야, 넌 이 사건으로 어느 쪽이 가장 큰 이득을 봤다고 생각하니?"

민규는 대답하지 못했다.

"과연 그 외신기자 말대로 한국일까?"

민규는 질문의 의도를 파악하려고 애썼다.

"한국은 영부인 암살사건으로 유신 반대 시위가 주춤했지만, 한 달도 채 지나지 않아 훨씬 더 거세졌잖아. 해외에서는 그 외신기자들 보도 때문에 정부의 자작극이라는 거센 비난을 받았지. 유일하게 얻은 건 일본과의 국교 정상화밖엔 없단 말이지. 과연 그것이 영부인을 희생시킬 만큼의 값어치가 있었을까?"

민규는 쉽사리 반론을 제기하지 못했다.

"그러면…… 일본은? 자국 내에서 벌어진 김대중 납치사건으로 한국과 국교를 단절하라는 여론이 들끓었을 때, 갑자기 문세광이라는 작자가 나타났지. 그 바람에 단지 그가 일본에서 태어났다는 이유만으로 미국의 압력에 못 이겨 울며 겨자 먹기 식으로 한국 정부에 사죄하고, 국교 정상화와 원조를 약속하는 상황으로 돌변했어. 물론 그 때문에 한국을 자신들의 경제속국으로 만들려는 야욕이 다시 현재진행형으로 바뀌었지만……. 그럼 북한은? 귀순공작원의 증언과 북으로부터 송출된 지령이 사실이라면, 분명 한국 정부를 전복할 음모를 꾸민 것으로 보이지. 하지만 문세광 같은 풋내기에게 그런 임무를 줬다가 실패라도 할 경우엔 전 세계로부터 맹비난을 받을 수 있는데, 과연 그렇게 막중한 임무를 줬겠어?"

"그렇다면…… 누가 가장 큰 이익을 가져간 거지?"

민규가 의아한 듯 되물었다.

"이 모든 사건을 중재하고 마무리한 나라가 어딜까?"

철규는 잠시 뜸을 들인 후 말을 이어갔다.

"닉슨 독트린 선언 이후 주한미군 제7사단이 일방적으로 철수하자 박 대통령은 엄청난 위기감을 느꼈어. 그는 독자적으로 대북 억지력을 확보하기 위해 극비리에 핵무기 개발을 추진했지. 하지만 미국이 이를 눈치챘고, 자신들의 눈 밖에 난 박정희 정권을 견제할 수 있는 인물로 김대중을 지목했어. 그런데 이후에 김대중이 한국 정부에 의해 납치되는 사건이 발생한 거야. 한국 정부의 수장 계획은 또다시 미국 CIA에 발각되어 수포로 돌아갔지만, 일본이 자신들의 영내에서 납치사건을 도모했다는 이유로 한국과 국교를 단절하겠다는 움직임을 보이며 변수가 발생한 거야. 미국으로서는 자신들이 구출한 김대중으로 인해 아시아에서 가장 중요한 두 우방국이 갈라서는, 예측하지 못한 최악의 상황이 전개되고 말았지. 만약 한국과 일본의 연결고리가 끊어진다면 태평양에서 영향력을 행사할 수 있는 유일한 통로이자 공산체제의 마지막 저지선인 한국이 공산화할 가능성이 커지게 된 거지. 한마디로 가장 큰 곤경에 처한 나라는 한국이 아니라 미국이었다."

철규는 잠시 숨을 고른 후 민규를 바라봤다.

"자, 그렇다면…… 미국이 직접 개입하지 않으면서 박정희의 핵 개발을 강력하게 경고하고, 자신들의 우방인 한일 양국을 다시 연결시킬 수 있는 해결책이 무엇일지 고민하지 않았겠어?"

민규는 충격을 받은 듯한 표정이었다.

"우연의 일치일 수도 있지만…… 난 사건 당일 아침에 목격한 일을 계기로 그런 심증을 갖기 시작했다."

"무슨 일?"

민규가 마른침을 삼키며 물었다.

"사건이 일어나던 날 이른 아침, 협조사에 전달할 중요한 서류가 있어서 그들을 찾아갔어."

"협조사?"

긴장한 눈빛으로 민규가 반문했다. 철규는 말없이 고개를 끄덕이곤 당시를 떠올렸다.

1974년 8월 15일.

철규는 협조사에서 요청한 학생 데모 용의자 현황을 전달하기 위해 광화문으로 향했다. 말이 협조사지 그들은 거의 일방적으로 중앙정보부에 정보를 요구했다. 특히 인혁당 사건 이후로 자료 요청이 더욱 잦아졌다.

아직 동트기 전이라 어둑했지만 당직에게 서둘러 서류를 전달하고 남산으로 출근할 생각이었다. 협조사의 사무실이 있는 8층에 도착한 철규는 평소와는 다른 분위기를 감지했다. 출근하기에는 매우 이른 시각임에도 사무실마다 불이 환하게 켜져 있었고, 분주한 움직임이 느껴졌다. 무슨 일인가 의아해하며 불이 켜진 사무실 안을 문틈으로 조심스레 살펴보았다. 사무실 안에선 팔에 노란 털이 북실북실한 사내들이 당장 이사를 떠나는 사람들처럼 서둘러 박스에 짐을 싸느라 정신없었다. 그 광경을 보며 철규는 고개를 갸우뚱했다.

"나는 그날, 사건이 일어나기 30분 전에 무려 30여 명에 달하는 협조사 사람들이 본국으로 출국한 사실을 나중에 알게 되었다."

철규가 의미심장한 눈빛으로 민규를 똑바로 응시했다.

"민규야, 영부인이 암살되고 과연…… 누가 가장 큰 이득을 가져갔을까?"

민규는 충격적인 얘기에 입을 다물지 못했다.

악몽의 시작

짝! 짝! 짝! 짝!

박수 소리에 잠에서 깬 민규는 주변을 두리번거렸다. 그는 이내 오늘이 1991년 5월 1일이고, 자신은 제28회 법의 날 행사장에 있음을 깨달았다.

"민주자유당 김종필 최고위원님의 축사에 다시 한번 힘찬 박수를 부탁합니다!"

사회자의 안내에 김종필 위원이 손을 들어 청중을 향해 인사했다. 그 순간 그의 손목에 걸린 금장 롤렉스 시계가 드러났다. 순간 민규의 눈가에 경련이 일었다.

"자, 다음은…… 제40대 신임 법무부 장관님의 인사말씀이 있겠습니다!"

사회자의 멘트가 끝나자 이내 기다렸다는 듯 우레와 같은 박수

소리가 울려 퍼졌다. 박수와 함께 검은 양복을 입은 사내가 천천히, 그리고 위엄 있게 연단으로 걸어 나왔다. 연단 앞에 선 사내는 청중을 향해 고개 숙여 인사했다. 이윽고 기세등등한 얼굴로 청중을 마주한 신임 법무부 장관은 바로 김 검사였다! 민규는 피가 거꾸로 솟는 듯 이글거리는 눈빛으로 그를 바라봤다.

김 검사는 엷은 미소와 함께 청중을 압도하는 눈빛으로 객석을 훑어보고는 인사말을 꺼냈다.

"안녕하십니까! 법무부 장관…… 김기춘입니다!"

청중이 화답하듯 환호와 박수를 보냈다. 민규는 만감이 교차하는 표정으로 그에게서 시선을 떼지 않았다. 김기춘 신임 법무장관은 위엄 있는 목소리로 연설을 시작했다.

"친애하는 법조인 여러분…… 대한민국은 건국 이래, 법조인 여러분의 피나는 노력과 의지로 이 나라의 정의와 민주주의를 실현해왔습니다."

민규는 단상 위 귀빈석에 거만하게 앉아 있는 국회의원들의 면면을 쭉 훑어봤다. 지난날 중앙정보부에 몸담았던 천 과장, 그리고 해외로 도주했던 박 계장이 보란 듯이 번쩍이는 금배지를 달고 의기양양하게 앉아 있었다. 민규는 분노를 넘어선 회의를 느끼며 고개를 떨궜다.

그때 어디선가 카랑카랑한 박정희 대통령의 목소리가 들려왔다. 귀를 의심하며 고개를 들자 민규의 눈앞 연단에서 박정희 대통령이 연설을 하고 있었다. 그리고 그 옆에는 미소를 머금은 고고한 자태의 영부인이 앉아 있었다.

어안이 벙벙해서 객석을 바라보자 합창단석에서 장봉화가 넋을 잃고 영부인을 바라보는 한편, 사무엘 제임슨 기자는 통역의 말을 열심히 받아 적고 있었다. 브루스 더닝은 그 옆에서 카메라를 비추고 있었고, 연단 앞쪽에 앉은 배영진은 눈치 없이 꾸벅꾸벅 졸고 있었다.

넋이 나간 듯 그들을 바라보는 민규의 눈가에 물기가 어렸다. 대통령의 연설은 점점 힘이 실려가고 있었다.

"나는 오늘 이 뜻깊은 자리를 빌려서 조국 통일이 반드시 평화적인 방법으로 이루어져야 한다는 것을 다시 한번 강조하면서, 우리가 그동안 시종……."

순간, 민규는 뒤를 돌아봤다.

이내 '텅!' 소리가 나고, 잠에서 깬 영진이 어리둥절해 객석을 둘러보는 사이, 문세광이 고함을 지르며 연단을 향해 총을 겨눈 채로 달려오고 있었다. 이어 '탕!' 하는 또 한 발의 총성과 함께 대통령이 연단 밑으로 몸을 숨기고 박종규 실장이 앞으로 달려왔다. 문세광의 총구가 연속으로 불을 뿜었다.

탕! 타―탕!

민규는 분명 또 한 발의 총성을 들었다. 그리고 그 순간, 자리에 꼿꼿이 앉아 있던 영부인의 몸이 한쪽으로 넘어갔다.

영진이 연단 앞에 도달한 문세광에게 달려들어 뒷덜미를 잡아 쓰러뜨리자 사람들이 몰려가 문을 제압했다. 이어서 다시 '탕!' 소리와 함께 무대 위에서 또 하나의 불꽃이 튀었다. 여학생들의 비명이 들리자 영진이 합창단석으로 달려가 피를 흘리는 장봉화를 다급히 안아들었다. 민규는 멀어지는 영진의 뒷모습을 바라보며 흐느꼈다.

"영진아……!"

연단에서 '탕!' 소리와 함께 천장을 향해 총을 쏘는 또 한 명의 경호원이 보이고 장내가 고요해졌다. 모두가 혼란에 빠져 문세광에게 시선을 집중하고 있을 때, 민규는 고개를 돌려 2번 출입구를 쳐다봤다. 저격용 라이플을 거두고 커튼 안쪽의 어둠 속으로 유유히 사라지는 사내의 뒷모습이 보였다.

"누구야! 대체 너희들 누구야!"

민규가 흐느끼며 절규했지만, 그 외침을 듣는 이는 아무도 없었다. 칠흑 같은 암흑을 숨긴 커튼이 희미하게 흔들렸다.

"누구야!!!"

그의 외침이 공허하게 멀어졌다.

2016년 11월 30일, 회색 수의를 입은 노인이 카메라 플래시 세 례를 받고 있었다. 직권남용과 권리행사방해 혐의 피의자로 입건 된 그는 유신헌법의 기초를 만들었고, 공안검사로 악명을 떨쳤으 며, 육영수 여사 저격사건을 담당한 검사로 혁혁한 공을 세운 인물 이었다. 오랜 세월 권력의 수호자로 영예를 누리던 그가 초라한 모 습으로 수갑을 차고 있는 모습을 보자 만감이 교차했다.

내가 이 사건에 관심을 갖게 된 것은 우연한 사건 때문이다.

유학생활 중 아르바이트를 하다가 강도에게 총탄을 두 발이나 맞는 큰 사고를 당하고 말았다. 현지에서 가슴에 박힌 총탄을 제거 하는 수술을 받으려 했지만, 부친의 권유로 응급처치만 하고 서울 대병원에서 수술을 받게 되었다. 내 주치의는 1974년 8월 15일 육 여사의 수술에 참여했던 김규현 박사였으며, 나는 육 여사와 같은 수술실에서 총탄 제거 수술을 받았다. 다른 점이 있다면, 나는 목숨을 구했지만 육 여사는 유명을 달리했다는 것이다. 당시 영화학도였던 나는 언젠가 육 여사 저격사건을 영화화하겠다는 결심을 하게 되었다.

그 후 오랜 세월이 흘러 드라마 작가 겸 영화 프로듀서로 활동하고 있는 박상욱 PD가 이 사건을 영화화하자고 제안했다. 그간 잊었던 기억을 되살리며 이 사건은 결국 내가 운명적으로 재조명해야 할 의무가 있다는 확고한 신념이 생겼고, 곧 시나리오 집필에 들어갔다.

하지만 작업은 순탄치 않았다. 너무 많은 실존 인물이 연루되어 있었고, 수많은 의문점이 밝혀지지 않은 상태였기에 자료를 모으는 것만으로는 진도가 나가지 않았다. 증빙되지 않은 주관적인 관점으로 실화를 다뤘다가 자칫 도덕적 비난을 받거나 법적 책임을 질 수 있기에 신중에 신중을 기했고, 사건에 연루된 사람과 목격자들을 직접 만나기 위해 국제선 비행기에 몸을 실은 것만 해도 십수 차례가 넘었다. 나중에는 내가 과연 영화를 만들고자 하는 사람인지, 사건을 재수사하는 형사인지도 헷갈릴 정도였다. 하지만 시간이 지날수록 의혹이 풀리기는커녕 더욱 증폭되었고, 의도와는 다르게 너무 많은 시간과 경비가 소요되어 포기할까 하는 생각도 여러 번 했다. 하지만 끝까지 포기하지 않게 힘을 준 것은, 아이러니하게도 저러다 포기할 것이라는 주변의 회의적 시각이었고, 그것이 나의 오기를 자극했다.

어느덧 사건의 전체적인 윤곽이 잡힐 무렵, 당시 외신기자로 사건을 직접 목격하고 취재한 LA타임스의 사무엘 제임슨 씨와 CBS 뉴스의 브루스 더닝 씨를 만나 결정적인 증거물과 증언을 얻어 마지막 퍼즐을 맞췄고, 무려 7년 만에 시나리오를 완성할 수 있었다.

그러나 시련은 거기서 끝나지 않았다. 영화 촬영을 준비하던 나에게 더 큰 난제가 버티고 있었다. 캐스팅까지 끝난 상황인데 제작을 방해하는 압력이 영화사와 배급사에까지 미치기 시작했다. 당시 지인들이 이런 시나리오를 쓰고 두렵지 않느냐는 질문을 던지곤 했다. 그때마다 "난 총을 두 발이나 맞고도 산 사람인데 뭐가 두렵겠냐!"고 호기롭게 말했지만 계속되는 압력에 두려운 마음이 생긴 건 당연한 일이었다.

그렇게 좌절의 시간을 보내고 있을 때, 압력을 행사하던 주요 인사가 제안을 해왔다. 영화를 만들고 싶으면 특정인을 미화하고 음모의 실체를 바꾸라는 것, 또한 검사를 악역으로 만들지 않는다면 제작을 할 수 있게 해주겠다는 것이었다. 하지만 사실을 왜곡하고 미화한다면 이 영화를 만들 이유가 없다고 답변하고, 다음을 기약하며 영화 제작을 포기하고 말았다.

참으로 오랜 시간 계속돼온 압력이었고, 흐르는 시간과의 싸움이었다.

이 소설에는 시간적 제약으로 시나리오에 축소할 수밖에 없었던 이야기와 민감하고 충격적인 사실, 그리고 사건 관계자들의 실명까지 모두 넣고자 했다. 그것이야말로 오랜 시간 진실을 감춰왔던 자들에 대한 통렬한 일갈이며, 진실을 알아야 할 권리를 가진 국민과 독자에 대한 마땅한 처사라 생각했다. 다만, 시나리오를 쓰는 데 익숙한 사람인지라 필력이 다소 부족하더라도 독자의 관대한 아량으로 읽어주셨으면 하는 바람이다.

소설이 나오기까지 증언을 하고 도움을 주신 많은 분들에게 지면을 통해 감사의 인사를 드리며, 시나리오 작업을 처음 제안하고 소설의 검수까지 함께한 박상욱 프로듀서에게 무한한 감사를 전한다. 또한 영화계의 존경하는 선배이자 인생의 멘토인 부친 변장호 감독님과 어머니께 감사와 사랑을 보낸다.

더불어 결정적인 증거를 제시하고 조언과 격려를 아끼지 않으셨던 사무엘 제임슨 기자님께 깊은 감사를 드린다. 이 작품을 스크린에서 만날 날을 학수고대하다 2015년 갑작스러운 병환으로 돌아가신 사무엘 제임슨 기자님께 애도와 함께 죄송한 마음을 전하며 이 책을 바친다.

청문회에서 진실을 캐묻는 질문에 모르쇠로 일관하다가 끝내 수갑을 찬 채 압송되어 가던 노인의 처량한 뒷모습을 바라보며 생각했다.

이 세상에 알아서는 안 되는 진실은 결코 없다는 것을……

8월의 화염

2020년 9월 15일 초판 1쇄 발행 | 2020년 9월 21일 3쇄 발행

지은이·변정욱
펴낸이·정법안 | 경영고문·박시형

책임편집·손현미 | 디자인·최윤선, 정효진
마케팅·양근모, 권금숙, 양봉호, 임지윤, 조히라, 유미정 | 디지털콘텐츠·김명래
경영지원·김현우, 문경국 | 해외기획·우정민, 배혜림 | 국내기획·박현조

펴낸곳·마음서재 | 출판신고·2006년 9월 25일 제406-2006-000210호
주소·서울시 마포구 월드컵북로 396 누리꿈스퀘어 비즈니스타워 18층
전화·02-6712-9800 | 팩스·02-6712-9810 | 이메일·info@smpk.kr

ⓒ 변정욱 (저작권자와 맺은 특약에 따라 검인을 생략합니다)
ISBN 979-11-6534-230-2 (03810)